CONTRA EL ARTÍCULO ROJO

Isabel Lizarraga

CONTRA EL ARTÍCULO ROJO

Ediciones Eunate

Ilustración y diseño de cubierta: Beatriz Menéndez-Voilà Ilustración

©2025 Ediciones Eunate
e-mail: eunate@eunateediciones.com
www.eunateediciones.com
©Isabel Lizarraga Vizcarra
ISBN: 978-84-7768-504-3
Depósito Legal: DL NA 92-2025
Impreso en Navarra, España

Esta obra ha contado con una subvención del Gobierno de Navarra concedida a través de la convocatoria de Ayudas a la Edición del Departamento de Cultura y Deporte. Lan honek Nafarroako Gobernuaren dirulaguntza bat izan du, Kultura eta Kirol Departamentuak egiten duen Argitalpenetarako Laguntzen deialdiaren bidez emana.

Para Juan, mi colaborador constante y tenaz documentalista

Índice:

Antecedentes de hecho

PROCEDIMIENTO PENAL. SENTENCIA DEL TRIBUNAL
SUPERIOR DE [...] FECHA: [...]
PRIMERO. HECHOS PROBADOS

El acusado, que estuvo esperando en el portal del inmueble a D.ª Xxx, durante más de media hora, a pesar de que llovía copiosamente, sobre las 20,00 horas entró en [...]

Sobre las 20,30 horas D.ª Xxx [...] confiada por conocer al acusado, [...] se dirigió, seguida por el acusado, hacia las habitaciones interiores de la vivienda y, en concreto, hacia la existente en el fondo a la derecha, en la que había una cama, lugar donde el acusado súbita e inesperadamente empujó por la espalda a su víctima, que cayó sobre la cama en posición de boca abajo y perpendicular a la misma, abalanzándose sobre ella, sobre su espalda, e inmovilizándola de ese modo, con el fin de evitar que pudiese defenderse, e incluso de poder pedir ayuda o auxilio al tener la boca sobre la cama.

El acusado procedió con una navaja a dar a D.ª Xxx diversos pinchazos y cortes en zona occipital, cervical, dorsal superior, rostro y cuello, causándole un total de 17 heridas, todas ellas superficiales o de escasa profundidad a excepción de una de ellas consistente en un corte que le seccionó las glándulas tiroideas y la tráquea, suficiente para causarle la muerte por shock hemorrágico de no haber recibido asistencia médica.

Seguidamente el acusado dio vuelta al cuerpo de D.ª Xxx, que quedó sobre la cama en situación boca arriba, a la que dio nuevos cortes en mentón y en línea mamaria, así como una mordedura en los labios, quedando la víctima en este estado herida y con grave padecimiento.

A continuación, el acusado le clavó el arma blanca en la región precordial, directamente sobre el corazón, que le produjo la muerte inmediata por taponamiento cardiaco y shock hemorrágico. La víctima, antes de recibir este último pinchazo que le causó la muerte y cuando se encontraba en situación boca arriba sobre la cama, intentó defenderse de su agresor, produciéndose un corte en región interdigital, entre los dedos primero y segundo de su mano izquierda, de 31 mm de longitud.

El acusado, después de causar a D.ª Xxx las diecisiete heridas descritas en el apartado primero de este objeto de veredicto, incluso el corte que le seccionó las glándulas tiroideas y la tráquea, y cuando ésta aún se encontraba con vida sobre la cama en situación boca abajo, la despojó de sus bragas, se sacó el pene del pantalón y procedió a manipular los órganos genitales de la víctima, causándole una pequeña herida en los labios inferiores, así como unos hematomas en los muslos, hasta que excitado por el placer que le producía tal hecho logró eyacular, sin que conste que penetrase vaginal o analmente a la víctima.

El acusado, producidas las diecisiete descritas heridas, causadas con la navaja, y efectuadas con ánimo de excitarse sexualmente, procedió a llevar a cabo la referida manipulación de los órganos genitales de la víctima, que se encontraba con vida e inmovilizada.

El acusado en la fecha de comisión de los hechos no presentaba patología psiquiátrica ni alteración mental que pudiese afectar a su capacidad intelectual o volitiva.

[…]

1. El realismo de la novela de *Colombine*

Recién comenzado el año, Clara Campoamor se preguntaba qué novedades traería aquel 1927. Ella personalmente, como abogada en pleno ejercicio, tenía la intención de ocupar sus alegres días en disputas y disertaciones hasta lograr el objetivo que la mantenía permanentemente alerta: la defensa del sexo femenino, la denuncia de las injusticias, la derogación de todas aquellas leyes que sujetaban a la mujer bajo la dictadura varonil y la colocaban en una posición de esclavitud y, entre tantas otras normas, la supresión de aquel odioso artículo 438 del Código Penal.

Frente a ella, Carmen de Burgos, la famosa periodista que firmaba con el pseudónimo de *Colombine*, disfrutaba de un humor estupendo.

—¡Menuda novedad! ¡Eso ya lo denuncié yo en mi novela! —rio con su boca gordezuela, al hilo de la conversación que había iniciado Campoamor. Sus mejillas carnosas se alzaron sin conseguir empequeñecer del todo aquellos ojos juguetones. Carmen de Burgos era una mujer realmente atractiva; pero, sobre todo, era una mujer emprendedora y valiente que no había dudado en escapar de la «protección» de un marido insufrible para mantenerse a sí misma como maestra y después como periodista, y crear, por fin, su fama de mujer intelectual.

Clara Campoamor envidió el cabello ensortijado de su compañera. Seguramente no tenía que rizarlo con aquellos odiosos bigudíes de uso obligado por la moda.

—Ya sé, hace tiempo que leí tu novela —concedió Campoamor—. Pero, ¿cómo se te ocurrió escribir esa historia?

Carmen hizo un pequeño mohín un poco picaresco, aquella delicada monería que volvía locos a los caballeros.

—¿Cómo iba ser? ¡Como siempre! Este fue un asunto concebido expresamente a partir de la propia realidad. ¡Hasta conocí a

María de las Angustias y a su marido Alfredo cuando vivían en Granada!

La mirada de Campoamor se turbó ligeramente. ¿Cómo era posible que *Colombine* hubiera tenido la osadía de reproducir en su novela los nombres de los protagonistas verdaderos en una historia que relataba la estricta realidad?

—Ellos, por justicia, lo merecen —aclaró la novelista—. ¿Crees que nombrarlos puede perjudicar aún más a esa pobre mujer? ¡Si ya está muerta! Sin embargo, el marido que la asesinó sigue vivito y coleando. ¡Ah! ¡Y dilapidando alegremente la fortuna de esa desgraciada!

Clara tenía bien presente la novela de *Colombine*, titulada *El artículo 438* y publicada dentro de la serie «La novela semanal» en *Prensa Gráfica* hacía casi seis años, e incluso recordaba el estilo pomposo de la escritora, generoso en adjetivos y orientado al deleite de las señoras románticas y desocupadas.

«Él era un hombre muy alto, regular de carnes, de color moreno, con el cabello negro alisado en torno de la frente ancha; la nariz prominente, los labios groseros, un bigote poblado, con las largas guías hacia arriba, y unos ojos grises, indecisos, rodeados de un halo morado, donde se marcaban esas hinchazones y esas arrugas que graban las orgías y el cansancio de los placeres. Era un tipo de hombre guapo y buen mozo, capaz de inspirar ardientes pasiones a mujeres vulgares, pero antipático, repulsivo, con su aire de petulancia y degeneración.

»Ella era una mujercita de estatura regular, de formas finas, redondeadas y graciosas, con esa gracia un poco felina de las mujeres de Granada, todas ritmo y ondulación. Tenía los labios muy rojos, en corazón, gordezuelos y jugosos, y los ojos grandes, pardos, llenos de luz, con las pestañas espesas, arqueadas, sombreándolos intensamente y velando la luz, que se escapaba en un chispear luminoso de puntitos de oro de sus pupilas».

—En fin —resumió *Colombine*—, en aquel matrimonio dibujé a los dos cónyuges calcaditos de la realidad. Y lo que les pasó lo cuento muy fielmente. Él la maltrataba, como tantos maridos, y ella, para alejarlo, le fue cediendo todas sus propiedades. Mientras él se divertía dilapidando su dinero en sus aventuras por París, ella se enamoró perdidamente de un buen hombre, que la quería por quien era y no por su riqueza. Los amoríos, como era de suponer, andaban en boca de toda Granada y llegaron a oídos del libertino. ¿Y qué mejor ocasión para buscar su provecho y el mal ajeno? Conociendo la intimidad de los enamorados, se presentó de improviso en mitad de la noche y de un pistoletazo mató a la mujer adúltera. El resultado de tan excitante aventura de amor fue el esperable: la esposa infiel, bien muerta y enterrada; su amante, en la cárcel; y el asesino, disfrutando de la fortuna heredada sin ningún obstáculo y, además, con el aplauso de toda la sociedad.

—¡El nefando artículo 438 del Código Penal! —suspiró la abogada.

—¡El «artículo rojo»! —completó *Colombine*—. Por eso inicié la narración con la cita del texto completo, que exculpa al marido que se convierte en verdugo de su mujer cuando la pilla en adulterio flagrante.

—«El marido que, sorprendiendo en adulterio a su mujer, matase en el acto a esta o al adúltero o les causare alguna de las lesiones graves será castigado con la pena de destierro. Si les causare lesiones de otra clase, quedará exento de pena» —citó Clara de memoria—. ¡Buena excusa para librarse de una esposa que resulte molesta!

—¡Y tanto! Además, en este caso el tribunal juzgador ni siquiera lo condenó al destierro. Alfredo no tuvo que entrar en la cárcel porque utilizó el dinero de la muerta como fianza.

Clara Campoamor se removió en el asiento. El cómodo sillón de la Sala de Lectura del Lyceum Club, donde se encontraban, le estaba resultando excesivamente cómodo. En realidad, ella sentía deseos de ponerse en pie y descargar contra algún objeto menudo la pujanza de su rebeldía. Carmen de Burgos se ahuecó el lazo satinado que le envolvía la base de la garganta: hacía tiempo que había empleado su disgusto en la redacción de su historia, la novela realista que narraba la artimaña legal que permitía al hombre librarse de una cónyuge fastidiosa.

En derredor, las colaboradoras del «Club de las maridas», como se llamaba irónicamente al Club de la Casa de las Siete Chimeneas, se afanaban por salas y pasillos para asistir a las clases y conferencias que diariamente organizaba la institución, un club presidido por María de Maeztu donde se reunían las mujeres ilustradas para alejarse de las ataduras del hogar y emplearse en actividades intelectuales.

—Pero lo peor de todo —siguió *Colombine*—, lo que realmente a mí me resultó más doloroso, aún más allá del asesinato miserable, fue la opinión de la buena sociedad al juzgar esos hechos. El Tribunal condenó al amante de la mujer adúltera y absolvió al marido con el apoyo absoluto del mundo entero. ¡Absolvió al asesino porque estaba incluido, por entero, en el artículo 438! La justificación consistía en que él la había matado para salvar su honor mancillado, en el paroxismo de la pasión y de los celos, exasperado al descubrir la traición de su mujer.

—Ya veo —añadió Campoamor—. Matar a la mujer de un pistoletazo era un gesto gallardo y simpático en un país que aún conserva el espíritu calderoniano. Todavía seguimos defendiendo que el honor de un hombre se encuentra escondido entre las piernas de su mujer…

Colombine asintió. Ella había querido denunciar tanto la injusticia legal como la miseria mental de una sociedad anticuada.

Frente al dinamismo de la abogada, que no podía estar quieta, Carmen de Burgos estiró las piernas relajadamente y dirigió su mirada hacia ellas, desde el bordillo de la falda hasta los pies a lo largo de las pantorrillas. Espantada, advirtió que se le había saltado un punto en la media y que se le estaba haciendo una carrera.

—¡Santo Dios! —exclamó. Mientras Clara la miraba divertida, mojó un dedo con saliva en la boca y humedeció el desgarrón de la seda, a ver si conseguía contener el estropicio antes de llegar hasta casa—. ¿Me habré enganchado con algún clavo de la silla?

—La vida está llena de contrariedades —se burló Campoamor—. Menos mal que no todas son iguales. La carrera de tus medias quizás no tenga solución, pero por todos los medios vamos a procurar derogar el maldito «artículo rojo». ¿Qué tal si comenzamos una campaña en todos los frentes?

—¿A fuego y sangre? —preguntó *Colombine* simulando que rechinaba los dientes.

—¡A sangre y fuego!

El gran espejo que adornaba la estancia recogió el brillo de la araña del techo y multiplicó sus luces sobre los jarrones de flores que adornaban las mesas. Las «maridas» del Lyceum Club no solo habían previsto un espacio de libertad, sino que también lo habían dotado de la máxima expresión de belleza. Un grupo de mujeres entró atropelladamente en la estancia; algunas tocadas con sombreros redondos encajados hasta las cejas; otras con las cabelleras descubiertas.

—¿Molestamos? —preguntó una de las recién llegadas. Era una muchachita esbelta y delicada que se alojaba en la Residencia de Señoritas. Como Clara Campoamor, era una de las primeras mujeres abogadas y estaba comenzando el ejercicio de su carrera ante los tribunales de justicia.

—Todo lo contrario, Matilde. Nos estamos confabulando para hacer un trabajo urgente y necesario para la dignidad de todas las mujeres. ¡La derogación del artículo 438 del Código Penal!

—¡Oh, qué maravilla! —dijo ella sin acusar ninguna forma de sorpresa—. Ya me imaginaba que tú nunca estabas totalmente ociosa.

—¿Matilde Huici? —la interrogó *Colombine* mientras se levantaba para besarla—. Encantada de conocerte en persona. Parece que Clarita no nos quiere presentar…

Carmen de Burgos extendió sus brazos para alojar entre ellos y su pecho abundante la figurita leve de la recién licenciada. Para una mujer que se acercaba a la cincuentena era muy interesante extender su ilusión y su legado a las generaciones más jóvenes, y Matilde Huici, aunque no lo fuera, parecía realmente una muchachita delicada y necesitada de esa clase de efusiones.

—¡Oh, qué sombrero más bonito! —halagó Matilde a la periodista consumada, viendo a su lado un enorme tocado con plumas y flores—. ¿Lo habrá usted comprado en alguno de sus viajes por el mundo?

—Menos frivolidades y a trabajar —cortó Campoamor en tono de broma. Después de su juventud como costurera y dependienta de comercio, odiaba íntimamente las conversaciones, presuntamente femeninas, sobre modas. Había cosas más importantes que no admitían pérdida de tiempo.

—¡Esta mujer laboriosa! —suspiró Carmen de Burgos con acento zalamero—. ¿Es que a ti no te gustan los mimos? ¡Oh, vaya!

A Campoamor se le vino a la cabeza el cacareo cálido de una gallina clueca al oír la queja de *Colombine*, pero imaginó que su amiga tenía razón. Para lograr su ideal de justicia femenina, tan importante era la lucha a sangre y fuego como la sororidad entre mujeres.

—*Sororitas, sororitatis* —masculló entre dientes.

—«Congregación de monjas» en latín medieval —aclaró Matilde Huici, que la conocía y sabía de su indiferencia por las zalamerías.

—*Soror, sororis:* «hermana carnal» —apostrofó *Colombine* para completar la clase de latín. A ver si se iba a creer doña Clarita que el resto de mujeres no eran tan cultivadas como ella.

Enero de 1927

MATA A SU ESPOSA EN UN ATAQUE DE LOCURA

Alicante.— En Orihuela, el vecino José Lafuente, que vive en la calle del doctor Sarget, en un ataque de locura agredió con una navaja a su esposa, que murió cosida a puñaladas.

Los médicos que han hecho la autopsia al cadáver dicen que es imposible contar el número de heridas que le produjo el loco.

Este ha sido conducido al hospital.

El Siglo Futuro, 05/01/1927, p. 4

TRAGEDIA AMOROSA. MATA A SU NOVIA Y SE SUICIDA

Guadix.— Ayer por la tarde se ha desarrollado en esta población una tragedia amorosa.

Desde hace bastante tiempo sostenían relaciones amorosas Alfredo Palacios, natural de Madrid, y una bellísima joven llamada Encarnación Barthe, perteneciente a una acaudalada familia de la localidad.

A estas relaciones se oponía la familia de Encarnación, y por este motivo la situación de los novios era muy difícil.

Alfredo, en vista de lo que sucedía, propuso en varias ocasiones a Encarnación que se fugara con él, proposición que esta no se decidió nunca a aceptar, por cuyo motivo las relaciones entre ambos se fueron enfriando bastante.

Así las cosas, ayer por la tarde, cuando Encarnación paseaba con varias amigas por la Rambla, se presentó Alfredo, que de improviso la interpeló violentamente y terminó disparándole un tiro en la cabeza, que le produjo la muerte. Inmediatamente volvió el arma contra sí y se disparó un tiro, que le produjo la muerte instantáneamente.

La Voz, 10/01/1927, p. 2

CRIMEN DE UN MARIDO DEMENTE

Ciudad Real.— En el pueblo de Torre Juan Abad, el vecino Pedro Algaba Palomo agredió con una navaja a su esposa Gabina Vélez Paton y le produjo 32 heridas, dejándola moribunda.

El parricida tiene, según parece, alteradas sus facultades mentales.

Declaró que había cometido el crimen porque algunas personas aconsejaban a Gabina que lo dejase y se fuese con otro hombre.

El Día, 11/01/1927, p. 4

UN ANCIANO MATA A SU ESPOSA Y SE SUICIDA

Alicante.— Dicen de Pego que ha ocurrido un suceso trágico. Varios vecinos de la casa número 22 de la calle de San José avisaron a la Guardia Civil que en la habitación de un matrimonio sexagenario debía de haber ocurrido algo trágico, pues habían oído dos disparos.

El juez hizo descerrajar la puerta y fueron hallados en el zaguán sobre un enorme charco de sangre los cadáveres de los esposos Wenceslao Ruiz, de sesenta y cinco años, y Modesta Vercher, de sesenta y cuatro. Ella tenía una herida de arma de fuego en la espalda, y él, una herida producida por la misma arma, en la garganta.

Cerca de ambos cadáveres fue hallada una escopeta de dos cañones, con la que fueron hechos los disparos.

El matrimonio vivía holgadamente; pero la diferencia de caracteres de ambos motivaba continuas reyertas.

Se supone que a consecuencia de una de estas reyertas Wenceslao cogió la escopeta y disparó sobre Modesta, estando ella de espaldas, y después se disparó él otro tiro.

Ambas heridas eran mortales de necesidad.

La Voz, 26/01/1927, p. 1

2. Un golpe de suerte

Clara se dirigió hacia su despacho sin poder apartar de su mente la propuesta surgida en el Lyceum. No era una idea nueva, desde luego. Las asociadas de la Unión de las Mujeres de España, las de la Juventud Universitaria Femenina o las integrantes de la Asociación Nacional de Mujeres Españolas llevaban ya mucho tiempo denunciando el estúpido «artículo rojo» y exponiendo razones para su derogación. Ciertamente, dicho enunciado no era la causa última que originaba el asesinato de las mujeres, tan frecuente, pero sí suponía un argumento legal que abonaba el derecho de propiedad que el marido o el amante creían tener sobre la vida y la libertad de la mujer propia, de la novia o de la hija. El «artículo rojo» exculpaba al marido que castigaba a la adúltera, pero, a la vez, servía de coartada y justificación para cualquier tipo de violencia contra la mujer. En estas circunstancias, ahora que ella estaba afiliada al Colegio de Abogados, ahora que justamente Matilde Huici se había incorporado como tercera mujer en el oficio de letrada en Madrid, siendo pues las propias mujeres las implicadas en la lucha, quizás era más posible conseguir el cambio legislativo e influir, de paso, hacia un cambio de mentalidad sobre la presunta propiedad del cuerpo de la mujer por parte de maridos y parientes.

En aquellos momentos, el Gobierno tenía el propósito de renovar el vetusto Código Penal vigente, redactado en un lejano 1870, y Clara sabía que una Comisión Revisora se estaba ocupando de ello. Pero esa Comisión ¿tendría algún interés en tan nefasto artículo? Cuando ella lo había preguntado, nadie había querido anticiparle ningún tipo de información. Así las cosas, era el momento oportuno para luchar por su derogación.

—Derogación —silabeó Campoamor para su coleto—. No revisión ni transformación. Derogación y, a la vez, que se realice una redacción más justa y más igualitaria entre hombre y mujer para todos los delitos del Código.

Mientras cruzaba calles y plazas, Clara redactó mentalmente el artículo que pensaba enviar a *La Libertad* —«La reforma del código penal. ¿Desaparece o subsiste el "artículo rojo"?»— y recordó para ello algunos detestables textos legislativos. En el Código Civil el adulterio femenino estaba castigado previamente, ya que servía como causa justificada de divorcio en todos los casos. Pero si el adúltero era el marido, para el mismo efecto era necesario probar que esa infidelidad suponía un grave menosprecio de la mujer. En el Código Penal era incluso peor. El adulterio femenino estaba castigado con la pena de prisión en sus grados medio y máximo hasta un total de seis años, mientras que el masculino solo tenía la pena de prisión correccional en los grados mínimo (seis meses) o medio, solamente en el caso de que el marido tuviera a la manceba en el propio domicilio conyugal, o bien si se producía con escándalo público.

¿Escándalo público el adulterio masculino? ¡Todo lo contrario!, recapituló Campoamor. El adulterio masculino socialmente se consideraba un motivo de regocijo entre varones, una buena ocasión para reír algún chiste acerca de la mujer ofendida. Y si a esta legislación tan poco igualitaria se sumaba la licencia tácita para matar a la mujer facilitada por el «artículo rojo», el concepto de justicia quedaba totalmente amortizado.

Ante aquello, siguió razonando la abogada mientras pensaba en la redacción de su escrito, había que dejar bien claro que la opinión femenina se sentía vivamente herida por ese sangriento anacronismo, que resultaba una ofensa, una injuria para la conciencia española, y que aquello contradecía todas las modernas teorías penales e incluso el sentido ético de la vida social. El «artículo rojo» era insostenible moral, científica y socialmente, puesto que legislaba para favorecer a un solo sexo. Y las mujeres, muy singularmente aquellas que, como ella, vestían la toga, se sentían doloridas por la inferioridad a que se veían reducidas y sufrían con aguda sensibilidad el problema doctrinal y social que encerraba aquel artículo 438 del Código Penal.

Sin ser muy consciente de los pasos que la habían llevado hasta allí, Clara empujó el portal que daba acceso a su despacho, en el número 11 de la plaza del Príncipe Alfonso, y comenzó a subir las escaleras. Antes de llegar al primer piso escuchó dos voces femeninas que cuchicheaban turnándose la vez para emitir suspiros y exclamaciones.

—¿Estás segura, tía? No me quiero ilusionar —dijo una vocecilla un poco gangosa, como de niña mimada.

—¡Oh, Clarita tiene mucho trabajo! ¡Seguro que tú la puedes ayudar! —respondió otra voz de autoridad, seguida de un profundo suspiro.

¿Que alguien la podría ayudar?, se sorprendió Clara. Hasta el momento aún no había pedido ayuda para nada y todavía no había comenzado sus operaciones contra el Código Penal. Cuando alcanzó el rellano que daba paso a su despacho descubrió la figura de una joven sentada en el tramo de escaleras que conducía hacia arriba, acompañada de la figura voluminosa de Celsia Regis, que no se había podido sentar porque no se lo hubiera permitido la falta de flexibilidad de su corsé de ballenas.

—¡Consuelo, qué sorpresa! —la saludó Campoamor. Consuelo González Ramos era el nombre real de la visitante, una activa defensora de los derechos femeninos, periodista y enfermera durante la guerra de África y, desde hacía diez años, fundadora de la revista *La voz de la mujer*.

—Esta es Rosita Ramos, mi sobrina. —Señaló Celsia Regis hacia la muchacha.

—¿Otra sobrina? —no pudo Clara dejar de preguntar. Curiosamente, Celsia Regis estaba siempre rodeada de una amplísima carretada de sobrinos y familiares a quienes perentoriamente había que ayudar por un motivo u otro, aunque la abogada solía calibrar que el parentesco casi siempre era más bien impostado—. Adelante. ¿En qué me queréis ayudar? —propuso señalando la puerta.

Rosita Ramos sonrió delicadamente y sus ojos claros, más bien inexpresivos, parpadearon. Clara pensó que la muchacha parecía tan ingenua como si acabase de aterrizar desde un guindo, pero en esta ocasión se equivocaba. Mientras la chica asentía, Celsia Regis reveló una historia insoportable, capaz de erizar el cabello de la mujer más animosa.

Rosita había tenido una infancia desdichada: su madre había muerto cuando ella tenía pocos años y su padre, por lo visto un gran enamorado, se consoló de su viudedad con la ayuda del alcohol. Un pariente lejano del padre, por hacer un favor, se encargaba de Rosita con frecuencia y le tomó tan gran cariño a la niña que a los 16 años la dejó embarazada. El hombre no era una ganga: autoritario, ladrón, camorrista y bebedor, pero tuvo a bien casarse con ella para evitarle la vergüenza de ser madre soltera. Sin embargo, el matrimonio fue dificultoso desde un principio. Rosita pasaba la vida aterrada esperando el regreso del esposo, que la maltrataba, y así pasaron unos años tristes y sombríos mientras el hijo que parió salía adelante de alguna manera.

—Y entonces, sin esperarlo, llegó el golpe de la buena suerte —concluyó Celsia Regis mientras hacía un gesto a la protagonista, para que continuara.

Rosita sonrió con timidez, pero no se animó a seguir adelante para narrar el giro halagüeño de su historia.

—¡Ay, qué criatura! —exclamó Celsia—. Ya sigo yo. El caso es que Romualdo, su marido, en una de tantas ocasiones en las que se exponía, entró a robar en una casa elegante que creía vacía. Los dueños se hallaban de viaje, la oscuridad era absoluta, el golpe parecía perfecto. Pero, de pronto, apareció un mayordomo que había quedado al cuidado de las riquezas del lugar. Romualdo sacó la navaja y lucharon: el ladrón por dinero y el criado por su vida; sonaron alarmas; acudieron más sirvientes; llegaron vecinos. Total, que hoy en día Romualdo está recluido en prisión por intento de robo, allanamiento de morada y por causar lesiones graves al mayordomo.

—¡Ahora veo la buena suerte! —exclamó Campoamor, pero al poco corrigió su ironía—. Pero ¿queréis que yo defienda al delincuente o que le alarguen la pena?

Celsia Regis y la mujer afortunada sonrieron la broma. No, no querían que Clara se ocupase del asunto, ni para que saliera Romualdo de prisión ni para que no saliera.

—El caso es que a Rosita, con el marido en la cárcel, no le vendría mal un trabajito para dar de comer a su criatura. Está claro que tú tienes muchísimo quehacer y ella, por muy poco sueldo, te podría ayudar durante las horas que el niño se entretiene en la escuela.

A Clara Campoamor se le secó de golpe la garganta. No necesitaba ningún estorbo para cumplir con sus obligaciones.

—¿Ayudar? ¿Y cómo sería eso? —dijo cautelosamente.

—Rosita es muy lista y, además, está aprendiendo mecanografía —se entusiasmó Celsia Regis—. Por su convivencia habitual con un delincuente está muy familiarizada con las cuestiones legales y con la psicología de los infractores, puede abrir la puerta, tomar nota de las visitas y, además, como mujer…, como mujer agraviada, violada por su tío y maltratada por la vida, es capaz de acompañar al afligido y de consolar las penas de quienquiera que venga a esta casa a buscar solución a sus problemas.

Rosita se estiró los puños de la chaqueta como si tuviera frío, juntó sus manos, miró dulcemente a sus dos benefactoras y, por fin, sonrió con su carita de niña buena como si no hubiese roto un plato en su vida.

Clara Campoamor tragó el nudo que tenía en el gaznate y se sintió absolutamente desarmada. Estaba claro que Rosita merecía un golpe de suerte en su vida; es decir, un verdadero golpe de buena suerte.

3. La obediencia de la mujer casada

El día 30 de enero de 1927, domingo, dos mujeres solas avanzaban apresuradamente hacia la Glorieta de Bilbao en Madrid. La que iba en cabeza tenía treinta y nueve años y vestía un abrigo grueso de buena tela que había cosido ella misma. La segunda, mucho más joven, un poco distraída, iba persiguiendo a la otra, escoltando ciegamente sus pasos, sin cuestionarlos, como si estuviera meditando sobre sus propias pesadumbres.

Al llegar al bar Alákano, un coro de vítores recibió a las recién llegadas. Clara Campoamor saludó agradecida mientras Rosita quedaba en un segundo plano. El Grupo Femenino Socialista había invitado a la abogada a dar una conferencia en la Casa del Pueblo y, antes del evento, iba a invitarlas a ella y a su acompañante a merendar.

La numerosa concurrencia de mujeres y algunos hombres celebraban por adelantado el triunfo de la charla feminista, que versaría, precisamente, sobre «La obediencia de la mujer casada».

—Y esta es Rosita, una amiga —presentó Clara a su acompañante—. Ella tiene una visión muy personal del tema que vamos a tratar.

—¿Es usted también abogada? —preguntó un joven obrero, visera calada y cigarro en la mano—. ¿O siendo tan joven todavía es estudiante?

—No, no. Nada de eso —respondió la interesada enrojeciendo violentamente—. Yo de esas cosas…

—Rosita no se ha ocupado todavía de la teoría legislativa, pero está hondamente informada de la parte práctica de la cuestión —resumió Campoamor sin hacerse cargo del apuro de la interesada.

Benita Asas Manterola, Carmen Rico, Dolores Fernández, Josefa Pérez, Dolores Manso, Laureana Barroso y otras veinte mujeres más rodearon a las protagonistas, mientras los varones que las acompañaban, casi todos obreros, hacían hueco para el protagonismo femenino.

Poco después de dar cuenta de los bocadillos y de un par de botellas de vino, salió de la taberna toda la concurrencia para dirigirse a la Casa del Pueblo, en el número 2 de la calle de Piamonte. La conferencia, que estaba prevista para las seis de la tarde, no se debía retrasar.

Claudina García, presidenta del Grupo Femenino Socialista, hizo la presentación de la conferenciante, aunque todos la conocían, y explicó que con ese acto se pretendía contribuir a despertar la conciencia de la mujer española. Clara Campoamor comenzó su perorata con el habitual entusiasmo. Que la legislación en España estaba hecha por el hombre, que era juez y parte a la vez; que la diferenciación entre el varón y la hembra era solo eso: teoría; que el origen de la legislación discriminatoria se encontraba en la influencia del Código de Napoleón —«España, que tanto afán puso en arrojar de su suelo a Napoleón, no ha hecho nada por desterrar lo que copiamos de su Código»— mientras que en Las Partidas, el código redactado en la época de Alfonso X el Sabio, se reconocía la igualdad de derechos del hombre y la mujer; que el artículo 438 del Código Penal era «un resabio del derecho utilitario, creyéndose que el marido sufre agresión en algo que le pertenece y este derecho se concede al marido cuando ya no tiene nada que defender»…

Clara hizo una pausa breve para tomar aliento. Las mujeres de la Casa del Pueblo escuchaban arrobadas. Ellas se habían visto a sí mismas haciendo toda clase de trabajos, rudos, laboriosos y sacrificados, en las fábricas, en los lavaderos, en los campos de labranza e incluso en las minas; pero una mujer hablando desde una tribuna con esa soltura y esa comodidad les resultaba impactante. Había habido otras mujeres intelectuales que se habían dejado oír: ¿quién no había sabido de la erudita Emilia Pardo Bazán o incluso de la penalista Concepción Arenal? Sin embargo, escuchar a una mujer que había sido hasta hacía poco obrera, como ellas, y que hablaba, como ellas, con un chulísimo acento madrileño, era algo excepcional. Benita Asas Manterola, que venía de Bilbao y era maestra, frente a sus compañeras, fue la única en admirar más el contenido de la charla que la entonación.

La disertante, mientras tomaba un buche de agua, buscó con la mirada a su amiga acompañante. ¿Dónde se había metido Rosita? A lo mejor no se sentía del todo identificada con la concurrencia y estaba escondida y avergonzada en cualquier esquina. Pero no. Allí a su izquierda, en una de las sillas de la fila de en medio, se hallaba la pobre criatura. ¿Y qué era eso? ¿Qué era ese brillo nuevo que se advertía en sus ojos? Clara dedujo que se debía al influjo de su conferencia. Al poco, Rosita sonrió ampliamente y después se tapó con la mano la boca y se volvió hacia el asiento cercano. En realidad, Rosita estaba hablando con el obrero de la visera que había conocido en el Alákano durante la merienda. No, no. No era el influjo de la conferencia. Rosita sonreía mientras coqueteaba con el muchacho socialista. ¡Ah, la juventud, siempre soñadora! Pero había que seguir con la disertación y Clara insistió en la igualdad entre el hombre y la mujer. A pesar de lo que dijeran los médicos sobre la inferioridad intelectual de la mujer, a pesar de lo que señalaran los fisiólogos sobre el menor tamaño del cerebro femenino, la inteligencia de los dos sexos era la misma.

—Porque, a ver, yo suelo proponer a mis oyentes… —siguió con un argumento que había constatado en sus propias carnes infinidad de ocasiones y que siempre daba un toque muy ingenioso a sus conferencias—, digo que les suelo proponer a mis oyentes hembras que reflexionen y me digan si no han encontrado en sus vidas un hombre, aunque sea un hombre solo, más tonto que ellas.

Unos segundos de reflexión entre las asistentes demostró que aquella verdad había sido confirmada por todas en más de una ocasión. Clara, sin percatarse de la dirección adonde había enviado sus últimas palabras, quedó de nuevo observando a Rosita y a su acompañante. ¿Quién era más tonto de los dos? En realidad, ella no podía saberlo. Hasta el momento, Rosita se había mostrado bastante reservada y Clara había formado su opinión solamente en base a su mirada inexpresiva, algo realmente injusto. En cuanto al muchacho, acababa de conocerlo y no tenía ninguna referencia. Rosita volvió a taparse la boca con la mano en lo que parecía una confidencia y el hombre asintió con una ancha sonrisa, se removió en el asiento e hizo ademán de tomarle la mano, aunque antes de hacerlo se arrepintió. No se estaban enterando de ninguna parte de su disertación.

—Pues bien —siguió Campoamor en un alegato que sabía de memoria—, el Código está repleto de artículos que obligan a la obediencia de la mujer y de los hijos, y para ello el marido puede llegar a pedir legalmente el auxilio de la autoridad. Pero los códigos deberían hablar de armonía y no de obediencia. ¡Desdichado el que en su hogar tiene que valerse de la obediencia!

Clara enumeró todos aquellos artículos del Código Civil que impedían a la mujer casada comprar, vender, heredar o actuar ante la justicia sin autorización del marido, y reprochó la dependencia absoluta de la esposa para cualquier actividad. Solo el hombre era el administrador de los bienes conyugales y solo él tenía la patria potestad. Frente a ello, algunos códigos europeos señalaban que no existía la obligación de la obediencia cuando se abusaba del derecho y la mujer estaba despertando hacia la rebeldía para salir de esta situación. Las ideas debían abrirse paso hasta encontrar la libertad y la igualdad. Incluso el acto de la procreación, el más importante de todos según Campoamor, necesitaba del concurso de dos seres y requería la unión de ambos, sin que pudiera descender a preferir a uno de ellos.

Después de aquello, el parlamento finalizó con una salva de aplausos interminables y, a la vez que todo concluía, el acompañante de Rosita se acercó para felicitar a la oradora.

—Juan José Garamendi, tipógrafo —se presentó—. Me ha impresionado profundamente su conferencia, no solo por los conocimientos legales, sino por el espíritu de ecuanimidad de toda la exposición. Yo, personalmente, también opino que el matrimonio no puede verse solo como un contrato, sino que esconde en el fondo una cuestión de ética. ¡Creer que el matrimonio descansa en un precepto legal es solo una ilusión!

Clara Campoamor quedó estupefacta. Parecía que el muchacho le hubiera quitado las palabras de la boca. Por otra parte, además de su buen razonamiento, había sido una proeza increíble haberse enterado de la mitad del discurso mientras parlamentaba con Rosita. Clara pensó que lo había juzgado mal y que Juan José Garamendi era uno de los pocos varones españoles capaces de entender en toda su hondura el pensamiento feminista. Si los legisladores tuvieran la misma cabeza inteligente que aquel chico, no tendría ella que estar devanándose la sesera para desempolvar preceptos legales.

Cuando salieron a la calle, una ráfaga de aire frío saludó a la caterva feminista, agitó los abrigos y las faldas de las señoras contra sus pantorrillas y mitigó un tantico el ardor idealista en sus cabezas. A Clara le gustaba hablar delante de las mujeres de la Casa del Pueblo y explicar con sencillez las mismas cosas que en otro contexto desmontaría con argumentos más alambicados, y se sintió muy satisfecha.

Unos pasos por detrás, Rosita ultimaba sus confidencias con el tipógrafo socialista. Era increíble que en el género humano conviviesen dos representantes masculinos tan diferentes entre sí como eran su desdichado marido y el joven Juan José Garamendi. ¿Cómo era posible que ella se hubiese tenido que casar, precisamente, con el primero?

4. ¿Engañar al marido en España?

—¡Qué barbaridad, Clarita! ¡Qué barbaridad!

Varios rayos de luz penetraban en el amplio salón del Lyceum Club, escapando de la barrera de los cortinones orlados, y se estampaban contra los búcaros con flores que adornaban los veladores varios de la habitación. Algunas señoras apostadas en los amplios butacones, dejaron la lectura del libro que tenían en las manos y aguzaron el oído para enterarse de la novedad impresionante. Desde que en el Lyceum Club las asociadas habían decidido adquirir *Diario Universal* y se habían aficionado a leer las Crónicas de Tribunales que redactaba Clara Campoamor, todos los casos les parecían extraordinarios.

—«Celos y amores mal reprimidos» —leyó la que tenía el periódico entre las manos—. «Una señorita empleada en un banco tuvo amores con un compañero...».

—¡Ajá! —dijo la concurrencia. A todas les parecía muy bien que esa señorita trabajase en un banco y, por supuesto, que se enamorase de un compañero en una relación amorosa igualitaria.

—«Como todo pasa, pasó el amor» —siguió la lectora—; «pero la señorita se obstinó en mantenerlo a toda costa. Un día llamó al caballero por teléfono para darle una cita y él no se presentó».

—¡Hum! Hay que saber ganar, pero también hay que aprender a perder —adujo una de las asistentes, experimentada en esas lides.

—«Entonces la señorita lo esperó a la salida de la oficina...».

—¡Para grabarle a fuego su amor! —aclaró Campoamor, que había redactado la noticia de *Diario Universal*.

—¿De forma romántica?

—¡Qué va! No fue un ejercicio romántico, sino literal —aclaró la lectora, mirando a la concurrencia por encima de las gafas, y siguió leyendo—: «Lo esperó a la salida de la oficina con un revólver pequeño, se lo fijó en la espalda para no errar el tiro y disparó a bocajarro».

—Este es el caso de una señorita impulsiva que quiso copiar la violencia del varón cuando se siente desairado —explicitó Clara—. Sin embargo, apenas le abrasó la ropa y, afortunadamente, solo le produjo lesiones levísimas en la piel. A partir de aquí, el fiscal califica los hechos como tenencia ilícita de arma de fuego y pide la pena de dos años y veintiún días de presidio correccional y 500 pesetas de multa. El defensor quiere que le rebajen la pena a un año y un día.

Las liceómanas quedaron reflexionando sobre este hecho inusual.

—¡Qué barbaridad, Clarita! Todo por no haberse visto correspondida. Como dices, ha pretendido imitar la crueldad de algunos maridos.

—En realidad, es una historia aleccionadora —opinó la que había leído la noticia—. De aquí se aprende que no hay que sobreponer los impulsos por encima de la reflexión.

—Yo creo que no vale la pena haber levantado un clamor contra los asesinos pasionales si ahora empiezan las mujeres a matar, o a intentar matar a los hombres —sentenció Campoamor—. La violencia en el amor o el amor por la violencia son términos antitéticos en todos los casos. Seguro que la pobre muchacha lo ha comprendido hoy así.

—Y el herido… ¿la habrá perdonado? —preguntó una de las presentes, una señora gruesa, madre de siete u ocho criaturas.

—Si la ha perdonado, ella se habrá compungido pensando: «Si me perdona es que ya no me ama; en realidad, no le importo».

Una carcajada general quitó seriedad a la ironía.

—Los hombres son más eficaces con las armas de fuego —continuó la lectora, y se caló nuevamente las gafas—. Veamos otra noticia: «Siguen los celos. Ayer dio principio en la sala cuarta de la Audiencia la vista de la causa seguida contra Aparicio Ángel Méndez, acusado por el fiscal del delito de homicidio en la persona de Julio Muñoz Quesada. El fiscal, señor Monzón, pide para Aparicio la pena de catorce años y la acusación privada la eleva a veinte años. Ambas acusaciones consignan que el procesado discutió con el muerto por celos, disparando sobre él y causándole la muerte».

—En este caso el hombre sí sabía utilizar bien el arma.

—Habrá que oír al defensor —opinó la señora partidaria del perdón—. Seguro que detrás hay una historia de amor y desengaño.

—No lo crean —explicó Campoamor—. Es un caso insólito. Alega el defensor que el acusado no conocía a la novia del muerto ni tenía ningún tipo de relación con ella, y que el novio lo atacó sin razón ni motivo.

—¿Sin razón ni motivo? Entonces, ¿no fue por celos?

—Sin razón ni motivo verdadero, según las alegaciones del defensor. ¡El homicida es conductor y la llevaba en su taxi! Según esta versión, el taxista Aparicio mató al novio de la chica en legítima defensa cuando este lo atacó consumido por los celos.

—¡Qué extraño! ¿Y por qué tenía un arma? ¿A este no le van a acusar de tenencia ilícita de arma de fuego? ¿O es que solo está prohibido que las tengan las señoras? Además, ¿es peor una mujer que asesine por celos a que lo haga un hombre?

Campoamor no quería polemizar sobre las diferencias sexuales a la hora de cometer un asesinato. Este hecho le parecía mal en todas las ocasiones, pero quiso explicar los motivos que, a veces, empujaban al hombre.

—En el actual ambiente social español, lleno de prejuicios calderonianos, el marido engañado, el verdaderamente engañado que mata o hiere a la adúltera, cede a sugestiones muy poderosas.

Lo arrastra al crimen un concepto del honor que es falso, pero que está muy extendido.

—Pero ¿le parece a usted, Clarita, que en España habrá muchas mujeres que engañen a sus maridos? —preguntó la señora gruesa madre de familia numerosa. Ella nunca había tenido tiempo para imaginar aventuras.

—Yo creo que no y, si las hay, son muy pocas —aclaró la interpelada—. En general, las mujeres españolas carecen de fantasía y de personalidad. Tienen un carácter excesivamente pasivo.

Un revoloteo de miradas levemente airadas fluctuó alrededor de Campoamor. Estaba presente un buen número de mocitas modernas que, aunque solteras, se sentían capaces de muchos alardes de la imaginación, con independencia de un hipotético adulterio en el futuro.

—¿Quiere decir que no experimentan tentaciones de pecar?

—Exactamente. La mujer en nuestro país no tiene grandes turbulencias sentimentales. Además, ¡pide tan poco para enamorarse! —elucubró Clara—. ¡Porque se ve por ahí cada facha de hombre! «¿De qué se habrá enamorado la mujer de este tipo?», piensa una.

La juventud imaginativa, ante aquellas palabras, se serenó. Efectivamente, todas conocían a unas cuantas amigas que se habían enamorado de hombres verdaderamente indeseables o estúpidos. En parte, de eso las protegía el Lyceum Club, que suponía una puerta hacia el conocimiento y también hacia la fantasía, con sus exposiciones, sus iniciativas culturales y su biblioteca. Las señoras casadas, por su parte, comenzaron a admirar con visión levemente nebulosa la gran araña del techo, que competía con sus luces con la caricia del sol en la ventana. Los maridos que quedaban en casa y de los que en su momento se enamoraron, a veces, no habían verificado sus expectativas.

—Una vez enamorada y una vez casada —siguió diciendo Clara Campoamor—, la mujer se entrega para toda la vida sin pedirle al marido, a cambio de su devoción, más que un mínimum de asistencia doméstica.

—Bueno, Clarita; pero, aunque haya pocas, no cabe duda de que hay algunas mujeres adúlteras —insistió una de las jóvenes—. ¿A qué atribuye usted la infidelidad?

—Casi siempre tiene la culpa el marido. —Un estallido de risas la interrumpió, pero Clara las acalló con un gesto. Ella no estaba haciendo una broma. Como abogada, había tenido que desenmascarar unos cuantos casos execrables de adulterio femenino provocado por los manejos del hombre—. En algunos casos es el marido quien empuja a la esposa de un modo directo al adulterio con objeto de explotarlo; y en otros, aún más frecuentes, después de abandonarla material y moralmente, la pone en la necesidad de buscar a otro hombre. Como regla general puede decirse que todo marido burlado lo sabe y lo consiente.

Un gran suspiro pesaroso acompañó estas explicaciones.

—Hay excepciones, claro —concedió Campoamor.

En la vida real cabían todas las eventualidades. Tampoco resultaría tan extraño que una mujer muy desgraciada, casada con un hombre equivocado, acabara enamorándose de otro mejor, como en la novela de *Colombine*. En ese caso, lo más urgente consistía en derogar el «artículo rojo», no le fuera a pasar por la cabeza al marido tomarse la justicia por su mano para librarse de la esposa infiel.

5. No matarás

Benita Asas Manterola y Matilde Huici se sentaron frente a frente en una mesita apartada, al fondo del salón de té más famoso de Madrid, cercano a la Puerta del Sol. La maestra Benita Asas, hombros anchos, pelo negro y barbilla puntiaguda, heredera de su abuelo aizkolari en los bosques guipuzcoanos, había nacido en San Sebastián y por eso se sentía bien cercana a su compañera Matilde, toda espíritu y tan liviana de carnes que parecía que podía llevársela el aire. Matilde, nacida en Pamplona en 1890, también había sido maestra en Bilbao y San Sebastián hasta que decidió afincarse en Madrid, en la Residencia de Señoritas, mientras impartía clases y estudiaba la carrera de Derecho.

Benita y Matilde, antes de tomar asiento, habían echado una ojeada al mostrador de la confitería y, cuando se acercó la camarera ondeando su delantalito blanco y su cofia almidonada, aún no se habían puesto de acuerdo en la comanda.

—Dos cafés con leche y unas pastas de té —solicitó Matilde.

—¡Ah, no! Yo prefiero un bollo suizo.

—¿Un bollo suizo? —se alarmó Matilde—. ¿No sería más adecuado recibir a «ese señor» con algo más refinado?

—¿Refinado «ese señor»? ¡Yo lo veo normal y corriente! —se carcajeó Benita, y agregó como si aportara una explicación incuestionable—: Además, creo que su madre ha nacido en Bilbao y es militante del Partido Socialista.

—¡Ah, pues su madre será de Bilbao, pero él es profesor de Derecho Penal y hace bien poquito me daba a mí clases en la universidad!

—¿Y por eso no me puedo yo comer un bollo suizo? —volvió a burlarse Benita—. No creo que a «ese señor» le parezca tan ordinario que yo alivie mi apetito. ¡Anda, que llevo una mañana! Entre las clases en la escuela y la reunión de la Asociación

Nacional de Mujeres, de la que soy presidenta, no he tenido tiempo ni de probar bocado.

Matilde se acercó a Benita para que no le oyera la camarera.

—Es que me temo que él tiene mucha influencia sobre los integrantes de la Comisión Revisora de los Códigos y ahora precisamente, ahora que están redactando el nuevo Código Penal y que nosotras estamos «en esto», no quiero que «ese señor» piense que aquí no se hila fino…

Benita abrió la boca, pero no llegó a hablar porque a su espalda sonó la voz grave y levemente engolada de Luis Jiménez de Asúa, catedrático de Derecho Penal, recientemente retornado de las islas Chafarinas, donde lo había confinado Miguel Primo de Rivera por breve tiempo por el motivo de haber protestado contra las vejaciones infligidas a Miguel de Unamuno.

—Señoritas… ¿Me estaban esperando? ¿No habré llegado tarde? ¿Y no va a venir la señorita Campoamor? —Jiménez de Asúa interrumpió sus preguntas para hacer el pedido a la camarera, que todavía estaba aguardando—. A lo que hayan pedido las señoritas, añada para mí, por favor, un té con leche y un bollo suizo.

Matilde Huici tragó saliva anhelando que a Benita no se le escapase la risa y se apresuró a disculpar la ausencia de su amiga.

—Esta tarde, precisamente, Clarita tenía que impartir una conferencia en el Ateneo y nos ha dejado a nosotras solas para defender su opinión, que es igual a la nuestra.

—Muy interesante el ensayo de la abogada Campoamor en *La Libertad* la semana pasada: «¿Desaparece o subsiste el "artículo rojo"?» —silabeó don Luis con ínfulas melodramáticas—. Pero es todavía más sugestivo el título que usted, Matilde, ha elegido para su publicación en *El Sol* el pasado 29 de enero: «No matarás». ¡Muy impactante!

Matilde advirtió que un arrebol le subía a las mejillas, pero la timidez del principio comenzó a agriarse frente a la prepotencia de su antiguo profesor. Mientras tanto, Benita Asas procuraba aguantar el envite sin mostrar sus cartas. Si la faena no iba bien, ella misma pensaba darle la puntilla al abogado.

—Mi querida compañera Clara Campoamor lanza un toque de clarín en su artículo —comenzó Matilde, sin percatarse de la sonrisa del abogado por la relación, afortunada o inoportuna, entre «Clara» y «clarín»—, pero todas las mujeres, sobre todo las que vestimos la toga, tenemos que manifestarnos para que en el nuevo Código no subsista el artículo 438. ¿Cómo es posible que una persona considere justo el derecho a vengarse matando? La ley nunca debe reconocer el derecho a matar y ahora nuestro Código protege a quien, siendo juez y parte, se toma la justicia por su mano. Nos preocupa a todas las mujeres, y también a muchos hombres, que la Comisión Revisora no muestre intención de modificar el antiguo criterio.

Jiménez de Asúa mojó su bollo suizo en la taza de té. Realmente hubiera sido más acertado pedir un café con leche. Sin embargo, había preferido presentar un cariz más elegante ante las señoritas.

—¡Ejemm, hummm, ejemmm! —dijo cuando pudo despejar la garganta—. Ustedes, desde luego, han comenzado una campaña cargadas de nobles designios y quiero adelantar mi simpatía a su loable empresa, pero al mismo tiempo…, ¡al mismo tiempo deseo centrar el asunto en un área más técnica! —Las dos señoritas pusieron su fino oído al servicio de la pericia legislativa, mientras el abogado se explayaba—. Algunas cuestiones penales, por su índole popular, son propensas a caer en excesivo dramatismo, que oscurece la verdadera esencia de los problemas. Por eso, ante la Comisión de Códigos, es preferible un ademán de contención, que destaque el argumento del abogado por encima del sentimiento femenino. Si el gesto es demasiado patético y las palabras no se usan con rigor, acaso se frustre la finalidad a que aspiran.

—¿Demasiado patético? —opuso Matilde, sorprendida—. ¿Nos está acusando de ser feministas?

—Dice usted que el artículo 438 concede un derecho a matar. Pues bien, tal afirmación me parece sobradamente atrevida. El Código no dice que otorga el derecho a ejecutar esa acción; lo que el Código otorga es una «excusa absolutoria» en el caso de lesiones menos graves y una «atenuación extrema» en caso de muerte o graves heridas.

Benita Asas abrió la boca y la volvió a cerrar, esperando que el caballero llegase a un punto menos técnico pero más claro. Matilde comenzó a desconfiar del sentido final de las explicaciones.

—Pero ni siquiera colocado el asunto en esta postura menos sensacional, tiene defensa el artículo 438 —aclaró Jiménez de Asúa para alivio de las señoritas, antes de seguir desgranando su sabiduría doctrinal—. En viejos cuerpos legales asistía al marido el derecho a matar a su cónyuge infiel, un parricidio perpetrado *honoris causa*, pero el codificador español tuvo que contentarse con una fórmula más modesta, que acabo de esclarecer. Hoy ya no es admisible lo que acaso fue justo en el último cuarto del ochocientos. El concepto del honor se ha despojado de sus formas aparatosas. El artículo 438 debe ser eliminado.

—¡Ajá! —asintieron las dos a la vez, no muy seguras de estar totalmente de acuerdo en los puntos anteriores.

—El marido que levanta el brazo armado contra la mujer infiel no recupera su honor. Sin embargo, el marido que confiaba ciegamente en el afecto y en la fidelidad de su esposa, al encontrarla en flagrante adulterio, puede experimentar un dolor tan acerbo, un dolor tan cruel… ¡que acabe matándola en un estado emocional que volatiliza momentáneamente su imputabilidad! El homicidio *in rebus Veneris* es el tipo más acabado de la muerte producida en el arrebato de un dolor justo.

Las damas, ante una postura tan contradictoria, olvidaron la llamada del café con leche y las pastas de té mientras el caballero continuaba para ofrecer la parte más «feminista» de su reputada opinión.

—Claro está, ese mismo dolor lo puede sentir la mujer enamorada respecto al marido infiel. Por eso son numerosos los códigos que lo aprecian como atenuante. Así pues, en el nuevo Código bastaría formular de manera genérica la excusa de justo dolor para beneficiar al marido ¡o a la mujer que responda con violencia ante el adulterio! Yo propongo eliminar el indelicado artículo 438 y acompañar un precepto que considere con ademán benigno todo homicidio emocional.

—No, no —exclamó Matilde, que por fin había entendido la dirección de la propuesta—. No es eso lo que pedimos. Las mujeres no queremos que el Código sustituya «el marido que sorprendiendo a la mujer» por «el cónyuge». Yo digo: ¡no matarás! No, la mujer no quiere tener el derecho de venganza, igual que el hombre. Sencillamente, queremos que desaparezca el «artículo rojo» del Código. Ya está.

—Por otra parte —continuó Jiménez de Asúa sin escucharla—, cuando un hecho procede de un dolor tan acerbo, un dolor inaudito y sobremanera justo, debería existir la posibilidad de perdonar. El legislador debería poner en manos del juez facultades amplias para poder perdonar al infractor. ¡La Justicia transida de piedad es más humana!

Benita Asas se puso en pie. Más allá de las elegantes paredes del salón de té la esperaban innumerables ocupaciones. Por ejemplo, redactar una nota como presidenta de la Asociación Nacional de Mujeres Españolas para enviar a *La Libertad* con el recuento de todas las actuaciones que, desde hacía años, protagonizaba su asociación sobre la reforma de los códigos. No era solamente la derogación del famoso «artículo rojo», las feministas también pretendían reformar el Código Civil y todas las leyes discriminatorias para las mujeres.

—El perdón y la piedad son conceptos elevados muy bonitos —dijo como despedida—. Pero esa libertad de tomar la justicia por la mano no se otorga en ningún otro delito por muy ofensivo que sea. ¡Más ofensivo es el atropello o la violación de una mujer, y no concede la ley a esta el derecho a semejante venganza! Pues que sepa esa Comisión Revisora de los Códigos que en el mundo civilizado existen 40 millones de mujeres unidas por medio de la Internacional Sufragista y que todas están a la expectativa de lo que en España se va a legislar. En otros países, muchas de esas mujeres disfrutan ya de la plenitud de derechos, gracias al espíritu justiciero de los legisladores. ¡A ver lo que se legisla en España!

El batiente de la puerta osciló para permitir la salida del local a una digna Benita Asas Manterola y, en contrapartida, un aire fresco y húmedo extendió sus efluvios en el salón de té.

—Esta señorita se parece a…, digo que me recuerda a una amiga de mi madre —comentó el caballero.

—¿Alguna señora de Bilbao? —se interesó Matilde, solo por educación. La reflexión de su antiguo profesor le había parecido deprimente.

—No, de San Sebastián. Creo que esa señora era descendiente de un famoso aizkolari.

Febrero de 1927

DRAMA PASIONAL. HIERE GRAVEMENTE A SU NOVIA Y SE DISPARA UN TIRO, CON PROPÓSITO DE SUICIDARSE

Barcelona.— Comunican de San Gervasio que, a las tres de la tarde, por negarse los padres de la joven Dolores Carreño Velasco, de diecinueve años, a que tuviera relaciones con su primo Rafael Carreño, de veintiséis, este disparó un tiro contra su novia y luego intentó suicidarse. Ambos quedaron en gravísimo estado.

Esta tarde, Rafael se presentó en casa de su novia, con la que había reñido hace dos meses, con el propósito de reanudar las relaciones.

Estaban en la casa la madre de la novia y una hermana, y entre esta y Rafael se suscitó una discusión, ante la cual la madre de la novia dio a Rafael un mordisco.

El novio, con un revólver, hizo tres disparos, uno de los cuales alcanzó a su novia en la espalda, y después intentó suicidarse.

El suceso ocurrió en la calle de Amigó, núm. 59, primero primera, domicilio de la novia. Esta fue trasladada a la clínica del doctor Rabasa, y Rafael al Hospital Clínico.

Los dos se hallan en grave estado.

La Voz, 14/02/1927, p. 12

6. La maravillosa creación de la imprenta

Clara había enviado a Rosita a la imprenta con un cometido muy sencillo: tenía que mandar imprimir unas octavillas con las peticiones que el Lyceum Club proponía al Comité para la Reforma de los Códigos.

—Romanito, no te alejes —le espetó a un niño de cuatro o cinco años que jugaba a avanzar y retroceder alrededor de su madre.

El niño no se llamaba Romano, sino Romualdo, y ese nombre había sido la causa de una de las primeras palizas con que le había alegrado la vida su esposo y tío. En cuanto se vio que el recién nacido era niño, Romualdo estableció que se tenía que llamar como su padre.

—Pero Romualdo es un nombre extraño, antiguo —susurró la recién parida—. ¿Y si se llama Gervasio, como su abuelo?

Pues no, el niño tenía que llamarse Romualdo por las buenas o por las malas; así que lo bautizaron Romualdo. Pero, claro, ahora que Romualdo padre estaba en la cárcel y no se enteraba del todo de las cosas, Rosita llamaba al niño Romano, que era un nombre distinto y no le traía los malos recuerdos y las angustias de Romualdo. Total, era parecido y, si la gente acababa por acostumbrarse y se enteraba su marido, ella siempre podía decir que no tenía la culpa de que los demás no oyeran bien.

Sin quitar la vista de su hijo Romanito la muchacha echó un vistazo al papel que llevaba en la mano y que tenía como título «El Código y la mujer». ¡Qué interesante! La buena influencia de Celsia Regis le había procurado un trabajo no muy bien remunerado pero que le traía grandes satisfacciones. Estaba comenzando a vislumbrar que ella misma, la pobre Rosita de toda la vida, tenía más derechos y más esperanzas de las que nunca imaginara. El panfleto contenía una lista con más de una decena de reivindicaciones: «Que la patria potestad se ejerza en común por el hombre y la mujer», «Supresión del artículo 438 del Código Penal», «Administración y gobierno en común de los bienes gananciales», «Que los motivos de desheredación sean idénticos para el hombre y para la mujer», «Derecho de la mujer casada a disponer del producto de su trabajo».

Pues sí que tenían buenas ideas las señoras del Lyceum. Desde luego que, si Romualdo se enteraba de que estaba trabajando, y más para aquellas locas, no le duraba la peseta diaria de su sueldo ni dos minutos.

—Romano, ven aquí —gritó más por costumbre que porque el niño se hubiera alejado.

En realidad, Rosita había dejado de ver claro cuando leyó el par de peticiones finales de la hoja que llevaba en la mano. «Supresión del artículo 57 del Código Civil para que, en su lugar, diga "El marido y la mujer se deben protección y consideraciones mutuas"» y más abajo «Supresión del número 3.º del artículo 603 del Código Penal, que obliga a la mujer a obedecer al marido, para que, en su lugar, diga: "Los maridos que maltraten a sus mujeres y las mujeres que maltraten a sus maridos…"».

¿Protección y consideraciones mutuas? ¿Desde cuándo su marido la protegía?, se escandalizó. ¿Cuándo la había considerado ni siquiera como ser humano? ¿Y lo de no tener que obedecer al marido? Si obedeciendo ya se había llevado unas cuantas bofetadas, no se podía imaginar qué pasaría con Romualdo en caso de desobedecer. Aquellas pretensiones de las liceómanas, por más que fuesen justas, a Rosita le parecían absolutamente disparatadas por inverosímiles. Pedir a la dichosa Comisión Revisora todo aquello junto, y que además se cumpliera, era como pedir peras al olmo. Pero qué regustillo advertía en la boca del estómago cuando lo leía. Ahora bien, si su marido se enteraba de la misa la media, ella estaba perdida.

Entre tanto, pasito a pasito y con Romanito triscando a su alrededor, Rosita había llegado a la dirección que Campoamor le indicara. Como era barata y eficiente, el Lyceum Club encargaba la impresión de su folleto a la imprenta de la UGT. La chica empujó la puerta de madera que daba paso a un pequeño local atestado de papeles y periódicos. Allí la esperaba una sorpresa que, en realidad, había presagiado.

—¡Oh, Rosita! ¡Qué alegría! —saludó Juan José, el obrero del Alákano, que también era uno de los tipógrafos de la imprenta—. ¡Ah, y este es su hijo! ¡Qué chiquillo más simpático!

Rosita se sorprendió a sí misma sonriendo con naturalidad y tendiendo la mano al operario tipógrafo para que se la estrechara. Aquellos alardes, que en su mundo no estaban permitidos, en ese ambiente laboral resultaban bastante más familiares.

—Vengo con un encargo del Lyceum Club —se justificó mostrando el documento que tenía entre las manos, y señaló el cúmulo de impresos y folletos que se apilaban en grandes estanterías—. No me imaginaba cómo podía ser una imprenta.

Juan José sonrió, encantado de poder mostrar los intríngulis de su oficio ante la curiosidad de una joven tan encantadora.

—Esta es nuestra mejor colaboradora, la linotipia. Gracias a ella podemos imprimir muchas palabras a la vez. Vea, vea. —Señaló un artefacto hacia el fondo del local—. Antes, para grabar una hoja había que ordenar las letras una por una en una vara de componer, pero esta máquina produce una línea completa agrupando las matrices con las formas de las letras. Después se funde la línea de ensamblado en una sola pieza y las matrices se devuelven al magazín de tipos de la que proceden para ser reutilizados en otra ocasión. Así, unas pocas personas podemos componer muchas páginas diariamente.

Rosita se acercó tímidamente al prodigio tipográfico, que era un mecanismo de unos dos metros de altura compuesto por un teclado, desde donde se elegían las letras que salían de un depósito en la parte superior, y una serie de palancas, émbolos y rieles imprescindibles para enviar mecánicamente las matrices hasta la sección de fundido. Sonrió asombrada de la dificultad del invento. Juan José, con aire decidido, tomó asiento frente al teclado y con una rapidez pasmosa comenzó a escribir para que la chica viera el aparato en funcionamiento. La linotipia comenzó a trabajar con un sonido que a Rosita le recordaba al de una locomotora que circulase sobre cristales rotos.

—¡Es impresionante! ¡Cuánto me gustaría aprender! —exclamó—. ¿Es difícil de manipular?

—Todo es realmente sencillo —dijo el tipógrafo humildemente—. Pruebe, pruebe usted.

Juan José sentó a Rosita ante el teclado y desde su espalda dirigió su mano con el índice extendido hacia las letras.

—Solamente hay que elegir las matrices para que salgan del magazín y presionar sobre ellas. La linotipia hace el resto. Para que funcione bien es necesario mantener lubricada la máquina y que la matriz no se interrumpa por nada. Eso sí, el aceite no debe caer nunca sobre la matriz porque se combinaría con polvo y se mancharía.

A Rosita le subió un escalofrío desde la parte baja de la espalda hasta el cuello, el lugar donde sentía la respiración de Juan José, y para olvidar esta sugestión se concentró en la dirección de su dedo extendido que, guiado por el operario tipógrafo, saltaba desde la «c» a la «l» y a la «u» y desde la «u» a la «b». Club. Lyceum Club. Qué emocionante.

Sin acabar la composición, el linotipista experimentado y su aprendiz se levantaron a la vez para evitar que las enseñanzas se complicasen.

—Y aquí tenemos algunos ejemplos de distintas publicaciones con variados tamaños y tipos de letras. —Señaló Juan José para disimular su turbación—. Aparte de eso, en la composición se pueden incluir algunos dibujos o diversos encuadres.

—Esto… yo no sé. No me han dicho nada en concreto. Mejor, elija usted lo que crea más conveniente.

Rosita y Juan José, después del primer alejamiento causado por prudencia, acercaron de nuevo la cabeza, esta vez por necesidad, para inclinarla sobre varios ejemplos de fotocomposición.

—Este es un cartel de llamamiento a la huelga y este otro lo hicimos sencillamente para publicitar un perfume de señora.

De improviso, un grito agudo y prolongado los sobresaltó.

—¡Romanito! —dedujo la madre. Se había olvidado de su niño.

Rosita y Juan José se volvieron a la vez y distinguieron al chiquillo atrapado por la máquina. Emulando el experimento de los adultos, el chico había querido investigar el funcionamiento de las matrices metálicas y en lugar de pulsar el teclado había introducido la mano en el mecanismo para aferrar alguna pieza. Total, que algo se había movido y ahora no la podía sacar. Rosita corrió hacia él espantada. Le asustaba que el niño se hubiera lastimado, pero si había estropeado la máquina, temía aún más el esperable estallido de cólera de Juan José. Sin embargo, el tipógrafo la apartó suavemente y, puesto que él conocía la máquina, maniobró sobre la mano del niño para rescatarla.

—¡Ah, valiente! Esto no ha sido nada, ¿verdad, precioso? —tomó al chiquillo en sus brazos y lo alzó hacia lo alto jugando con él.

Rosita quedó confundida. En lugar de reprender al niño por su travesura, Juan José lo estaba consolando. Esa no era una reacción que ella hubiera previsto. Ella estaba acostumbrada a los malos modos y a los castigos de Romualdo, que invariablemente despachaba al niño con un par de patadas en cuanto hacía ruido o se acercaba demasiado. Era la forma de «educar a un hombre».

Sin embargo, Juan José lo confortaba. ¡Y eso que Romanito no era su hijo!

Madre e hijo, al poco rato y una vez completado el encargo, salieron a la calle. Menos mal que no se había roto nada en la imprenta. Aunque Rosita sí tenía una grave quebradura en el corazón. Existía Romualdo, con su gesto agrio y su voz violenta, y ahora ella ya sabía que también existía Juan José, un hombre delicado, inteligente, bondadoso, cariñoso. Y ella, Rosita, precisamente, era la esposa de Romualdo y su hijo era el hijo de Romualdo. ¿Por qué no era ella consorte de Juan José? ¿Por qué su hijo no tenía un padre amable y generoso?

Si hasta aquel momento había llevado su desventura con resignación, ahora Rosita comenzó a sentir un aguijón de rebeldía que le atenazaba la garganta. No era justo. Eso no podía ser. Ella estaba abocada a sacrificar su vida entera junto a un hombre despreciable, un marido violento, un padre cruel; mientras que, a la vez, existían otros hombres dignos de ser amados, como Juan José.

—Romano, ven aquí —avisó al niño, limpiándose las lágrimas. Menos mal que el pobrecillo aún no era capaz de comprender su desgracia.

7. Réplica

Clara Campoamor desplegó el diario del 9 de febrero con displicencia. Luis Jiménez de Asúa publicaba en *La Libertad* «Temas penales. El artículo 438 del Código Penal» como respuesta a su propuesta de suprimir ese artículo. En principio, él se mostraba partidario de la eliminación, lo cual estaba bien. Pero ¿y esas zarandajas acerca del «patetismo» de la postura femenina? ¿Qué era eso de que había que llevar el asunto hacia un «punto más técnico»? A medida que releía el artículo, Clara se iba encendiendo más.

—A primera vista, parece lógico llevar la modificación legal al campo técnico, pero también hay que valorar el sentimiento popular sobre el concepto de la justicia, el cual, afortunadamente, tiene una raigambre profunda en el alma de la colectividad.

Celsia Regis y Rosita, sentadas en sendas sillas en el despacho de Campoamor, se miraron con frialdad, ajenas por completo a los circunloquios de la abogada.

—Ella lo ha dicho bien claro: el alma y la justicia —dijo Rosita.

—No se trata del alma, sino de lo que te conviene —le recriminó su tía en voz baja.

—La mayoría de las veces las modificaciones legales no se afrontan con un espíritu exclusivamente técnico, desnudo de las hojas de parra, o de higuera, de la llamada «educación social», o «el sentimiento nacional», o «el concepto de esta o aquella colectividad» y otras majestuosas monsergas —siguió Campoamor señalando el artículo de Jiménez de Asúa, pero sin prestar gran atención a las palabras de sus visitantes, que por otra parte se estudiaban entre sí, ajenas a las teorías de la abogada.

—Yo no he hecho nada —dijo la chica en voz baja.

—¡Todavía! —le reprochó su tía.

—No es justo acusarme de lo que aún no ha sucedido —contestó en un murmullo.

—Es más —añadió Clara, elevando la voz, en unas explicaciones que pensaba redactar para dar respuesta al artículo del abogado—, los tocólogos o comadrones de toda modificación, cuando sospechan que en el esperado alumbramiento no se le va a respetar su rango a la técnica, si no se inhiben gallardamente es porque primero remueven a la masa popular para que proclame su propia superioridad y arranque esa costra y esas hojas que han superpuesto erróneamente los tocólogos legislativos.

—Te lo digo por tu bien —insistió Celsia Regis en voz baja—. Yo te quiero mucho y por eso te digo que hay que domesticar los sentimientos.

—Domesticar los sentimientos —cazó Campoamor las últimas palabras—. Por eso, la técnica ha de venir a actuar sobre el sentimiento vivo de la colectividad, dando sentido y forma jurídica a los anhelos de justicia expresados por la masa. Es tan imposible que el profesor Asúa pudiera iluminar su técnica a un pueblo de zulús como que en un estado supercivilizado, como Suiza o Alemania, se implantara hoy, *manu legislativa*, nuestro artículo 438 —apostrofó vivamente a sus interlocutoras.

Rosita asintió con energía, aunque no se estaba enterando de nada. Buena estaba ella para sutilezas con el lío que se le estaba organizando entre el corazón y la cabeza. Además, para colmo de males, alguien había sugerido a su tía que estaba intimando con un hombre y ella había comenzado su rosario de advertencias y admoniciones.

—Eso, ¡el artículo 438! —Se incorporó Celsia Regis al sentido oficial de la conversación—. Bien claro se ve ahí el peligro. Y también tratan del adulterio muchos otros artículos del Código Civil. Lo dice la voz de la experiencia.

—Además, la técnica, igual que la experiencia, ¿no pueden ser susceptibles de error? —siguió Campoamor, enhebrando una argumentación que pronto iba a necesitar imperiosamente traspasar al papel para enviarla nuevamente al periódico—. Matilde Huici y yo aceptamos, como el Sr. Asúa, que en el tema destaque el argumento de abogado por encima del sentimiento femenino, pero tuvimos la prudencia de no manifestar públicamente nuestra oposición a una ley que nos veja y desconoce hasta después de habernos vestido con la doctrina y con la toga.

—¿Y qué quiere usted que haga? —estalló Rosita en un murmullo—. ¿Qué me eche a llorar para una vez que soy feliz en la vida?

—Mientras que el sentimiento femenino ha sentido inquietud por su inferioridad legal y ha iniciado sus quejas, unas veces patéticas y otras técnicas, pero siempre reivindicadoras, hasta hoy, las conciencias técnicas han considerado justos los vejámenes al sexo… ¡Y así estamos!

—Piensa en el niño. Piensa en Romualdito, por si se queda huérfano.

—¡Romanito! —la cortó Rosita—. Hasta ahí podíamos llegar.

—Como quieras: Romanito; pero considera que te pones en una situación totalmente ilegítima.

—Personalmente yo aspiro a combatir el desdichado precepto, sola y únicamente en el terreno jurídico, aunque para sentir la injusticia de la ley y ansiar una más legítima distribución de derechos no es siquiera necesario sentirse mujer; basta sentirse persona, ser humano.

—¡Exactamente! —exclamó Rosita, retomando el hilo de la reivindicación—. Cualquier persona, cualquier ser humano, aunque sea una mujer, puede sentir la injusticia de la ley.

Clara Campoamor advirtió que sus acompañantes, aunque le daban la razón, estaban probablemente hablando de otras cosas y, como había una serie de ideas que no quería que se escapasen de su cabeza, comenzó a garabatear en uno de los folios que había sobre la mesa su «Réplica» al artículo de Jiménez de Asúa, que publicaría también *La Libertad* el 17 de febrero. A la vez, desgranaba las mismas palabras en voz alta.

—Considero el artículo 438 del Código Penal: injusto, por la preponderancia de un sexo, que en sí vincula el «momento emocional» y precisamente en el hombre, llamado por antonomasia «ser de razón», frente a la mujer, «ser de sentimiento»; tosco, porque concreta el dolor que arrebata la mente y arma el brazo, concediendo primacía al arrebato del instinto sobre otras fibras más finas del hombre cultivado; peligroso, porque supone *a priori* un dolor en casos y situaciones objetivas en que más de un sujeto puso malicia y alevosía; brutal, porque, aunque no conceda ciertamente un derecho a matar, lo levísimo de la sanción, el destierro, constituye más bien una tentación a «disolver» lo indisoluble para el desaprensivo; antijurídico, porque, con sanción o no (mejor diríamos, con vacaciones o sin ellas), tanto si mata o hiere menos gravemente, permite a leve costa la venganza privada.

—Injusto, tosco, brutal —resumió Rosita.

—Peligroso —dijo Celsia Regis.

Mientras tanto, Clara subrayó el adjetivo cuyo sentido debía intentar desactivar: antijurídico.

8. Un billete, una almendra y un acto de protesta

Clara puso los dos pies sobre las baldosas heladas del suelo y sintió un escalofrío. Hasta que no llegase la primavera la casa conservaría el recuerdo de los rigores del invierno. A continuación, se vistió con un albornoz y buscó las zapatillas de estar en casa. La que correspondía al pie izquierdo se hallaba a la vista, pero la otra tuvo que rescatarla reptando por debajo de la cama. Probablemente la habría empujado hasta allí sin darse cuenta cuando cayó semiexhausta al final del día anterior. Al ver el par de chinelas sonrió. Se las había regalado su madre y eran una parejita de aspecto graciosamente femenino, con suela de esparto y cuerpo de tela, cosido y bordado por doña Pilar con esmero. Distraídamente Clara se llevó el dedo corazón de la mano derecha a la boca. Ese gesto, aprendido durante su infancia de niña costurera, se debía a la costumbre de chuparse el dedo lastimado cuando se empujaba la aguja sobre la tela sin el dedal puesto. ¡Pues no había pasado ella pocas horas cosiendo trajes, camisas y pantalones! Y su pobre madre, muchísimas más. Por eso le enternecía que, después de tantas penalidades, tuviera ella ánimo en la actualidad para bordarle a la hija unas zapatillas adornadas con tantos lazos, cadenetas y dobladillos. En fin, concluyó juzgando la laboriosidad de su madre, las mujeres podían llegar a ser excesivamente trabajadoras.

Entre estos y otros pensamientos Clara desayunó austeramente, se aseó, se vistió y salió de su domicilio. Quería hacer algunas compras en la Gran Vía y, como no estaba muy lejos de su casa, decidió ir paseando tranquilamente. Inmersa en sus pensamientos rebasó la plaza del Ángel y llegó a la calle Carretas con intención de cruzar la Puerta del Sol. Allí se entretuvo durante un par de minutos mirando los escaparates de algunos comercios y, por fin, embocó el comienzo de la calle Montera. Un muchachito de unos doce años voceaba las noticias principales del diario que llevaba en la mano para que la gente comprara los ejemplares.

—«Robo de objetos por valor de un millón», «La guerra futura», «Automóvil destrozado por el expreso de Barcelona», «Se agrava el conflicto entre Méjico y Estados Unidos», «Acto de protesta contra el artículo 438 del Código Penal». ¡Compre *La Voz*!

A Clara le dio un salto el corazón en el pecho. Indudablemente, aquel rapazuelo era feminista y por eso destacaba la noticia que a ella más le interesaba y de la que precisamente iba a ser protagonista. Hizo una seña al chico para que se acercara, con la intención de comprar el periódico, pero, como otras personas lo llamaron desde la otra esquina, el vocero se alejó con su mercancía.

Mientras Clara comenzaba a seguir al vendedor de periódicos, a pocos metros, en un humilde despacho de verduras de la calle Carretas se estaba gestando una tragedia. El propietario, José Ceballos, de 63 años, por falta de vista no había advertido que el día anterior algún cliente le había endosado un billete de cien pesetas completamente falso. ¿Cómo podía haberle ocurrido? Indudablemente había sucedido en el único momento de bullicio que hubo en la tienda. Seguro que fue aquella señora tan bien vestida que compró medio kilo de zanahorias y una botella de aceite. ¿Quién iba a suponer que alguien respetable manejaba moneda fraudulenta? La cara de la mujer no le había resultado conocida, pero él había confiado en ella deseando ganarla como futura clienta adinerada. Sin embargo, aquello había resultado una tragedia. ¡Cien pesetas perdidas! ¡Las ganancias de todo un mes de trabajo! Eso no podía ser. José Ceballos discurrió las posibles soluciones, porque estaba claro que emplear moneda falsa era un delito. Podría buscar a la timadora por todo Madrid y obligarla a hacerse cargo del billete engañoso. Las zanahorias se las regalaba sin compromiso y le ofrecía su silencio en lo tocante al futuro del papel moneda. Pero, ¿qué estaba diciendo? Seguramente sería imposible encontrarla y, en caso de conseguirlo, ella jamás aceptaría haber sido la propietaria del billete. Solo quedaba una solución al problema: hacerlo circular para que siguiese su camino en los bolsillos de otros incautos.

—Josefa, Josefita. Anda, ven aquí, que me vas a sacar de un compromiso. Si lo haces bien te ganas una perra gorda.

A Josefa, mientras sonreía, se le achinaron los ojos y la alegría de su boca grande empujó hacia arriba las pecas que le bailaban en el rostro.

—¡Una perra gorda, abuelito! Diga usted.

Josefa era la nieta de José Ceballos, una muchachita de trece años, despierta y graciosa más que linda o bien vestida. La chica apenas había acudido a la escuela, pero la vida de la calle le había enseñado lo más útil para la supervivencia. El encargo, en realidad, era bien sencillo: solo tenía que colocar a cualquier inadvertido el billete falso, «buenamente» o como pudiese, para que siguiera su camino.

Por otra parte, pensó la muchacha, una perra gorda estaba bien; pero, además, para hacer el trueque tenía que comprar para sí o para otros alguna mercancía. No podía cambiarlo sin excusa previa, así que aquello le daba ocasión de agenciarse para sí misma alguna fruslería.

Con tan gratos pensamientos Josefa se dirigió hacia la calle Pontejos. Allí, casi pegada a la plaza Mayor, había una lencería muy fina cuyo escaparate se le había aparecido más de una vez en aquellos sueños que desgranaba especialmente cuando estaba despierta. ¿Qué podía comprar con el pretexto del billetaje? Ya sabía que el regalo no podría ser un par de medias de seda.

¡Menudo disgusto se llevaría el abuelo si gastaba parte de la fortuna en una mercancía tan exagerada! Quizás unas medias de lana para el invierno… Pero no: aquello era demasiado ordinario. Una cinta para el pelo, unas bragas, una camisola de puntillas, unas enaguas, ¿un mantón de Manila? Josefa se relamía pensando en la delicia de una transacción tan apetitosa y casi sin darse cuenta llegó a la puerta del establecimiento. Todavía sin decidir la mercancía, accionó el tirador que abría la cancela y, mientras penetraba en el recinto, el sonido de una campanilla advirtió de su llegada a la dependienta.

Josefa se sorprendió de la cantidad de objetos hermosos que apareció ante sus ojos. El establecimiento, con paredes repletas de anaqueles donde se adivinaban rollos de telas elegantes y satinadas, contaba con dos mostradores de madera. El de la izquierda servía para exponer las novedades más refinadas: una cabeza de madera sostenía un sombrero de señora adornado con una pluma, en una caja de cartón se desmayaban algunos pares de guantes, otro soporte dorado exhibía una chalina bordada con hilos plateados y, como al descuido, se amontonaban algunos pañuelos finos y unos lazos de colores. Tras el mostrador de la derecha acudió presurosa la empleada para atender a una clienta que no parecía muy adinerada.

La chica tragó saliva y, mientras recuperaba la voz, quiso deshacer con la mano el nudo que le oprimía la boca del estómago. ¿Cómo se le había ocurrido que podría gastar el dinero del abuelo en un capricho tonto y caro para ella? ¡Con lo que el abuelo la quería! Un remordimiento súbito le desató de pronto la lengua.

—Un estuche de pañuelos de nariz para caballero —expuso con un tonillo insolente con que ella pretendía indicar seguridad.

La comerciante la miró de arriba abajo. Vaya facha que llevaba la niña.

—¿De hilo o de algodón? Porque no los querrás de seda, ¿verdad, guapa?

Josefa ignoró la ironía y señaló con el dedo un atado que mostraba tres pañuelos blancos plegados y adornados con un filo de diferentes tonos. La dependienta sopesó nuevamente la catadura de la compradora. Era extraño que una niña tan ordinaria comprase algo fino.

—Es un regalo para mi abuelo —aclaró Josefa y, para disipar las dudas evidentes de la lencera, agitó el billete.

Entonces comenzó un juego cauteloso de aproximación entre la mano de Josefa, que blandía el papel moneda, y la de la dependienta, que dudaba si entregarle o no los pañuelos. En cuanto se produjo el intercambio la mujer advirtió el engaño.

—¡Pero si es un billete falso! ¡Ojo con la embaucadora!

Josefa abandonó los pañuelos y de un salto le arrebató el billete a la lencera y salió despavorida de la tienda. Solo le faltaba perder las cien pesetas, aunque no fueran verdaderas.

Una vez en la calle se alejó lo más rápido posible de la lencería de sus sueños. El encargo del abuelo era más dificultoso de lo que parecía, porque tuvo que escuchar diferentes insultos e improperios cuando intentó colarlo en la panadería, en un almacén de patatas y, finalmente, en una alpargatería de la calle Montera. Allí comenzó el verdadero desastre.

Cuando Clara Campoamor llegó al comienzo de la calle persiguiendo al vendedor de periódicos, se presentó ante su vista la imagen grotesca de un hombre corpulento y airado que sujetaba entre sus brazos a una niña que pugnaba por desasirse. El muchachito de *La Voz* también había quedado congelado ante la trifulca callejera.

—Si ya te conozco, bandida. Que eres la nieta de José Ceballos, el de la verdulería. ¡Querer colarme un billete falso! De aquí no te vas hasta que no llegue la policía. Y que vaya viniendo tu abuelo.

La chica guardó el billete en el puño cerrado con todas sus fuerzas mientras algún conocido iba a buscar al abuelo y, de paso, a las fuerzas del orden público. El alpargatero debía tener algunas deudas antiguas con José Ceballos y en cuanto lo vio amenazó con poner una denuncia. A su vez, los vecinos, amigos o enemigos de los contrincantes, comenzaron a gritar para alentar o desalentar a cada una de las partes. A su llegada, los guardias comenzaron un escrito para aclarar la carga de los participantes.

—Por una parte, una menor de edad y su abuelo y, por otra, el denunciante —apuntó uno de ellos, anotando la filiación en su libreta—. Se acusa a la menor de cursar moneda falsa, pero la responsabilidad corresponde al representante de la niña. Se trata de un delito de expedición de moneda falsa.

Las palabras «delito» y «expedición de moneda falsa» fueron repetidas de un extremo a otro de la circunferencia que rodeaba a los protagonistas.

—¿«Espenqué»? —preguntó una mujer.

—Calla, Felisa —le conminó su consorte—. Quiere decir que ha puesto en circulación dinero falso.

—Artículos 300 a 303 del Código Penal —se escuchó a sí misma Clara Campoamor, que había hablado sin que nadie le preguntase.

Aquello podía suponer que el Ministerio Fiscal pidiera para el abuelo una pena de prisión de un año y, además, una multa. Era el dictado del código para quienes, aun habiendo recibido de buena fe la moneda falsa, se aventuraban a devolverla a la libre circulación, y tanto daba si realmente la habían conseguido colocar como si simplemente la tenían en su poder.

—Ahora verás cómo acabas en la cárcel, sinvergüenza —amenazó el alpargatero a José Ceballos mientras soltaba a la chica.

Sin embargo, Josefa a los trece años era una mujercita de recursos y en cuanto se notó liberada de los brazos se llevó la mano a la boca y se introdujo el billete. Un poco de saliva y masticar. Lástima de las cien pesetas, pero había que salvar al abuelo.

—¡¡Se está comiendo el billete!! —gritó el alpargatero.

—¿Qué billete? —contestó la chiquilla en cuanto pudo articular—. ¡Lo que me he comido ha sido una almendra de Alcalá, que además estaba muy buena!

La muchacha, después de su arranque de valor, puso los brazos en jarras para retar a la concurrencia.

—Señores —terció Campoamor dirigiéndose a los guardias, con la intención de aclarar el altercado y poner paz—. Si no tenemos el billete para comprobar su falsedad, hecho básico para la apreciación de la comisión del ilícito, es inútil denunciar. Si no hay prueba, no hay delito. Solicito para esta familia la absolución.

Como si se hubiera ultimado un litigio real, los viandantes aflojaron el círculo y Josefa se alejó del alpargatero para abrazarse a su abuelo. Tras su participación humorística, Clara también dio por terminada su asistencia al pleito callejero. Tenía que ocuparse de sus propios asuntos. La escaramuza de la chica había sido bien graciosa y, en el fondo, aunque fuera ilegal el intento de deshacerse del billete falso, ella comprendía la tragedia que suponía para las personas humildes entregar el billete a la autoridad y perder el importe. Los verdaderos culpables estaban por descubrir y eran los propios falsificadores, probablemente personas con más posibilidades económicas que los desgraciados que sufrían el engaño. Por otra parte, el vendedor de periódicos todavía no se había marchado y Clara lo pudo alcanzar para solazarse en la lectura de su propio empeño.

En un pequeño recuadro de *La Voz* se anunciaban algunos actos para el próximo mes de marzo: «Acto de protesta contra el artículo 438 del vigente Código Penal. Va a celebrarse una serie de actos públicos para protestar contra el artículo 438 del Código Penal y solicitar que dicho artículo desaparezca en el nuevo Código. En estos actos tomarán parte conocidas personalidades del mundo intelectual. El primero de dichos actos se verificará el miércoles día 16, a las seis de la tarde, en el salón de actos de la Real Sociedad Económica Matritense de Amigos del País, plaza de la Villa, núm. 2. En él tomarán parte D. Álvaro López Núñez, inspector general de Trabajo; D. Tomás Elorrieta, catedrático y abogado; D. José Sartou, abogado; la señora de Martínez Sierra y las señoritas Clara Campoamor y Matilde Huici, abogadas».

«Acto de protesta», silabeó Campoamor con deleite. Pensó que, si no le diera vergüenza, ella misma también lo anunciaría a voces como el chico del periódico.

Marzo de 1927

DOBLE PARRICIDIO. MATA A SU ESPOSA Y A UNA HIJA
Pontevedra.— El vecino de la parroquia de Insúa, Manuel Antera, mató a puñaladas a su esposa y a una de sus hijas.
Otra hija tuvo que tirarse a la calle por una ventana para librarse de una muerte cierta.
El parricida salió de su domicilio y se arrojó al río, siendo arrastrado por la corriente.
Su cadáver aún no ha aparecido.
El suceso ha producido en el vecindario gran consternación.
Nadie sospecha las causas que hayan podido inducir a Manuel a cometer el doble parricidio.
Se cree que este lo cometió en estado de locura.

El Liberal, 04/03/1927, p. 2

NOTICIAS DE ÁFRICA. EN LA ZONA OCCIDENTAL.
CRIMEN PASIONAL
En la mañana del domingo hubo en la barriada de Nador un drama pasional. Fernando Ruiz Nogales, de treinta y siete años, casado, produjo un tremendo corte en el cuello a su mujer, Jacinta Toledano Jurado, que resultó gravemente herida. Se supone que la causa del crimen fueron los celos. Tres hijos del matrimonio han sido recogidos en el Hospital Civil.

La Voz, 15/03/1927, p. 2

9. Sobresalto

Cuando dejó a sus espaldas la cárcel Modelo de Madrid y mientras se alejaba con su pierna coja a rastras, al Renco no le dio la gana de volver la cabeza para despedirse del ampuloso edificio. Sus ojos de rana no quisieron mirar por última vez la entrada con su arco elevado ni las ventanas que daban a la calle.

Según recordó, ninguna celda tenía ventana hacia fuera (¡Maldita sea mi suerte!). Su calabozo, oscuro y frío, solo le había proporcionado la incomodidad de un catre plegado en la pared, una silla, una mesa y, allá arriba, una pequeña ventana enrejada con la luz que venía del pasillo. Muy poco que ver y muy poco que imaginar. Pero mejor no imaginar nada mientras transcurría el tiempo de su condena. Él había preferido no pensar; no como Romualdo, que se pasaba el día echando juramentos y preguntándose qué haría su mujer. Por otra parte, la estructura de la prisión parecía ideada para controlar todos los movimientos y hasta los pensamientos de los reclusos: con una estructura poligonal, el cuerpo de vigilancia se situaba en el abanico del centro, y desde allí los guardas podían observar las cinco naves con sus cuatro plantas y sus 50 celdas por planta. Parecía como si un ojo permanente vigilase constantemente a los reclusos, y al Renco no le gustaba que nadie se inmiscuyese en su intimidad.

Más de mil convictos y él tenía que haber caído precisamente junto a la celda de Romualdo, con su cantinela perpetua. Sí que le había hecho unos cuantos favores (unas hebras de picadura para fumar, el soplo de un registro inesperado de la celda, el silencio de cuando le pinchó con un alambre del jergón a un compadre traidor) y ahora se los tenía que devolver vigilando de vez en cuando a su mujercita. Bueno, no era tan extraño. Si él se hubiera casado con una chica tan joven, tampoco las tendría todas consigo. ¡Bah, mejor no andar con mujeres, que solo traían problemas!

¿Andar con mujeres?, se preguntó. Pues eso es lo que él estaba haciendo en aquellos momentos. O mejor, más que andar con mujeres, andar detrás de ellas, porque la maldita Rosa o Rosita, la bicoca del Romualdo, parecía que iba en procesión detrás de un reguero de féminas que se dirigieron a buen paso hasta la plaza de la Villa y se quedaron allí un buen rato hablando en corrillos. De pronto, sin aviso previo, se abrió la puerta de herradura de la Torre de los Lujanes y todas ellas se atropellaron para entrar a la sede de la Sociedad Económica Matritense. El Renco dudó. ¿Tenía que seguirla adentro o era mejor quedarse fuera? La deuda con Romualdo (¡Maldita sea mi suerte!) quizás no incluía tener que presentarse en un lugar tan elegante. En fin, el Renco se arrancó la gorra de un manotazo y embistió hacia adelante bajando la cabeza. Aparte de las mujeres, también había entrado algún hombre, aunque todos ellos llevaban sombrero. Nadie detuvo al sospechoso y él, confundiéndose con la concurrencia, traspasó el pasillito alfombrado (caray, qué paredes elegantes, forradas de madera) y aterrizó en una enorme sala que lo amedrentó.

El salón de conferencias de la Sociedad Económica Matritense tenía un aspecto imponente. El Renco miró el artesonado del techo, formado por vigas oscuras de madera y alumbrado por una lámpara de brazos dorados refulgentes; y cuando bajó la vista admiró los enormes cuadros dispuestos a la espalda de aquello que él supuso la presidencia, dispuesta por una amplísima mesa con mantel rojo y una fila de sillas forradas de satén. Las paredes también estaban tapizadas de rojo y el suelo quedaba cubierto por una alfombra con motivos dorados. Al igual que los otros asistentes, que, por cierto, no lo habían mirado, el hombre eligió un asiento, esta vez al fondo del recinto, en una de las múltiples sillas preparadas para acoger al público. La sala se caldeó de murmullos y del perfume de las señoras, que resultaban bastante elegantes. El expresidiario nunca se hubiera imaginado que la esposa de su amigo tuviera acceso a un lugar tan distinguido y mucho menos que a él mismo no le hubieran estorbado la entrada, así que procuró no llamar la atención.

Al poco se hizo el silencio y tomaron asiento detrás de la mesa enorme tres hombres y tres mujeres. Rosita se había acomodado en una silla de la segunda fila y parecía bastante relajada en ese ambiente extraño. Para comenzar el acto, una de las mujeres, una señora de unos cincuenta años, con cara redondeada, mirada bondadosa y voz dulce, se presentó como la señora de Martínez Sierra y anunció que se iba a hablar del artículo 438 del Código Penal. El Renco oyó el aviso con sobresalto. ¿Qué era eso del Código Penal? Le pareció que todo el mundo se volvía para mirarlo y se maldijo por haber caído en aquella encerrona, ahora que por fin había salido de la cárcel. La señora, para comenzar el acto, leyó el dichoso artículo, que el Renco por el susto no entendió, y pasó la palabra a una tal Clara Campoamor. Esta otra mujer, una señorita morena, más bien achaparrada y con cejas hombrunas, que parecía tener muchas ganas de discutir, abordó su perorata en voz bien alta, con un agudo acento madrileño, como buscando que alguien del público le llevara la contraria, lo cual produjo en el Renco un ansia irreprimible de soltarle un par de bofetadas, con independencia de aquello que estuviera contando.

—Existen dos razones para pedir la supresión del artículo 438 —expuso con su vehemencia habitual Clara Campoamor—. La primera, que el castigo del culpable debe encomendarse a la ley, y la segunda, que con la supresión se produce un elevamiento espiritual de la mujer para poder llegar a la igualdad moral de los dos sexos. El origen de la idea de ese artículo parte de la Ley del Talión de los tiempos primitivos, pasa por la venganza privada del derecho romano y llega a la venganza del honor, que es una

73

exaltación de la dignidad personal centrada en el hombre. La dignidad del hombre, según esta teoría, puede ser manchada por actos sexuales de la esposa, madre o hermana... —La disertante aquí dejó unos segundos su voz en suspenso, pasó su mirada entre los asistentes y añadió con un patente acento de ironía—: Pero esa reivindicación del honor del hombre, ¿no será más bien una reivindicación de la vanidad y no del honor?

El Renco se removió en su butaca y para calmar los nervios clavó las uñas en la parte inferior del asiento. Todo eso de la ley, el castigo del culpable, el hombre y el honor le traía muy malos recuerdos, no le interesaba de ninguna manera y, en el fondo, era precisamente lo que pretendía olvidar. La señorita, a continuación, explicó alguna teoría sobre un tal Calderón, que era un señor ya fallecido, y sobre el «concepto romano de cosa en que se tenía a la mujer», la infidelidad masculina y asuntos por el estilo. Pero, ¿qué pintaba Romualdo y su Rosita en todo ello? ¿Qué relación habría entre aquel salón tan forrado de tapices y adornos dorados y su compañero de cautiverio? Finalmente, ¿por qué no cerraba el pico de una vez aquella señorita chillona?

—Y ya hemos visto la infidelidad femenina en relación con el derecho concedido al esposo de ser juez y parte —acabó Campoamor— y que ha servido a hombres poco escrupulosos, nada ponderados y menos justos para realizar un verdadero parricidio, un asesinato con premeditación, unas veces con el objetivo de entrar en posesión de la herencia de la muerta y otras, sencillamente, de librarse de ella.

Un aplauso atronador premió el esfuerzo de la oradora, que parecía haber crecido y haberse despeinado un tanto durante su intervención. El Renco no estaba para muchas sutilezas, así que no atendió al hombre que habló a continuación ni a la señora de Martínez Sierra del comienzo, que insistía en que un hijo puede hacer lo que quiera, pero la hija tiene que obedecer una ley a cuya confección no había contribuido. Pues menuda novedad, se dijo a sí mismo. ¿Había hecho él, por su parte, la ley con la que le habían juzgado y condenado a pasar sus buenos años en la cárcel Modelo? Aquellas señoras no sabían ni lo que decían.

—A la mujer se la ha tenido en la ignorancia, exigiéndole la santidad o el heroísmo, y no debe pedirse como don ni concederse así lo que es un derecho —reflexionó esa mujer, mucho más mesurada que la primera, y acabó—: A la mujer se la ha tenido como esclava y hay que hacerle justicia.

A continuación, habló la tercera señorita, una mujer muy delgada y muy fina, que se refirió al derecho romano y a un tal *pater familias* y, después de que hablasen los otros dos caballeros, por fin, sin llamar la atención, el Renco pudo levantarse de la silla forrada tan incómoda y salir a tomar el aire, como el resto de los asistentes. Eso sí, se vio obligado a aplaudir blandamente para no desentonar.

Una vez en la calle, se apostó en una esquina para poder vigilar a la mujer de su amigo. Sin embargo, no podía librarse de cierto resquemor: ¿podría haberlo visto alguien en esa reunión tan extraña? ¿Qué hubiera pensado cualquiera de sus conocidos al descubrirlo aplaudiendo a las mujeres? Sin poder evitarlo, al Renco se le subieron unos colores rosados al rostro pellejudo. Miró torvamente a izquierda y derecha para descartar esa sospecha y poder desembarazarse de su figuración.

Mientras tanto, Rosita salió pensativa a la calle. Tenía que regresar prontamente a su casa para dar la cena a Romanito, no le iba a dejar a la vecina que lo cuidaba esa responsabilidad. Sin embargo, al acercarse para dar vuelta a la esquina, una extraña visión la turbó. Había un hombre apostado junto a la pared que, indudablemente, la miraba a ella con insistencia. ¿Quién sería ese desconocido? Disimuladamente, Rosita evaluó su indumentaria desastrada, la gorra de visera que se caló hasta las cejas y las manos oscuras, que se demoraron encendiendo un cigarro. No lo conocía de nada, pero había algo en sus ojos de rana que le trajo una sugestión desagradable. Parecía un hombre malo, incapaz de sonreír, un hombre despreciativo y cruel; e incluso tenía un aire que le recordaba a… le recordaba a… Rosita no quiso recordar, y para alejar el desasosiego que la estaba asaltando comenzó una carrera rápida para acercarse a su casa. La conferencia que acababa de escuchar le había enseñado muchas cosas y le había hecho sentirse importante durante un par de horas, pero el sobresalto de la salida estaba anulando toda la felicidad de la tarde.

10. En la Sociedad Fomento de las Artes

Clara Campoamor y Matilde Huici estaban entusiasmadas con el éxito de su campaña por la abolición del artículo 438. La charla en la Sociedad Económica Matritense había tenido un gran eco en la prensa, mucho más allá que el tibio apoyo del profesor Luis Jiménez de Asúa, con sus vagas admoniciones, que tampoco despreciaban. Todo servía para suscitar atención sobre el tema y que este interés derivase en un apoyo de la opinión pública hacia sus teorías feministas. Si la Comisión Revisora de los Códigos accedía a su propuesta, ese sería el inicio de otros muchos cambios legales necesarios para dignificar a la mujer.

El 25 de marzo habían programado otro encuentro, esta vez en el salón de actos de la Sociedad Fomento de las Artes, un activo centro de ideología republicana. Matilde fue a encontrarse con Clara en su despacho para asistir juntas a un evento en el que también iban a participar el presidente de la Sección Jurídica de esa sociedad y algunos periodistas.

Salían del bufete de Campoamor cuando una vecina del inmueble reclamó su atención con grandes exclamaciones.

—¡Doña Clara! ¡Clarita! ¿Ha leído usted *El Imparcial*? ¿Se va a ocupar de la investigación? ¿Hay alguna noticia especial en los Tribunales?

Las dos mujeres se volvieron a la vez hacia la voz que las detenía y avistaron a una mujer gruesa vestida con albornoz y zapatillas que se asomaba por la puerta agitando ante ellas el último número del famoso periódico.

—¡La muerte de la criada! —leyó a voz en grito—. Jacinto Jaro, oficial de complemento, está acusado de estrangular a una sirvienta, Fidela Chirivete, que atendía en su casa a su madre. ¿No se acuerda usted de la Fidela?

Campoamor quedó paralizada sin decidirse a partir.

—¿Fidela Chirivete? Ese nombre no me suena de nada. Y Jacinto Jaro tampoco. Además, esos dos apelativos parecen de chiste. ¿Por qué tendría yo que ocuparme de ese caso? ¿Mantenían entre sí relaciones? ¿Ha sido un asesinato por honor?

—¿Que no se acuerda de *la Fidela*? Fidela... Fidelita... *La Lita*, vamos, así la llamábamos... Cuando estuvo sirviendo en casa de los señores de Orduña venía a comprar a la tienda de Mariano. *La Lita* se paseaba muchas veces por esta plaza. ¡Anda que no era graciosa y habladora! ¡Y tenía una paciencia con los chiquillos! ¡Menudas manos de lavandera tenía también! Dejaba las camisas y las sábanas más blancas que...

—No me acuerdo de ella —Clara interrumpió la perorata con la sensación de que las estaba retrasando—. Ya tendrá quién acuse o quién defienda. Yo no sé nada.

—¿Que no sabe nada y que no quiere defender a la muerta? —Se enojó la vecina—. ¿Han asesinado a una mujer y usted no la quiere respaldar? No estoy de acuerdo, Clarita. Si hace falta, voy a comenzar una colecta entre todas las vecinas para que una abogada se ocupe del asunto. ¡Un asesinato que aparece en *El Imparcial*! Y aquí todas la conocíamos. El Jacinto Jaro este seguro que es un sinvergüenza —dijo señalando el periódico—. Claro, estos señorones que viven en el número 38 de la calle Fuencarral se creen que pueden matar a la criada y quedarse tan frescos.

—¿Y cómo ha sucedido? —preguntó Clara, algo arrepentida de su desinterés. Al fin y al cabo, era otra mujer asesinada—. Ya sabe usted que algunas informaciones periodísticas suelen ser bastante macabras y muy poco rigurosas en la mayoría de las ocasiones.

—Pues *la Fidela* servía y atendía a la madre de Jacinto Jaro, que es una mujer muy anciana, y el hombre, no se sabe por qué, la estranguló —explicó llevándose las manos a la garganta, como si quisiera protegerse ella también de un eventual ataque—. Que le pregunten a la vieja, por si vio algo; aunque, claro, ¡a ella no le conviene acusar a su hijo!

—¿Había algún otro testigo? —intervino Matilde Huici, con sus recientes estrategias de leguleya—. Hay que indagar sobre las causas del crimen y asegurarse de la culpabilidad del acusado: establecer si se trata de asesinato o de homicidio, ver si la muerte ha sucedido con alevosía, con premeditación, por un precio, con veneno o con ensañamiento. Si es así, merecería la calificación de asesinato y la pena sería la cadena temporal en su grado máximo e incluso la pena de muerte. Si no concurren estas circunstancias o si la defunción se ha producido por causa de una riña o por ayuda al suicidio, estaríamos hablando de un simple homicidio.

—Pero ¿qué está diciendo esta señorita? ¡Qué falta de solidaridad! —interrumpió la vecina, blandiendo ante ella el periódico como para hacerla retroceder—. ¿Cómo va a querer reñir *la Lita* con el Jacinto Jaro? Y mucho menos querer suicidarse estrangulándose a sí misma.

—Estamos de acuerdo —zanjó Campoamor, que no quería llegar tarde a la conferencia—. Le prometo que, en cuanto sea posible, vamos a investigar este caso.

Las dos abogadas partieron sin perder un segundo hasta la sede de la Sociedad Fomento de las Artes. Sus abrigos ondearon al viento mientras sus zapatos de tacón bajo daban una lección de comodidad y eficacia a los botines de horma estrecha y tacón puntiagudo de las señoras elegantes. Cuando llegaron, arrebolados los rostros y la respiración jadeante, los asistentes aún no se habían sentado. La sala, estrecha y larga, no era tan suntuosa como la Sociedad Económica Matritense, pero el público parecía totalmente entregado a su causa, incluso antes de comenzar. Una mesa sencilla cubierta con un mantel blanco hacía juego con la sobriedad de las sillas de madera destinadas al auditorio y con los globos blancos que servían de iluminación situados a los lados de la sala.

Matilde Huici agradeció el interés de los asistentes y comenzó su disertación.

—No tomo parte en esta reunión como mujer, por espíritu de clase, sino por creer que el artículo 438 es injusto, inmoral y digno de que pase a la historia de las aberraciones jurídicas. Siendo el hombre y la mujer de la misma materia, ¿por qué hay desigualdad en las leyes? ¿Qué es eso de la reivindicación del honor ultrajado? ¡Mentiras y más mentiras! Lo que se quiere es tener un privilegio digno de los tiempos feudales.

—Hace falta mucho progreso. Aire, muchísimo aire y oxígeno —gritó un caballero desde el fondo, apologista de la causa femenina.

—Y que el matrimonio se base en los mismos derechos y deberes para los dos cónyuges —siguió Matilde—. La mujer no debe continuar más tiempo siendo esclava del hombre. El momento histórico presente de aeroplanos, automóviles, radiotelefonía y demás adelantos de la Ciencia nos pide a grandes voces que desaparezcan las diferencias atávicas entre hombre y mujer. No solo pido la reforma del artículo 438, sino de todos los artículos que tengan las mismas condiciones, e incluso que se llegue a redactar una Ley de Divorcio.

Clara Campoamor se sonrió. Aquello de la Ley de Divorcio, de la que habían hablado unas cuantas veces, sería conveniente guardarlo para mejor ocasión, no fuera que se escandalizase parte del auditorio. Sin embargo, en ese particular se equivocaba. El público asistente estaba decidido a aceptar todas las peticiones feministas.

—¡El «artículo rojo» es una injuria para la mujer! —dijo Campoamor cuando le tocó tomar la palabra—. Además, la mujer está en un plano inferior, porque en el Código no hay ningún artículo para castigar al esposo infiel, pues la esposa ultrajada, en su justa pena y en su justo dolor, no es amparada en ningún aspecto. Mientras tanto, al hombre asesino se le ponen penas leves, algo así como un permiso de vacaciones. Pido, en nombre del derecho humano, una ley recta, justa y distributiva, equitativa por igual para los dos sexos. Se ha dicho que este artículo serviría para garantizar la fidelidad de la mujer, pero lo que hace es azuzar al hombre a extremos antijurídicos. ¡Es injusto para la mujer, bárbaro e inútil!

Un abogado, compañero de las disertantes, se puso en pie para darles su apoyo.

—Por lazos de compañerismo rompo una lanza a favor de tan loable campaña. Es un deber de los abogados, como hombres, no eludir la defensa de las mujeres. Hace falta educación, amor y justicia.

Después de tan grato apoyo, Clara volvió a su domicilio con la miel de la victoria en los labios. Su campaña se estaba desarrollando con las mejores perspectivas. Sin embargo, a su llegada, una voz que salía de la escalera, más allá de su olvidadiza conciencia, la sobresaltó. La misma vecina que las abordó a la salida, vestida todavía con el usado albornoz y las esperables zapatillas, agitaba el ejemplar de *El Imparcial*, ahora ya bastante más ajado, como si hubieran caído sobre el papel arrugado las lágrimas de todos los conocidos y parientes de *la Lita*.

—Diga usted, doña Clara, ¿cómo me han podido matar a *la Lita*? —le espetó en el vano de la escalera—. ¡Con las manos que tenía para la plancha y para la chiquillería!

—Pero ¿hay alguna novedad? —respondió Clara—. ¿Saben si han informado a la familia?

—¡Ay, mi Fidelita! Si no tenía familia, que se crio en la Inclusa, como tantos otros desgraciados. Total, para acabar entre las manos de un oficial de complemento, ¡asesinada en el número

38 de la calle Fuencarral! Seguro que el sinvergüenza la intentó violar y, cuando se resistía, acabó con su vida.

—De Fuencarral a la Inclusa o de la Inclusa a Fuencarral —dijo Clara para sí, recordando un caso por ella conocido, el de un hijo ilegítimo engendrado en esos lares entre el padre de familia y la criada y enviado después al hospicio. Por otra parte, columbró que bien pudiera ser que la versión del asesinato propuesto por la vecina tuviera algo de realidad—. En cuanto pueda, me interesaré por el asunto.

—Naturalmente querrá usted defender a la muerta, ¿no es así? —la conminó la vecina—. Y si no, por lo menos, podrá enterarse de todas las circunstancias y aclararlas ante este vecindario, que estamos en ascuas.

—Así lo haré, puede estar segura —afirmó Campoamor. A ella también le preocupaba la muerte de la criada y, si era necesaria su participación, pondría todo su esfuerzo en hacerle justicia.

11. Las palmeras del Jardín Botánico

Celsia Regis caminaba blandamente desde la calle Moratín a la calle del Prado reflexionando sobre sus muchas obligaciones. Obligaciones que, en realidad, nacían de su simple deseo de mejorar el mundo que la rodeaba, un afán que siempre había sido su forma de vida, tanto en su faceta de maestra o actual directora de la revista *La Voz de la Mujer*, como en la época juvenil cuando trabajó de enfermera en la guerra del Rif. ¡Oh, aquello sí que fue terrible! La vista del sufrimiento humano en su más tierna juventud la había dotado de una sensibilidad que se apasionaba a la hora de contrarrestarlo. Ella, que una vez había estado casada y después había perdido a sus hijos, se consideraba una madre universal, siempre atenta y empeñada en paliar el dolor de cualquier ser humano. Había que ayudar. Esa era una obligación moral que la empujaba a levantarse de la cama cada nuevo amanecer.

Mecida por estos gratos pensamientos miró distraídamente a los viandantes que la precedían, aguzando una vista que cada día le resultaba más borrosa. Había un anciano que avanzaba lentamente apoyado en su bastón, unas criaditas empujando carritos infantiles, un pordiosero entonando su cantinela, dos jóvenes con aspecto de pícaros y, allá adelante, el dúo de un hombre y una mujer que caminaban a la par como dos enamorados. Celia Regis, por curiosidad, avivó el paso detrás de estos últimos. El muchacho vestía pantalón y chaqueta de cuadros y se tocaba la cabeza con una gorra de obrero y la mujer, esbelta y delgada, acompasaba sus pasos a la altura del varón. No, no, no. Celsia estaba equivocada: no eran dos enamorados, sino una familia completa, porque por delante de ellos correteaba un niño de pocos años. La mujer pensó en la felicidad de formar una familia. Ella compensaba la pérdida de su familia ejerciendo sus múltiples ocupaciones, porque en el fondo pensaba que ese era el destino obligado de la humanidad: amarse el hombre y la mujer y crear la maravilla de la vida nueva con su amor y su respeto mutuos.

Si Celsia Regis hubiese sido una sentimental, habría dejado escapar una lagrimita. Como no era así, en su lugar, se restregó con las manos los ojos. Últimamente había empeorado su vista y tenía que hacer algunos esfuerzos a la hora de enfocar.

Mientras tanto, la pareja perfecta de hombre y mujer que la antecedían se detuvo. Ella había alzado las manos y se tapó la boca inclinando la cabeza para esconder su gesto. El varón pareció querer infundirle ánimo sujetándola efusivamente de los brazos y después la obligó a levantar la barbilla. La mujer se volvió en busca del niño y lo llamó, pero antes de que llegara pasó sus manos sobre los ojos como para limpiarse las lágrimas. ¿Debería Celsia intervenir?, se preguntó. El hijo llegó alegremente y abrazó a la madre. A continuación, el muchacho —ahora veía Celsia Regis que la parejita era bastante joven— tomó al niño, lo subió hasta su altura y lo abrazó. Sin llegar a depositarlo en el suelo, simuló lanzarlo en el aire y cogerlo al vuelo, sin atender a sus chillidos de risa.

Celsia Regis, de pronto, se paró en seco. ¿Cómo no los había reconocido? ¡Pero si aquella «familia» estaba formada precisamente por Romualdito, Rosita y Juan José, el joven de la UGT! ¿Qué tipo de parentesco era ese? ¡Dios Santo!, se escandalizó. En cuanto Romualdo padre saliese de la cárcel se podía montar la marimorena. Ya le había parecido a ella que esas amistades de Rosita no iban a traer nada bueno. ¡Una mujer casada y madre de familia, dando que hablar acompañada de un tipógrafo! Celsia Regis asió sus largas faldas para desembarazar de estorbos a las piernas y dio unos pasos enérgicos hasta alcanzar a los infractores. Sin embargo, antes de darle tiempo a llegar, el niño la vio y se lanzó en una carrera hasta caer en sus brazos. Era un chiquillo realmente cariñoso, que solo mostraba timidez ante su padre.

—Romualdito, niño, ¿hoy no has ido a la escuela? —preguntó la mujer para comenzar con este reproche un mensaje destinado a reconvenir a la madre.

—Buenos días, doña Consuelo —se adelantó el tipógrafo—. Como el niño estaba un poco pachucho, Rosita lo ha llevado al médico y yo, que los he encontrado por el camino, he querido acompañarlos.

Celsia se giró hacia Rosita rumiando la manera más directa de recordarle la realidad de sus obligaciones, pero la imagen que advirtió la dejó estupefacta. La muchacha, como había adivinado, tenía los ojos enrojecidos. Era evidente que había llorado, como en tantas ocasiones. Sin embargo, por primera vez, los ojos de Rosita ya no solo reflejaban desconsuelo o dolor amortiguado: ahora brillaban con furia y determinación, como dos ascuas. Para colmo de males, Rosita plegaba los labios en un rictus de rencor o de desesperación, una mezcla de sentimientos recién nacidos en la que hasta hacía poco había sido un alma cándida.

—¡Ay, hija! —exclamó Celsia cambiando rápidamente de actitud—. Pues ya veo. Esto… pobre niño. ¡Sí, eso!

Rosita siguió callando por miedo a desentonar. Había callado tanto que, una vez abierto el grifo de la confesión de los pecados ajenos, temía no poder ya gobernar jamás sus propias palabras.

—Doña Consuelo —Juan José se dirigió nuevamente a Celsia Regis para justificar el estado lacrimoso de Rosita—, usted ya conoce el caso… ¡Una injusticia terrible! ¿Cómo se puede consentir…?

Rosita hizo un gesto vivo señalando a su hijo y el tipógrafo se contuvo. Había cosas que un niño no debía conocer.

—¡Es la ley! —exclamó la directora de *La Voz de la Mujer*—. ¡Menuda novedad! ¡Pues no llevamos las mujeres poco tiempo clamando contra el Código Civil y la legislación que rige en España la institución del matrimonio! Si están hablando de lo que yo me imagino, bien fácil es comprender la obligación de la mujer casada de obedecer al marido, que es su representante legal. Ya ve usted, artículos 59 y siguientes del Código, que establecen la autoridad marital, la patria potestad, la necesidad de licencia del marido para cualquier acto de la esposa, el delito de adulterio… —añadió con bastante mala idea.

Juan José no reaccionó visiblemente ante esta última sugerencia y, en un giro que Celsia Regis no había previsto, le sonrió abiertamente.

—Doña Consuelo, ¡qué bien le viene a usted su nombre! Ya conozco la ayuda que está usted prestando a esta pobre desdichada. ¡La culpa es de nuestra organización capitalista, que en lugar de premiar a las buenas personas las oprime y llena su vida de obstáculos y adversidades! Pero nosotros tenemos la obligación de cambiar las ideas antiguas por las nuevas. Hay que saltar por encima de las leyes para aplastar lo viejo y carcomido de una sociedad que agoniza. Debemos unirnos para luchar por un mundo más justo, que respete a la mujer tanto como al hombre, donde todos seamos iguales. No lo dude usted, la unión de todos los trabajadores cambiará revolucionariamente los cimientos del país. Formaremos un ejército que tendrá por bandera la fraternidad y por patria, el universo.

Juan José calló porque se dio cuenta de que su entusiasmo le había hecho alejarse del cometido primero que llevaba entre manos. Rosita, por su parte, ya se había disciplinado y estaba recobrando su continente habitual con su dolor adormilado, de modo que consiguió sonreír débilmente a su mentora.

—Tía Consuelo —intervino Romualdito o Romanito, como fuera, para terminar de complicar la situación—, ¿me compra usted el barquillo que me prometió el otro día? Hasta el día de hoy he sido muy bueno.

—¡Naturalmente, precioso! —convino ella, con la cabeza un poco revuelta por la perorata socialista. En el fondo, le había gustado la energía bondadosa de Juan José—. Además, el barquillo te servirá de golosina y de alimento, si has comido poco.

Romualdito se prendió de la mano de la mujer y ella miró hacia un lado y otro de la calle, intentando averiguar el itinerario que solía llevar el vendedor que ofrecía los canutillos mientras arrastraba su lata cilíndrica, grande y roja, cubierta por una ruleta en la parte superior. Juan José, que en todo parecía llevar la iniciativa, acabó de organizar las operaciones.

—Muchas gracias, doña Consuelo. Mientras usted busca al barquillero en compañía de Romanito, Rosa y yo los esperamos en un banco del Jardín Botánico. Precisamente le estaba contando a su sobrina que acaban de plantar unas palmeras hermosísimas traídas de la Guinea Española.

—¿Está usted seguro de que hay palmeras en Guinea? —preguntó tontamente Celsia Regis, repasando sus conocimientos de botánica y de geografía, un poco olvidados después de sus viajes por el norte de África.

Juan José no tenía problemas con la fauna, con la flora, ni con la geografía.

—¡Ah!, si en Guinea no hay palmeras, será que vienen de Senegal.

La directora de *La Voz de la Mujer*, aferrada a la mano de Romanito, los dejó partir sin atreverse a oponer ningún obstáculo. Ella, sin haberlo previsto, quedaba con el niño mientras la parejita se alejaba desgranando sus intimidades. Pues sí que había conseguido su propósito: en lugar de separar a los futuros adúlteros, estaba facilitando su concierto. Como se enterase de aquello el maldito Romualdo al salir de la cárcel, echaría mano de su navaja y se llevaría por delante a la mujer, al amante y de propina… a la celestina que les cubría las espaldas. Celsia Regis suspiró mientras ordenaba sus sentimientos. Rosa y Juan José, una mujer desdichada y un buen hombre, se habían alejado caminando a la par, enfrentados a un mundo que no quería comprenderlos ni darles opción ninguna para estar seguros mientras eran felices. ¡Eran solo un par de enamorados! ¿Merecerían por eso su reprimenda? Celsia Regis se había quedado sin palabras y sin argumentos. En realidad, se había dejado vencer por la piedad ante el destino de los jóvenes. De todos modos, mientras comenzaba su trayecto, deseó vehemente tardar un buen rato en encontrar al barquillero.

12. La pretensión es justa

El día 31 de marzo la señorita Elvira Fernández-Almoguera golpeó con energía el aldabón engastado sobre la puerta que llevaba al despacho de Clara Campoamor. La pieza de bronce chirrió sobre su base articulada y traspasó a la madera la tensión de la mano femenina hasta conseguir un lacerante y rotundo sonido: toc, toc, toc.

—Abro yo —se ofreció Matilde Huici. Las dos abogadas habían quedado para redactar durante esa tarde los argumentos de la conferencia que darían a mediados de abril en la Academia de Jurisprudencia en el acto de propaganda contra el artículo 438.

La mujer que tocaba advirtió que, al abrirse la puerta, la imagen del llamador con forma de león que tenía frente a ella era sustituida por la faz de una mujer que sonreía con timidez, ligeramente nariguda, de ojos pequeños y vivaces, rostro ovalado, cabello ondulado y boca grande. La recién llegada evaluó, por debajo de la cara y del cuello fino, un vestido amplio con anchas solapas y talle bajo, sencillo de acuerdo con la moda imperante, que cubría una figura muy delgada.

—¿No es este el despacho de la abogada Clara Campoamor? —preguntó la señorita con un ligero desconcierto.

—Yo soy Matilde Huici, también abogada —se presentó tendiéndole la mano como hacían los hombres—. ¿Tiene usted cita con Clara?

—¡Oh, encantada de conocerla! —comenzó a balbucear—. En realidad, yo... Yo no tengo cita ninguna. Acabo de llegar a Madrid y me he atrevido a presentarme porque he leído sus artículos en *El Sol* y en *La Libertad* contra el 438 y tenía necesidad de comentarles algo. Yo misma también he publicado otro artículo sobre el mismo tema en *El Defensor de Albacete*.

La muchacha se ruborizó, como si publicar ese texto hubiera sido un atrevimiento inadmisible y, para colmo de males, le sobrevino un repentino estornudo. Elvira Fernández-Almoguera, una joven de unos veinte años, vestía un abriguito ligero, de color beige, con doble botonadura en dos líneas paralelas, cerrado en el cuello por un pañuelo de colores suaves anudado sobre la garganta. Era evidente que en Albacete hacía menos frío que en Madrid a finales de marzo y la muchacha no había elegido el gabán adecuado para protegerse del viento helado madrileño.

—¡Que pase! —sonó la voz de Clara desde adentro.

Elvira había nacido en Herencia, provincia de Ciudad Real, y había comenzado por libre los estudios de Derecho en la Facultad de la Universidad de Murcia. Cuando todavía le quedaba pendiente la asignatura de Práctica Forense y Redacción de Instrumentos Públicos, su curiosidad permanente la trasladó a Madrid para estudiar Ciencias en la Universidad Central de Madrid y se alojó en la famosa Residencia de Señoritas. Más tarde, sin decidir cuál sería su futuro, se instaló en Albacete, donde colaboraba con algunos periódicos.

Clara Campoamor, desde su despacho, había oído la presentación y comenzó a revolver algunos papeles que tenía sobre la mesa. Efectivamente, allí tenía el texto de *El Defensor de Albacete* firmado por «Elvira Almoguera» y titulado «Problemas femeninos. La mujer ante el Código». En él, la firmante aludía a la lucha que las dos abogadas sostenían contra el «artículo rojo». «La pretensión es justa», decía, y después se preguntaba agriamente: «¿Pero bastará solo con la supresión o reforma de este precepto del Código Penal para que la mujer pueda considerarse dignificada? ¿No habría que revisar otros cuerpos legales?». A Clara le había disgustado que una desconocida denunciara en letras de imprenta que la supresión del artículo era insuficiente y que había que derogar unas cuantas normas más (como si ellas mismas no lo supieran), así que se había imaginado que Almoguera era una señora resentida y pretenciosa. Sin embargo, la mujer que irrumpió en el despacho era una joven de ojos expresivos, mejillas carnosas y labios gruesos, con el pelo ondulado recogido sencillamente con un pasador.

—Usted dirá, doña Elvira, qué es lo que no estamos haciendo bien —le asestó a modo de bienvenida—. ¿No está de acuerdo con nuestras pretensiones?

Elvira Fernández-Almoguera enrojeció violentamente y, de nuevo, echó mano de un pañuelo que llevaba en el bolsillo antes de volver a estornudar. Matilde, que conocía los impulsos de su compañera, leyó en su mirada que tenía la intención de bromear un tanto a causa del embarazo de la visitante. Las dos adivinaban que la joven no era una mujer contraria a su causa. Si se había atrevido a presentarse frente a ellas se debía a su juventud y a su ilusión por el cumplimiento de sus ideales.

—La pretensión es justa —dijo Elvira, sobreponiéndose—. No está bien que sea el marido quien se tome la justicia por su mano ante la mujer culpable de adulterio; eso lo deberían hacer siempre los tribunales, igual que sucede con el ladrón y el asesino. ¿Es que las mujeres somos todavía inferiores al ladrón y al asesino? La pretensión es justa, pero…

—¿Pero…? —la animó Campoamor, como si la estuviera examinando para nota.

—¿No creen ustedes que habría que revisar otros cuerpos legales? —Sintiéndose fiscalizada, Elvira recordó los argumentos que había esgrimido en el artículo publicado en Albacete, que, por su parte, Clara también había subrayado con un lápiz rojo—. Por ejemplo, vayamos al Código Civil: según el artículo 237, no puede ser tutor un hombre condenado por delito de robo, corrupción de menores o escándalo público. ¡Y tampoco pueden serlo las mujeres! Según este concepto, la mujer queda al nivel de los ladrones y corruptores, al de los vagos y hombres de mala conducta. A una mujer de nada le sirve haber demostrado como madre sus aptitudes para educar y guardar a los hijos si se la considera incapaz para educar a los menores extraños.

—Efectivamente… —asintió Campoamor, complacida por la energía de la recién llegada que, por momentos, se iba creciendo en su repaso del Código.

—Asimismo, el artículo 681, que trata de los testamentos, admite como testigos a todos los varones mayores de edad, incluso a los analfabetos. Pues bien, no pueden ser testigos los ciegos, los sordos, los que no estén en su sano juicio… ¡ni las mujeres! Es decir, que para declarar sobre lo visto y oído valemos tanto como los ciegos, sordos y mudos, y estamos en el mismo plano que los locos. ¿Quieren ustedes más?

Las abogadas afirmaron y negaron a la vez.

—Ni tutoras ni testigos, es bien sabido… —admitieron a la vez, pero Elvira Almoguera tenía la imperiosa necesidad de concluir su razonamiento.

—Entonces, ¿de qué nos sirve la reforma ni la total supresión del 438? —terminó por fin—. ¡No nos sirve de nada! Con artículo o sin artículo, estaríamos en las mismas.

Clara Campoamor y Matilde Huici sonrieron complacidas. La visitante había superado la prueba feminista. A continuación, cuando Elvira les relató su similar afición a las Ciencias y al Derecho y sus dudas respecto a su futuro, las dos amigas tenían una opinión coincidente.

—Lo mejor será que usted se matricule inmediatamente en la asignatura que le falta para la Licenciatura en Derecho. ¡Necesitamos compañía en nuestra lucha!

Elvira examinó los estantes repletos de libros del despacho de Campoamor. Todo aquello le gustaba. La asignatura de Práctica Forense y Redacción de Instrumentos Públicos que le faltaba no se impartía en la Universidad de Murcia, donde había seguido sus estudios de Derecho. Decidió que, sin falta, trasladaría su expediente académico a la Facultad de la Universidad de Madrid.

—¡Ojalá nos veamos pronto como compañeras en los pasillos de los juzgados de Madrid o en la Audiencia Provincial!

Elvira Fernández-Almoguera negó con la cabeza. No. Ella prefería colegiarse en Albacete. Además, no pensaba dedicarse al ejercicio privado profesional. En realidad, ella aspiraba a un puesto que todavía resultaba vedado a la mujer. ¿Por qué no ocupar un puesto de funcionario público del Estado? Ella, precisamente, pretendía ser fiscal, ya que quería defender la legalidad y los derechos de los ciudadanos.

—La pretensión es justa —dijeron las abogadas, pero de momento estaba negada para la mujer. Las tres lo sabían y ninguna lo manifestó.

Viendo la determinación de la joven Elvira, Clara Campoamor y Matilde Huici adivinaron que en esa ocasión conseguirían anular ese «pero» y que, posiblemente, se encontraban ante una mujer que se iba a convertir en la primera fiscal en España.

Abril de 1927

LA JUSTICIA MILITAR. EN EL SUPREMO DE GUERRA. UN CARABINERO PARRICIDA

Bajo la presidencia del general Sr. Gómez Barbé se reunió ayer mañana el Pleno de la Sala de Justicia del Consejo Supremo de Guerra y Marina para ver y fallar la causa instruida contra el carabinero Pedro Martínez Maqueda por el delito de parricidio.

Componían el Alto Tribunal los generales Sr. Moreno y Gil de Borja, García Roure y los togados señores Alcocer, Trapaga, Valcárcel y González Maroto, como ponentes. Actuaba como fiscal el auditor de división D. Juan Martínez de la Vega, y de relator el teniente coronel Sr. Méndez Casal.

Del relato de los hechos se desprende que el procesado, perteneciente a la Comandancia de Almería, el día 2 de junio de 1926 citó a su mujer, Josefa Rodríguez Martínez, con la que no vivía, y contra la que había presentado una querella por adulterio, y sostuvo una discusión, que se agravó en tales términos al decir ella que seguiría haciendo la misma vida que hasta entonces, que el carabinero sacó el machete y trató de agredir a su esposa. Esta se abalanzó sobre él, lo desarmó y cayeron por el suelo. Al incorporarse el procesado, ciego de furor, sacó una pistola y disparó seis tiros sobre Josefa, que quedó muerta en el acto.

Antes de ocurrir este hecho, Pedro Martínez Maqueda, enterado de que su mujer le hacía traición con un amigo suyo, buscó a este y, como le confirmara los hechos, sacó una navaja barbera y causó lesiones al amante de Josefa. Por este hecho la Audiencia de Almería condenó al carabinero a seis meses de destierro a más de treinta kilómetros de la ciudad y al amante a tres años, seis meses y veintitrés días de prisión.

Al ser puesto en libertad Pedro citó, como ya se dice anteriormente, a su mujer y cometió el parricidio.

El Consejo de Guerra de Cuerpo se celebró en Almería el día 21 de octubre de 1926, y en la causa quedó probado que varias personas advirtieron al procesado que su mujer frecuentaba una casa de mala nota, y al sumario quedaron incorporadas varias cartas aportadas por el amante de la mujer del procesado, en que quedaba plenamente demostrado el delito de adulterio.

El carabinero Pedro Martínez Maqueda fue condenado por el Consejo de Guerra a la pena de cadena perpetua, con arreglo al artículo 417 del Código Penal, siéndole apreciadas las atenuantes de arrebato y obcecación y vindicación de próxima ofensa grave. No obstante, el propio Tribunal sentenciador solicitó que la superioridad pidiera al Gobierno la rebaja de la pena a catorce años, ocho meses y un día de prisión. Por la calidad de la pena la causa vino al Consejo de Guerra y Marina, donde ayer el fiscal solicitó la confirmación de la pena impuesta por el Consejo contra Pedro Martínez Maqueda como autor del delito de parricidio, apreciándole la atenuante de arrebato y obcecación. El defensor, comandante D. Aurelio Matilla, hizo un brillante y razonado informe rebatiendo los argumentos del fiscal, y pidió la aplicación para el procesado del famoso artículo 438 del Código Penal, citando numerosas sentencias en las cuales se crea jurisprudencia acerca de que no es preciso sorprender el adúltero *in fraganti* para aplicar el citado artículo. También solicitó el Sr. Matilla, en caso de que no se tenga en cuenta esta petición, la alternativa de seis años y un día a ocho años para su defendido, con la consiguiente solicitud a los Poderes públicos de la rebaja de pena. Tanto el fiscal como el defensor rectificaron ampliamente, y la causa quedó conclusa para sentencia.

El Imparcial, 01/04/1927, p. 4

LOS MALDITOS CELOS

Esta mañana, en la calle del Doctor Bou, un individuo llamado Bienvenido Cercós Nácher, de treinta y cinco años, a causa de los celos, agredió a su mujer, Julia López Sáez, de treinta y tres años, natural de Madrid, causándole con un cuchillo una herida en la región pectoral izquierda.

La mujer fue conducida al Hospital en grave estado, falleciendo pocos instantes después de haber ingresado.

El agresor ha sido detenido.

Las Provincias, Diario de Valencia, 01/04/1927, p. 7

PARRICIDIO FRUSTRADO

En La Unión, término de los Riscales, Juan Pedreño Jiménez, de cincuenta y dos años, intentó asesinar con un cuchillo a su esposa, Josefa Baños. Un hijo del matrimonio, llamado Santiago, de veintiún años, defendió a su madre arrojando al agresor una silla a la cabeza. Este resultó herido y además ingresó en la cárcel.

El Sol, 12/04/1927, p. 8

13. Tres golpes en la puerta de entrada

Los rayos del nuevo día habían sorprendido a Rosita en la cama. De hecho, de no haber sido porque Romanito se removió (desde que Romualdo estaba en la cárcel, el niño y la madre dormían juntos en la cama de matrimonio), quizás hubiera seguido durmiendo un buen rato más. Madre e hijo se levantaron y desde la ventana saludaron al nuevo día, que resultó templado y apacible. En realidad, desde que Romualdo estaba en la cárcel a Rosita todos los días le parecían agradables. Y últimamente, a partir de su amistad con las mujeres modernas del ambiente de Celsia Regis y Campoamor, y aquí incluiremos también la presencia intermitente de un joven tipógrafo, casi todos los días se le figuraban dignos de ser vividos con esperanza y con ilusión.

Rosita abrió la ventana, la única de la casa que daba a la calle, para calibrar el frescor de la mañana y, a continuación, la cerró. Ya volvería a abrirla para ventilar cuando madre e hijo se hubieran aseado. Iba a ser un hermoso día, uno de esos domingos de comienzos de abril que devuelven las ganas de reír una vez pasado lo más frío del invierno. Rosita encendió el fuego de la cocina para preparar el desayuno de su hijo y, mientras la leche se calentaba, vertió el agua del aguamanil hasta la jofaina, se lavó y se vistió. La chica no tenía una voz especialmente modulada, pero aquel día alegre se entretuvo cantando por lo bajo mientras cumplía todas estas operaciones. En cuanto estuviesen preparados los dos, saldrían a dar un paseo por los alrededores. Era muy importante que los niños tomasen el sol y el aire para crecer sanos y robustos, como le recomendaba Celsia Regis.

La joven madre estaba terminando de dar el desayuno a su hijo cuando sonaron tres golpes en la puerta de entrada. Ella afinó el oído. No esperaba a nadie y a esas horas tan tempranas era improbable que llamase una amiga y mucho menos, siendo domingo, un vendedor a domicilio o algo por estilo.

—¡Shhh! —indicó al niño, un poco asustada, para que no hiciera ruido.

Otra vez volvieron a sonar los tres golpes nítidos y contundentes. Ella se acercó con temor a la puerta intentando discernir la respiración de la persona que se hallaba tras ella.

—Muchacha, abre, que ya sé que estás en casa —sonó una voz áspera.

—¿Quién es usted?

—Un amigo de Romualdo —rio la voz—. Te traigo un recado de la cárcel.

Rosita quedó desconcertada. ¿Debía abrir la puerta a un desconocido? Sin embargo, por encima del temor que le produjo esta idea se sobrepuso el viejo terror que sentía por su marido. No debía desobedecerlo, ni siquiera en su ausencia. Al mismo tiempo el visitante, que tenía muy poca paciencia, dio una patada a la puerta que hizo crujir sus tablas desvencijadas.

—¡Muchacha, abre! —rugió entonces—. ¿Quieres que rompa la puerta? A Romualdo no le gustará tener que poner otra nueva cuando salga de la cárcel y vuelva a casa.

Estaba claro que el postigo no iba a soportar ni siquiera una embestida mediana del hombre de afuera, así que Rosita se decidió a abrir. No quedaba otro remedio. Hizo un gesto al niño para que se retirara al dormitorio contiguo y se acercó a la entrada.

—Ya va —avisó mientras giraba lentamente la llave que mantenía atrancada la cerradura. Apoyó el peso de su cuerpo sobre la madera para no permitir más que una mínima abertura, pero el hombre dio un empujón que la hizo recular hacia atrás.

—¡Maldita sea mi suerte! ¡Abre de una vez!

Rosita, con el susto metido en el cuerpo, estudió el rostro oliváceo del recién llegado. ¿De qué le sonaba esa cara mal afeitada y esos ojos turbios? Quizás le pareció recordar una cara entrevista en una de las conferencias en la Sociedad Económica Matritense. ¿Sería de verdad amigo de Romualdo? Si era un compañero del marido recluso, mal asunto y, si no lo era, peor, calibró. El Renco, de todos modos, no era una persona remilgada que necesitase permiso para solicitar la hospitalidad en lugar desconocido, así que después de dar un ligero paseo dentro de la estancia se dirigió directamente a la mesa donde había desayunado el niño y tomó asiento. La maldita pierna tampoco se merecía estar de pie cuando no era necesario.

—A ver, muchacha, ¿no tienes nada de beber para un amigo? Le voy a tener que decir a Romualdo que no me has atendido bien en su casa.

—¿Quién es usted? ¿Qué quiere?

—Ya te lo he dicho: soy un amigo y quiero algo de beber. Si no tienes nada en esta pocilga, te vas a buscarlo.

Rosita dudó. Ya sabía que no podía dar un vaso de leche o de agua al visitante, pero lo último que deseaba era salir a comprar vino en la taberna y dejar a su hijo con el recién llegado. Se acercó a la alacena y rebuscó entre las botellas que guardaba Romualdo hasta que encontró una con unos restos de anís.

—¿Qué? ¿No me preguntas por tu marido? —la interrogó mientras le servía, y añadió riendo obscenamente—: ¿O es que no tienes ganas de verlo?

Rosita se sujetó el estómago con la mano para contener la angustia que le nacía allá adentro. El optimismo y las ganas de vivir que había ido cobrando en los últimos tiempos de libertad se estaban convirtiendo ahora en un temor sordo. Su mirada, que había sido confiada y vivaz hasta hacía unos minutos, se tornó más opaca mientras escudriñaba al hombre sin atreverse a alzar demasiado la cara, con la misma actitud sumisa y adormecida que empleara con el marido. Esconderse tras esa máscara de insensibilidad y estupidez era la única forma que conocía de neutralizar la ira del otro y, a la vez, mitigar su tragedia.

El Renco dio un repaso visual a la habitación que hacía de cocina y comedor. No era mejor que la que él ocupaba después de salir de la cárcel. Sin embargo, compartir ese espacio con una mujer joven y un hijo debía tener sus alicientes. En la calle sonaron unas pocas voces, el ladrido de un perro y comenzaron a tañer, de forma incongruente en opinión de Rosita, las campanas que anunciaban la misa de las diez. El hombre se removió sobre la silla, que no era muy firme, y señaló unos papeles que asomaban sobre la alacena.

—¿Eso qué es?

Rosita dio un respingo y siguió con la mirada la dirección que indicaba aquel dedo sarmentoso, un lugar donde se apilaban un antiguo ejemplar de *La Voz* con el anuncio del acto de protesta de marzo contra el artículo 438 y algunas copias del panfleto que ella había encargado imprimir para el Lyceum Club en la linotipia de Juan José y que se titulaba «El Código y la mujer». ¿Por qué tenía que haberlos visto este hombre? Seguro que no le gustaban.

—¿Qué es el qué? —dijo ella simulando la estupidez ovejuna que con Romualdo le daba buen resultado.

—¡Estúpida! ¡Ese periódico con esos papeles! ¿Desde cuándo le gusta a Romualdo leer las noticias?

Rosita, haciendo de tripas corazón, no tuvo más remedio que acercarle los impresos. Cuando los depositaba junto al vaso de anís, el Renco atrapó su muñeca y para castigar la tardanza se la oprimió hasta clavarle las uñas en la piel.

—¿Qué tonterías hay en esta casa?

La chica lo miró con rencor, intentando descifrar qué pasaría a continuación. El hombre simuló mirar las letras e incluso subrayó algunos renglones con la mano. Entonces Rosita adivinó. Afortunadamente, el Renco no sabía leer.

—No sé qué será —dijo con sumisión—. Son cosas de Romualdo.

El hombre dejó los impresos en un lado de la mesa y, de momento, pareció quedar satisfecho, aunque su intención pasaba por asustar un poco más a la muchacha. La vista del niño que se asomaba desde la puerta del único dormitorio le trajo a la cabeza una buena ocurrencia: podía comprobar si se parecía a su compañero de prisión para colegir si, en realidad, era su hijo. Un hombre viejo y una mujer joven... El Renco sonrió dilucidando con fruición que acaso la chica lo hubiera traído de regalo desde otro sitio y con la colaboración de otro amante.

—¡Eh, zagal! ¡Ven aquí!

Romualdito miró a su madre, que parecía sumida en un sueño y que no hizo ningún movimiento para indicarle que se acercase o que no lo hiciera.

—¡Que vengas he dicho! —insistió dando una fuerte palmada sobre la mesa que hizo temblar el vaso de anís y produjo un revoloteo de algunos papeles cayendo hasta el suelo.

Rosita miró a su alrededor. Si el hombre la agredía a ella, sabía que no iba a poder contrarrestar la violencia; pero si se le ocurría hacer daño a su niño, era capaz de lanzarse sobre él con un cuchillo.

—No te asustes, zagal. ¡Maldita sea mi suerte! —El Renco cambió de estrategia e hizo como si buscase algo en sus bolsillos—. ¿No ves que te traigo un regalo de tu padre?

En la calle volvieron a sonar las campanas de la iglesia cercana, mezcladas con algunas voces. Rosita se acercó lentamente a la alacena donde guardaba los utensilios de cocina, temblando por lo que pudiera pasar. ¿Dónde se encontraban sus amigas feministas en aquellas horas? ¡Qué tranquilamente se hallaría Clara Campoamor en el refugio de su despacho, estudiando sus códices y sus complejos argumentos! ¿Y Celsia Regis? ¿Cómo no se le ocurría hacerle una visita, precisamente en el momento que más la necesitaba? Y, por fin, Juan José. ¿A qué se dedicaba Juan José durante las mañanas de los días de fiesta? ¿Cuidaba a una madre viuda, salía con los amigos o trabajaba en la imprenta componiendo los panfletos de la UGT? Por último, ¿por qué se sentía ella tan vulnerable, tan abandonada de todos, tan tristemente obligada a defenderse cuando no tenía ni manos ni fuerzas suficientes para ello?

14. La muerte de la criada

La Lita quería mucho a doña Remedios. De hecho, ella era la mejor patrona que había tenido en su largo periplo por distintas casas de servicio. Ella había sido la mejor ama, y su morada, la mejor casa, por muy diferentes motivos.

Doña Remedios era la mejor patrona, en primer lugar, porque no hablaba. Unos meses antes de adquirir a *la Lita* como criada para todo, la pobre mujer había tenido un derrame cerebral que la había dejado hemipléjica del costado derecho y, a la vez, sin habla. La señora, antes del accidente, quizás hubiera sido parlanchina, pero en la época de su relación con *la Lita* solo tenía la posibilidad de comunicarse abriendo y cerrando sus ojos dulces, moviendo hacia el «sí» o el «no» la cabeza o agitando el brazo izquierdo para señalar, para negar o para pedir algo. La mujer se pasaba el día sentada en un amplio sillón repleto de almohadones porque tampoco podía andar. La enfermedad había paralizado la parte derecha de su cuerpo por completo, la pierna, el brazo y la mitad de la cara, y apenas podía sostenerse en pie en caso de una perentoria necesidad. El trabajo de *la Lita* consistía, precisamente, en levantarla por la mañana, asearla en la medida de sus posibilidades, hacerle la comida y dársela después en la boca y, en fin, acompañarla con su cháchara mientras limpiaba el resto de la vivienda. Pero *la Lita* era una mujer muy trabajadora. Ella ya sabía cómo se atiende una casa y no necesitaba que nadie fuera a vigilar su forma de barrer o fregar, y mucho menos las sutilezas que empleaba para limpiar el polvo. Es más, el hecho de tener que tomar la iniciativa para todas las labores del hogar, sin obedecer mandato ninguno, le proporcionaba la ilusión de que lo cumplía por su mera voluntad y no por un sueldo, como si lo hiciese en su propia casa y no como empleada. *La Lita* disfrutaba de su labor sin el engorro de la instrucción ajena en unas labores domésticas que conocía de memoria. Así que, mientras limpiaba, hablaba con doña Remedios y, muchas veces, cantaba.

De esta comodidad y del carácter resignado y acomodaticio de la enferma surgió una verdadera armonía entre las dos mujeres y, sin que esto sea exagerado, una entrañable amistad. A *la Lita* le gustaba tener contenta a doña Remedios. Henchida de lástima por su estado calamitoso, se aplicaba para lavarla, peinarla y mimarla como si fuera alguien de la familia, es más, como si fuera aquella madre a la que le hubiera gustado atender y querer, si no la hubiera abandonado al poco de nacer en un hospicio, claro está.

El segundo motivo de contento de *la Lita* en aquella casa también se debía al amor al prójimo. En esta ocasión, el amor se fundaba en un enamoramiento silencioso y platónico de Jacinto Jaro, el hijo de doña Remedios, quien la había contratado al servicio de su madre después de unas pesquisas intensísimas entre lo más granado de la servidumbre madrileña. Doña Remedios, viuda de militar, había tenido solo este hijo, al que adoraba, y quien, por supuesto, le correspondía con una dedicación y un amor filial tan profundo que nunca había pensado en poner sus ojos sobre una mujer que no fuera ella. Por seguir con la tradición paterna, se había empleado como oficial de complemento durante unos cuantos años, con el propósito de ascender desde el puesto de alférez, que ocupaba en el inicio, hasta llegar a teniente o capitán.

Jacinto Jaro era un mocetón moreno, corpulento, peludo de torso y brazos, la viva imagen de su padre cuando vivía. No tenía, como él, un espíritu marcial e indiscutiblemente autoritario en toda ocasión, pero compensaba esas carencias despóticas con algún que otro arranque de mal genio. En el fondo, era un bonachón.

—¿Cuándo te vas a echar novia, corazón? —le preguntaba doña Remedios antes de perder la movilidad de su cuerpo a la vez que la voz—. Estoy deseando que me des algunos nietecitos.

Pero a Jacinto Jaro no le interesaban mucho las mujeres. Se conformaba con realizar su trabajo con eficacia y dedicación; especialmente, revisar que los reclutas practicasen correctamente la instrucción y vigilar que no surgieran incidentes en los vestuarios ni en las duchas. Había que fiscalizar que esos cuerpos jóvenes, atléticos y pletóricos de energía se reservasen exclusivamente para el servicio a la patria.

Cuando doña Remedios sufrió el accidente vascular, Jacinto Jaro ya no tuvo ninguna duda de su obligación de dedicarse por completo al cuidado de su madre. El tema de la novia o la futura familia se disolvió en un olvido pacífico y, en el fondo, liberador. Se justificaba argumentando que no hubiera sido un buen hijo si anteponía un interés amoroso y personal a la deuda que se deriva de la maternidad. Jacinto Jaro quería a su madre con delirio, con devoción plena y exclusiva, con un amor que no se dejaba distribuir entre el resto de los congéneres humanos.

El día de la muerte de Fidela Chirivete no amaneció con ningún signo particular que hiciera prever una desgracia. Más bien al contrario: la villa de Madrid se desperezaba alegremente después de despachar a los obreros hasta sus puestos de trabajo, los comerciantes abrían sus establecimientos en calles y mercados, las modistillas habían levantado las tapas de sus costureros y extendían ante su vista las telas que coserían ese día, el sol lucía generoso iluminando una mañana fresca pero risueña, algún afilador silbaba su melodía, y las criaditas, por fin, acudían a sus obligaciones. *La Lita*, como todos los días, se aproximó al número 38 de la calle Fuencarral sin adivinar que era el último en que iba a notar el calor del astro rey en el cogote mientras ascendía por la calle con paso elástico y optimista hacia la casona de su inmolación. La vida y la muerte, afortunadamente, no se rebajan a hacer revelaciones previas a su futura clientela.

Fidela abrió la puerta con la llave que Jacinto Jaro le había proporcionado desde el primer día para no tener que esperar su llegada cada mañana. Él había salido a sus obligaciones poco antes del amanecer y no había necesidad de despertar a su madre a una hora tan temprana. *La Lita* era una muchacha formal, que cumplía el horario acordado sin dilaciones. Como todos los días, se anunció con su voz de pájaro para evitar que la señora se sobresaltase.

—Buenos días, doña Remedios —canturreó alargando la «o» final—. Ya estamos aquí.

La «i», con un timbre más agudo que la «o», anunciaba que la garganta cantarina de la criada había recogido por el camino el optimismo del día, la promesa de una feliz mañana y el anuncio de que se proponía alegrar con su salud y su simpatía la invalidez de la enferma.

Con mano experta y delicada, *la Lita* levantó y aseó a la anciana, la sentó en el sillón de su padecimiento, le dio el desayuno de pan desmigado en café con leche cucharada a cucharada, barrió la estancia, limpió las ventanas, cantó unos cuantos temas de zarzuela que le salían del corazón y de la boca del estómago; en fin, hizo su labor tierna y delicada de criada y enfermera con su entusiasmo de alma cándida.

—¿Qué quiere hoy para comer la señora? —preguntó a media mañana.

La señora no podía hablar, pero consiguió abrir y cerrar varias veces los labios y, aunque no salió ningún sonido reconocible, *la Lita* imaginó que aquella boca de pez insonorizada intentaba marcar una palabra con tres sílabas cuyo centro vocálico pretendía ser una «a».

—¡Patatas! —reconoció la sirvienta.

Doña Remedios, tanto si había dicho «patatas» como si no, asintió con sus ojos antiguamente bellos, ahora vencidos y ojerosos. ¿Qué más le daba comer patatas o lentejas? Cualquier cosa le venía bien a una persona tan imposibilitada como era ella y si *la Lita* entendía patatas, patatas comería.

A la conformidad de la señora se sumó que la criada encontró en la despensa media docena de costillas adobadas, compradas por el hijo el día anterior. Eso estaba bien. Así podría preparar un plato sabroso y nutritivo. Sin dejar de cantar, peló las patatas y cortó en varios trozos las costillas, sofrió media cebolla y dejó cociendo en la misma cazuela todos los componentes con un hervor suave y rumoroso.

Cuando *la Lita* se asomó a la sala donde reposaba doña Remedios, una luz dorada coloreaba a través de las cortinas la apacible imagen de la anciana.

—¡Qué guapa está hoy la señora! —exclamó.

La señora sonrió o hizo un gesto ambiguo que resultaba parecido a base de elevar la comisura izquierda de la boca, en el único gesto alegre que le permitía la hemiplejia.

—Para celebrarlo, la voy a peinar y engalanar como si fuera un día de fiesta.

La señora asintió, con paciencia. A ella personalmente le daba lo mismo tener un aspecto u otro, pero, si la iniciativa alegraba y entretenía a la chica, a ella le parecía bien, aunque solo fuera por agradecimiento. *La Lita* peinó a doña Remedios, le arregló los cuellos de la camisa y buscó entre los cajones de la cómoda para encontrar un pañuelo, una peineta o algún otro adorno con que completar su labor embellecedora. Después de revolver las bagatelas de la gaveta superior, metiendo la mano hasta el fondo, encontró un estuche cerrado.

—¿Le parece bien que lo abra? —solicitó a la señora. Ella parpadeó, recordando. Ese era el más querido de sus regalos de boda. Un suspiro largo supuso el permiso para averiguar el contenido.

—¡Oh, un collar de perlas! —exclamó la muchacha al abrir un estuche. Nunca había visto nada parecido. ¿Serían perlas verdaderas o una mera imitación? Ella apenas había contemplado ese tipo de joyas en los anuncios del periódico o, como mucho y con gran distancia, en el cuello de alguna señorona a la que era imposible acercarse.

Con mano temblorosa, *la Lita* tomó el collar y lo acercó a la ventana. El adorno era una simple gargantilla de cuentas nacaradas que se cerraba con un pasador dorado, pero a ella le pareció el ornato de una reina. La llama de la imaginación lo embellecía con un destello superior a la escueta luz que entraba por la ventana. Poniendo en sus movimientos la mayor delicadeza, la chica enroscó el collar en el cuello de la señora y abrochó con esmero el cierre primoroso. No quería estropear el abalorio con sus pobres manos, más acostumbradas a las rudas labores que a melindres delicados.

Terminado el avío, *la Lita* contempló su obra con satisfacción. Para que pudiera admirarse, con un espejo, ofreció la imagen propia a su señora, que no dio señal de alegrarse ni de entristecerse demasiado. Doña Remedios debió ser una jovencita esbelta y de cuello fino. Sin embargo, por efecto de la edad, de la gordura o del achaparramiento habido después del accidente vascular, el collar que otrora le debió quedar holgado hoy apenas le abarcaba el perímetro del cuello, apretando su pescuezo como un dogal. No obstante, doña Remedios no dio signos ni de alborozo ni de molestia.

Con todo aquello había pasado la mañana y se acercaba la hora de comer. Las patatas ya se habían cocido y el condumio anunciaba con sus olores que había que aplacar los rugidos del estómago. Fidela Chirivete, resuelta y animosa como todos los días, acercó una mesita baja al sillón de la inválida y depositó sobre ella un plato colmado de patatas con carne. Con una cuchara partió todo ello en trocitos pequeños y con la puntita de la lengua se aseguró de que la comida no quemaba. La pobre doña Remedios, que no acertaba a comer con la mano izquierda, tampoco tenía francas las tragaderas a partir del accidente y una de las labores más importantes de la asistenta consistía en alimentar a la anciana con cucharadas, esperando después de cada bocado a que ella se las agenciase para enviarlo hasta el estómago.

¡Qué extraña es la vida!, reflexionaba la criada. Unos tanto y otros tan poco, pero tan desorganizadamente. Esa pobre mujer, con su collar de perlas, apenas podía disfrutar de la comida, mientras que ella, que no podía presumir de un collar de perlas, podía comer tan a gusto un buen plato de patatas con costillas.

Con esta y otras reflexiones se entretenía Fidelita, cuando oyó ciertas voces en el piso de arriba. Al parecer, había llegado a la casa el padre de familia y estaba protestando por el ruido que hacían los hijos. Se oyeron quejas y golpes y, por fin, el llanto de los chicos y, probablemente, de la mujer. ¡Si él hubiera sabido la guerra que habían dado durante toda la mañana! *La Lita* suponía que una de sus mayores diversiones era saltar al suelo desde el alto de un armario y la pobre madre, que los había aguantado sin un reproche, habría tenido que hacer ella misma las labores domésticas. Todo el mundo sabía que en esa casa era imposible que durase ninguna criada.

Mientras Fidela seguía alimentando cucharada tras cucharada y con contundencia a doña Remedios, llegaron otros sonidos distintos desde la calle. Aquel día había un tránsito inusitado de coches y peatones, tanto así que se oyó un chirrido como de neumáticos y después algunos improperios. ¿Se habría producido un atropello? La muchacha alzó los ojos hacia la ventana por la que se colaban las voces, aunque no podía ver nada desde donde se hallaba.

De pronto, un estertor en el interior de la habitación y ante sus propias narices la sobresaltó. Doña Remedios, con la boca abierta y colmada de patatas, se ahogaba. No había podido tragar el condumio a la velocidad con que *la Lita* se lo suministraba o, quizás, se le había atragantado alguna pieza de carne en mitad de la garganta. Asustada pero decidida, la criada quiso sacar de la boca el exceso de comida con sus propias manos, soltó la cuchara sobre el plato, que cayó al suelo, e introdujo sus dedos en la boca del ama hasta la profundidad de las tragaderas; pero, después de vaciar lo más evidente, doña Remedios seguía atascada. La mujer pugnaba por abrir las fauces para tomar aire y de su boca solo salía una especie de quejido sin voz. Doña Remedios se ahogaba y su rostro estaba pasando del color rojo al morado. Fidela, alarmadísima, puso en juego toda su energía para salvar a la anciana. Le habían contado que existía un procedimiento especial, había una postura que servía para hacer que cualquiera expulsase un objeto que le taponaba la garganta: con un fuerte golpe desde la espalda, tenía que comprimirle el abdomen para que tosiera y pudiera liberar la entrada del aire. Fidelita se puso de pie detrás del sillón para intentar la maniobra. Aquello no podía ser. Entonces, levantó en vilo a doña Remedios y, de una patada, retiró el sillón que estorbaba los movimientos; la rodeó con los brazos por la cintura y con el puño cerrado presionó con contundencia el estómago. Doña Remedios consiguió toser a la vez que se llevaba la mano izquierda a la garganta. Con aquel esfuerzo sobrehumano las dos cayeron al suelo en un revoltijo de piernas y brazos. El ama quedó boqueando en lucha por la vida y Fidelita, ágil, joven y fuerte, procuró incorporarse. Había quedado sentada sobre doña Remedios, que seguía jadeando y agitaba su mano izquierda como queriendo aferrar el collar.

¡La gargantilla!, decidió Fidelita. ¡Lo que la ahogaba era ese collar tan apretado! Con el ama boca arriba, Fidela se sentó a horcajadas sobre su cuerpo voluminoso, una pierna a la derecha y la otra a la izquierda, y con desesperación intentó arrancarle del cuello el nudo que la asfixiaba. Pero ¿cómo acertar a desabrochar con urgencia el cierre delicado? Las manos, sucias con el guiso, resbalaban sobre el pasador y no conseguían desanudar una pieza que había sido colocada en circunstancias de menor compromiso.

Mientras tanto, en la calle, había estado a punto de suceder una desgracia. Cuando Fidela oyó el chirrido de neumáticos no se equivocaba. Efectivamente, un vehículo había estado a punto de atropellar a Jacinto Jaro al traspasar la calzada para llegar a su casa. El coche circulaba a una velocidad exagerada y el hombre, que iba sumido en sus meditaciones castrenses y no había mirado a izquierda ni derecha antes de cruzar, de pronto se sintió embestido por la máquina. El golpe, debido al frenazo, no fue tan fuerte como pudiera haber sido, pero sirvió para lanzar contra el asfalto a Jacinto, que dio un par de volteretas por el suelo mientras se libraba, con ese roce, del movimiento de aceleración impelido por la máquina. Había resultado un accidente más aparatoso que contuso. Así que, después de reponerse de la caída, ayudado por su complexión vigorosa, en seguida se puso en pie para rechazar reciamente la oferta de ayuda de los viandantes, con la sensación de que había hecho el ridículo arrastrándose por el suelo polvoriento. Con energía rayana en la grosería se libró de una señora que quería limpiarle el polvo de la ropa tras la caída y, asimismo, se negó a dar explicaciones. Cuando el conductor salió para ofrecerle su ayuda se limitó a mostrarle el puño cerrado, con lo cual el culpable se hizo cargo de su culpa y se introdujo con presteza en el coche para salir volando sin aportar explicaciones.

Jacinto Jaro quedó en la calzada con el puño en alto, echando maldiciones sobre el tráfico, sobre los conductores y sobre cualquier obstáculo que se interpusiera en su camino cuando pretendía atender a su madre.

Subió las escaleras de dos en dos, notando vagamente el porrazo recibido en el brazo y en toda la longitud de la espalda. El tobillo izquierdo se resentía e incluso comenzó a notar cierto ardor como de raspadura en las dos rodillas.

Cuando llegó a su puerta y se introdujo en la sala, una visión del infierno le sobrecogió: en el escenario de la lucha habían caído por el suelo la mesa, el plato de comida y el sillón de su madre. La espalda de Fidela Chirivete, ancha y poderosa, se combaba sobre la pobre doña Remedios, que se debatía con todas sus fuerzas, mientras las manos callosas de la criada la intentaban estrangular con el mismo collar de perlas que pretendía robar.

Jacinto Jaro no pensó en su reciente atropello ni en la espalda lastimada. Afortunadamente, había llegado a tiempo. En un solo segundo arrancó el cordón que servía para correr y descorrer las cortinas, dio con él dos vueltas al cuello de la criada y lo estrujó con todas sus fuerzas. La muchacha soltó a su presa mientras se llevaba las manos a la garganta. Jacinto, mucho más alto que ella, la hizo recular hacia atrás y después de dos pasos, los dos cayeron de espaldas. Fidela pataleaba al tiempo que la pintura del techo se le teñía de rojo en los ojos inyectados en sangre. ¡Qué fuerza tenía esa mujer!, pensaría Jacinto al ver que ella no dejaba de resistirse. Cuando la refriega cesó, el hombre apartó a un lado el cuerpo desinflado de la criada y se aprestó a incorporar a doña Remedios. Para entonces su madre ya había recuperado la capacidad de la respiración, justo al contrario de lo que le ocurría a Fidelita.

15. La calificación de un delito

El señor Tabernillas, contrariando las sugestiones de su nombre, era un abogado absolutamente abstemio y nada inclinado a solazarse en francachelas de grupo en locales públicos. No obstante, no le importaba comentar las circunstancias legales de los casos que defendía. En esta ocasión, era el abogado de Jacinto Jaro.

—Este sumario solo se puede justificar a partir de la mala suerte —comentó ante Campoamor—. Una equivocación dolorosa que ha ocasionado una mujer muerta, un hombre en la cárcel acusado de asesinato y una pobre anciana que no se puede valer y que tiene que salir de su casa para ser atendida en la Beneficencia.

—Entonces, de la versión de *El Imparcial*... ¿nada de nada? —se interesó Clara—. ¿El hombre no asesinó a la criada voluntariamente? ¿No hubo violación previa?

El señor Tabernillas denegó sombríamente.

—Aquí no ha habido ni violación, ni premeditación, ni alevosía. No ha habido *animus necandi*. Mi cliente, sencillamente, quiso defender a su madre, preso de una profunda obcecación. Fue un arrebato.

—Sin embargo, la pena de unos cuantos años de prisión mayor no se la quita nadie —opinó Campoamor—. Y eso si el Tribunal admite la eximente de legítima defensa...

Los dos abogados consideraron el asunto con pesar. La muerte de *la Lita* era realmente trágica, pero el destino de doña Remedios, con su único hijo preso en la cárcel, también era muy triste. Jacinto Jaro había malogrado el resto de su vida por un malentendido absurdo, obcecado en su brutalidad.

—Es un caso desgraciado, pero a este hombre alguien lo tendrá que defender —se justificó Tabernillas.

—Indudablemente. A usted le toca, en primer lugar, calificar la responsabilidad del delincuente, y a partir de ahí su imputabilidad o inimputabilidad. Puede ser un caso muy interesante —terció Campoamor, siempre dispuesta a navegar por los intríngulis de la legislación y sus aplicaciones. Para ella, la justicia no consistía solamente en castigar.

—¿Cree usted que el tribunal se avendrá a considerar el aspecto psicológico del sujeto infractor? Esa quiere ser mi línea de defensa.

—Si recordamos la jurisprudencia, en casos similares los Tribunales han tenido en cuenta las características mentales del delincuente, sanas o morbosas, y han dictado sentencia considerando su responsabilidad nula o atenuada.

—¿Absolvería usted a Jacinto Jaro? —se extrañó Tabernillas, estimando que el inculpado había asesinado a una mujer indefensa.

A Clara Campoamor no le hubiera gustado dictar sentencia en esta ocasión. Había que hilar muy fino en relación con un delito que debía ser evaluado desde una perspectiva más compleja.

—Hasta ahora el grado de consciencia, voluntariedad o el propósito delictivo se han resuelto en nuestro Código de forma simplista, yendo del responsable total al irresponsable absoluto. En algunas ocasiones, cuando se ha probado una marcada demencia, aunque fuera de una manera groseramente teatral, el culpable ha llegado a quedar exento de pena. En otras, ha sido condenado a cadena perpetua o a pena de muerte por el mismo delito. Ambos extremos son absurdos. ¿No cree usted que existe un complejo de contrastes y matices comprensivo de la enorme distancia a recorrer entre el hombre responsable pleno y el que alcanzó las cimas de la ceguera del alma?

—Quizás el problema jurídico será más de hombres que de leyes —propuso Tabernillas, ofreciendo tabaco a la señorita—. El juzgador debería determinar hasta qué punto el procesado tenía sus facultades mentales perturbadas al cometer el delito.

Clara Campoamor se hallaba en su salsa. Nunca probaba el alcohol, pero se permitía el vicio de encender de vez en cuando un cigarrito. Después de dar dos chupadas afanosas al pitillo, expulsó el humo con delicia mientras desgranaba su teoría.

—No será cosa fácil. En mi opinión, es la ciencia la encargada de desentrañar la existencia o no del libre albedrío a partir de estudios psíquicos y biológicos.

—Por otra parte, a la ciencia penal moderna le interesa prevenirse contra las consecuencias delictivas y, especialmente, prever la temibilidad del delincuente para conseguir lo que más importa a la sociedad: la defensa social —siguió el abogado defensor. En este caso, no creía que Jacinto Jaro volviera a verse en una circunstancia similar que lo impulsase a matar—. Es evidente que mi representado difícilmente volverá a delinquir del mismo modo.

—Yo que usted comenzaría con su caracterización psíquica —le aconsejó la abogada—. Entre el estado de normalidad mental y el de enajenación absoluta hay una gama continua de matices que, necesariamente, han de verse reflejados en la pena. Se imponen nuevas normas. Sería interesante que, para la determinación de la responsabilidad, intervinieran el médico y el maestro.

—Si usted lo dice…

—Por otra parte, este tipo de casos no deberían ser un problema de diagnóstico, sino de pronóstico: al derecho penal moderno le debe importar, antes que desentrañar cómo actuó el sujeto, adivinar cómo actuará. Es preferible la prevención a la represión.

—En fin —resumió Tabernillas, admirando la modernidad de las teorías de Campoamor—, lo que usted propone es conocer al sujeto para poder corregirlo y, de este modo, adaptarlo al medio social.

—¡Efectivamente! —concluyó la abogada mientras enrojecía violentamente. Si la vecina que la había asaltado días antes con *El Imparcial* en la mano la oyera defendiendo al asesino de *la Lita*, probablemente cambiaría toda la consideración que tenía a doña Clara como valedora de todas las mujeres.

Clara Campoamor dio la última chupada golosa al resto del cigarrillo y lo tiró al suelo observando cómo se apagaba el postrer reflejo del ascua. En este mundo no había nada demasiado sencillo, pero ante un daño pasado y un castigo seguro, ella no podía evitar inclinarse humanamente hacia la compasión.

16. El regalo del padre

—¿No ves que te traigo un regalo de tu padre? —insistió el Renco.

Rosita seguía enmudecida como una estatua, procurando encubrir la angustia que sentía bajo un velo oscuro. El niño intuyó que algo no iba bien y que aquel hombre les traería problemas tanto si le obedecía como si no lo hacía. En eso le recordaba a su padre. Más por hábito que por convicción, se acercó al recién llegado, se plantó ante él y lo observó con la impertinencia ingenua con que lo hacen los niños. El Renco simuló haber sacado algo del bolsillo, alargó los brazos y le mostró los dos puños cerrados, como si tuviera algo dentro.

—Chico, ¿dónde está el premio? Elige el que prefieras.

El niño dudó. Dudó de que hubiera ningún regalo ni ningún premio y, mucho menos, que a él se le permitiera elegirlo. No obstante, el hombre sonreía mostrándole las dos manos cerradas.

—¡Venga ya! ¡Maldita sea mi suerte! ¡No vamos a estar todo el día jugando!

Romanito acercó con temor su mano pequeña y señaló el puño derecho y el Renco, con una rapidez increíble, le soltó un coscorrón en la frente con el mismo puño cerrado.

—¡Ja, ja, ja! ¡Tú lo has elegido! ¿Qué regalos te crees que se guardan para los chicos desde la cárcel? ¡Ja, ja, ja! ¿Pensabas que aquí dentro cabía un trompo o un balón?

El niño se tocó el golpe con la mano mientras comenzaba un paso hacia atrás. Aquella broma le dio ganas de llorar, pero un instinto primario le sugirió que si lo hacía el hombre se reiría de él con más ganas todavía. De hecho, con la mano izquierda lo había aferrado de un brazo y tiraba hacia él para acercarlo lo más posible. Los dos quedaron frente a frente, sin otra posibilidad que mirarse. El Renco vio unos ojos redondos abiertos, espantados, y una boca que se contraía en un gesto que iba desde la repulsión hasta el llanto. El niño distinguió una telaraña de arrugas que circundaba los ojos pequeños, una nariz achatada y una boca semiabierta que emitía un sonido extraño similar al de un fuelle, un murmullo que a la vez parecía un aviso de risa o de insulto. Una vaharada dulce y pegajosa de anís bailó en el espacio estrecho que separaba el rostro del viejo y del niño.

—No te pareces a tu padre —concluyó el Renco sujetándole con cada una de sus manos los dos brazos.

El niño se debatió intentando soltarse, pero el hombre no estaba dispuesto a abandonar un juego donde contaba con ventaja y aumentó la presión.

—Hace daño —gimió debatiéndose.

Rosita no pudo soportar más tiempo aquella visión y se acercó amenazadora blandiendo una sartén, pero Romanito fue más rápido que ella y mordió con todas sus fuerzas la mano que lo atenazaba. El Renco se puso en pie de golpe soltando a su presa, la silla cayó al suelo con estrépito y los tres quedaron unos segundos como congelados, indecisos sobre comenzar o no una carrera de persecuciones y de golpes alrededor de la mesa.

—¡Ja, ja, ja! —se decidió el visitante—. Muy bien hecho, sí señor. ¡Ahora sí que te pareces a tu padre! ¡Ja, ja, ja! ¡Menudo barbián estás hecho! Con esa carita de lechuguino me habías engañado. ¡Maldita sea mi suerte! Así hacen los hombres: atacar para defenderse. Y tú, moza, trae algo de comer. ¿Te crees que el anís me va a quitar el hambre?

Rosita reprimió el impulso de arrastrar a su hijo detrás de sus faldas porque sabía que eso no era lo que el visitante esperaba de ella ni de su hijo. ¿Es que ahora tenía que dar de comer a los amigos presidiarios de Romualdo? ¿Qué le podía ofrecer a ese hombre para que se largase cuanto antes? Al ver que parecía apaciguado, procuró mantener la calma y buscar algo que lo contentase. Se le ocurrió tomar el pan que había sobrado del día anterior y untarlo con tomate para reblandecerlo; colocó unas rebanadas en un plato y comenzó a cortar unos trozos de queso con que acompañarlas. Mientras tanto el Renco y Romualdito estaban haciendo buenas migas. Por lo visto, el recién llegado necesitaba compañía.

—Haces bien en no fiarte de mí, barbián —comenzó a adoctrinarlo, al ver que el chico procuraba aumentar la distancia entre los dos—. ¡No te fíes ni de tu padre! Mira, mira esto que te voy a enseñar y no lo olvides nunca. Es la lección más importante que he aprendido en mi vida.

El niño comenzó a mirar al expresidiario con curiosidad. Ahora que ya no se mostraba agresivo suponía una novedad extraña que había que aprovechar teniendo en cuenta los pocos acontecimientos de su día a día. El Renco se subió la pernera del pantalón y le mostró una extraña protuberancia diez centímetros por debajo de la rodilla.

—Mira, acércate, tócalo —le animó.

Romanito alargó el brazo y con el índice extendido se atrevió a acariciar aquel bulto rosado y feísimo. Miró hacia arriba y la boca con dientes podridos del Renco le sonrió.

—Aprieta, hombre, que no te va a morder —le animó. Tomó su manita y se la plantó sobre la excrecencia dura.

—¿Duele? —preguntó el niño sintiendo cierta repulsión.

Sin embargo, al Renco aquello le pareció sumamente gracioso.

—¡Ja, ja, ja! ¡Qué va a doler a estas alturas! ¿Tú sabes qué es esto? ¿Quieres que te lo cuente? ¿A que sí quieres saberlo?

El niño asintió. Estaba claro que el hombre estaba deseando contar esa historia, pero además él también quería conocerla.

—Eso fue lo primero que aprendí de mi padre —comenzó—. Yo era un chiquillo, un chiquillo como tú…

El Renco suspiró. Sí, él también había sido un niño, hacía ya mucho tiempo, desde luego. Quizás había sido como Romanito. Tuvo una madre y un padre, por supuesto, un padre con quien no había tenido mucho trato, pero que intentó inculcarle las prevenciones necesarias para que más tarde se abriera paso en el proceloso camino de la vida.

—Un día mi padre llegó a casa con una escalera —esta era una historia que el Renco había contado en muchas ocasiones, unas veces a modo de broma y otras con el poso amargo de la verdad—. Mi padre me dijo: «Hijo, he traído esta escalera para darte una lección, una lección que no aprenderás en la escuela ni en ningún otro sitio, pero que tiene que servirte durante toda la vida».

El hombre señaló a un lado como si realmente estuviese allí la escalera de su infancia para que el niño pudiera divisar con la imaginación las imágenes que él reproducía con sus labios.

—«Hijo, sube a lo más alto de la escalera» —continuó simulando una voz grave—. Y yo me subí; me subí a lo más alto —aclaró casi innecesariamente—. «Hijo, ¿tú te fías de tu padre?» —continuó teatralmente.

Romanito lo escuchaba con la boca abierta. Al parecer, aquello era muy interesante, y esperaba con resquemor el desenlace de la historia. El Renco se envaneció de suscitar el asombro del niño y procurando exagerar los efectos teatrales se puso en pie y agitó violentamente las manos como si estuviera sacudiendo algo que tenía delante.

—«¡Pues mira, para que no te fíes ni de tu padre!» —bramó, simulando que derribaba la escalera de su relato.

El niño creyó comprender.

—¡Y me tiró! —aclaró, por si acaso—. Me tiró de la escalera para enseñarme a no fiarme ni de mi padre. ¡Ja, ja, ja! Por eso tengo esta pierna torcida desde entonces. Me la rompí porque me había fiado de mi padre... ¡Ja, ja, ja! Todos los días me molesta y todos los días recuerdo su consejo. ¡Ja, ja, ja!

Rosita se acercó con el refrigerio en un plato. Cuando llegó, le había repelido la actitud violenta del visitante; ahora, verlo adoctrinar tan amigablemente a su hijo la sacaba de sus casillas, aunque le interesaba disimular, a ver si así se iba cuanto antes. Menuda lección para el pobre hijo.

El Renco, por su parte, se sentía plenamente conforme con el interés que suscitaba su historia, con el vaso de anís, las rebanadas de pan y, en resumen, con las nuevas amistades que acababa de trabar. Iba a ser verdad que la familia era una parte importante de la felicidad. Estaba empezando a envidiar a su excompañero Romualdo.

17. Algunos caballeros feministas

El día 4 de abril la Real Academia de Jurisprudencia y Legislación era un hervidero de señoras subversivas y caballeros feministas. La Asociación Nacional de Mujeres de España había organizado un acto titulado «Por la reforma de los códigos» que abordaría esta innovación en la medida en que afectaban a la mujer y al niño. Benita Asas Manterola, su presidenta en aquellos momentos, había sustituido la bata sencilla de maestra por un traje un poco más elegante, con una chaqueta cruzada sobre el pecho, adornada con orlas de motivos geométricos.

—A esta mujer le sube la simetría desde el pecho hasta las ideas —opinó Ramón Gómez de la Serna al oído de Carmen de Burgos.

—Calla, hombre. En la vida no todo han de ser bromas y greguerías —le respondió *Colombine* tomando su mano. Eso de amar a un hombre mucho más joven que ella la transportaba a una juventud deliciosa que en su momento no pudo disfrutar por culpa del tostón de su marido.

Benita Asas, muy puesta en su papel de presentadora del evento, pero un poco fastidiada por la presión de la chaquetilla ajustada, movió hacia adelante la mandíbula cuadrada y dejó escapar un ligero soplido que hizo revolar las ondas de su flequillo. Dos segundos más tarde las guedejas juguetonas volvieron a caer sobre las cejas hasta tapar la mitad de los ojos.

—Y enseguida van a participar las señoras de mi derecha, la escritora doña Isabel Oyarzábal de Palencia y la abogada señorita Clara Campoamor; y los señores sentados a mi izquierda, el doctor Alonso Muñoyerro y los abogados D. Félix Gil Mariscal, D. Tomás Elorrieta y D. José Puig Asprer. Todos ellos pondrán de relieve la injusticia que se cometió por los legisladores al privar a la mujer de los mismos derechos del hombre —concluyó.

El contenido del acto que se iba a desarrollar no era una novedad para las feministas. De hecho, la lucha por la reforma de todos los artículos legales que supusieran una mengua para las mujeres era una constante de la Asociación Nacional de Mujeres de España, del Lyceum Club, y de tantas mujeres y hombres modernos del momento. Tantas mujeres y tantos hombres, elucubró Benita Asas. Tantos hombres porque en aquella ocasión había incorporado, frente a tres participantes femeninas incluida ella misma, la colaboración de cuatro hombres, cuatro. A ver cómo se afanaban los varones por la otra media mitad de género humano. A ver. Pero antes de conceder a los otros el uso de la palabra, Benita Asas quería dejar patente su visión ecológica de la realidad legisladora.

—Nuestro Código civil es un arbusto empobrecido —sugirió—. Es el arbusto que espera una mano generosa que lo libre de las malezas llamadas prejuicios y egoísmo, es el arbusto estacionario que espera el riego de la política sentimental para desarrollarse al ritmo de aquellos otros códigos que en países más adelantados han llegado a la perfección en lo relativo a la mujer.

—¿Un arbusto? —susurró Gómez de la Serna al oído de *Colombine*—. ¿No será esta la nieta del aizkolari?

—Calla, tonto —se rio ella.

—Por eso la obra de los reformadores de los Códigos también ha de ser perfecta, modificando algunos artículos y dejando intactos otros —terminó la oradora—. ¡Solicitamos a la Comisión Revisora de los códigos que elimine de nuestro Código Civil las ramas que sobran!

—¡Todo es muy apropiado! —vociferó Gómez de la Serna estallando en aplausos a la vez que la concurrencia.

Y entonces comenzó el turno de otros oradores. Para calentar el ambiente de la Academia de Jurisprudencia el doctor Alonso Muñoyerro habló de un tema un poco delicado, pero que entraba dentro de la biología y de la naturaleza: abordó la defensa del niño ilegítimo, nacido fuera del matrimonio, y comparó la realidad española con la alemana, donde se había implantado ya la investigación de la paternidad. Opinó que ninguna madre entregaría a su hijo en adopción o trataría de abortar si el seductor que le hizo el hijo estuviera sometido a la investigación de la paternidad y se le obligara a contribuir a la manutención del niño y de la madre.

Los asistentes aplaudieron, afectados tanto por la crudeza del doctor como por el cortinaje color rojo y sangre de la pared a la espalda de los oradores. Isabel Oyarzábal, una malagueña periodista que había sido actriz en sus años mozos, tomó la palabra.

—Yo voy a hablar sobre el artículo 438 —advirtió con severidad paseando una mirada dura sobre el auditorio. El cabello hendido en dos partes y sujeto en un moño bajo, los labios finos, el traje oscuro y la figura flaca de la mujer, impusieron respeto aun sin proponérselo.

—No parece andaluza —comentó Gómez de la Serna—. Resulta demasiado seria. ¿Qué habrá visto en ella Ceferino Palencia?

—¿Y ella en Ceferino? —bromeó *Colombine*—. Él ni siquiera tiene una melena y unos rizos como los tuyos.

Mientras tanto Isabel Oyarzábal estaba haciendo una disección sociológica de los peligros del artículo 438.

—Y este artículo no solo es una amenaza espantosa para la mujer, sino también para el hombre. Su presencia en el Código significa que la honra del marido puede quedar menguada por la conducta de su cónyuge. Y esto no es así. El honor de cada ser depende exclusivamente de su propia conducta, no del proceder ajeno. ¡Es inmoral educar al varón en la suposición de que, en casos determinados, puede asesinar impunemente!

Los asistentes aplaudieron a rabiar y los disertantes que restaban tuvieron que resumir su mensaje para dar cabida a todas las intervenciones con sus distintas aportaciones. Félix Gil Mariscal, juez municipal, pidió que se establecieran multas para los hombres que molestasen a las mujeres con piropos y ofrecimientos por la calle. José Puig de Asprer abogó otra vez por la investigación de la paternidad y propuso que las mujeres peritas en Derecho participasen activamente en la Comisión de los Códigos. El abogado Tomás Elorrieta defendió que la patria potestad fuera igual para el hombre y la mujer y también solicitó la igualdad en todos los artículos del Código para ambos cónyuges.

Por fin intervino Clara Campoamor, que de forma didáctica y contundente resumió las principales injusticias que el Código infligía a la mujer casada, junto a sus propuestas para derogarlas: que la mujer pudiera disponer de los bienes que ella hubiera aportado al matrimonio; que la dote no fuera necesaria, sino voluntaria; que las capitulaciones matrimoniales pudieran ser modificadas a voluntad de los cónyuges; que, en caso de separación matrimonial, la administración de los bienes se llevase a cabo por los dos esposos y no siempre por el marido; en fin, que cada uno de los cónyuges tuviera libre disposición de sus propios bienes.

Estallaron los aplausos y el público se levantó de sus asientos. La tarde había sido productiva y en la calle todavía quedaba el leve recuerdo del inicio de la primavera, así que una tromba ruidosa de mujeres satisfechas, acompañadas de algunos caballeros feministas, se abalanzó hacia la salida del número 13 de la calzada del Marqués de Cubas, sede de la Academia de Jurisprudencia. Sin embargo, el empuje primero tuvo de improviso un movimiento involuntario hacia atrás cuando los más rápidos en asomarse a la calle dieron la vuelta al interior de la sala.

—¡Están tirando piedras! ¡Que no salga nadie!

Benita Asas, como organizadora del evento, tomó las riendas de la situación y se dirigió a la salida. Frente a la puerta, un grupo de alborotadores esperaba la evacuación de la sala para exponer a los oradores sus notables opiniones.

—Las mujeres, a parir y a fregar. ¡Que ocupen el puesto que les corresponde!

—¿Desde cuándo entiende una mujer de política?

—¡¡Destructoras de la familia!!

—¡Brujas, ateas, marimachos!

La decisión de responder de Benita Asas se vio entorpecida por un empujón de uno de los caballeros feministas, que la arrastró hacia adentro mientras algunos adoquines de la calle se estampaban contra la puerta.

—Que nadie se arriesgue a salir. ¡Hay que llamar a la policía!

Un revuelo de suspiros y de imprecaciones sobrevoló a los asistentes.

—Artículos 271 a 273 del Código Penal, que tratan de los desórdenes públicos —enunció uno de los abogados—. Esto les puede costar una buena multa.

—Eso si llega a tiempo la policía y conseguimos salir —sentenció *Colombine*.

—Mientras tanto, podemos divertirnos un poco —propuso Gómez de la Serna mientras se quitaba la americana y el sombrero.

Se dirigió a la puerta y la abrió ligeramente. Había colocado su chaqueta sobre el respaldo de una silla y dejó que se viera desde la calle mientras sujetaba el sombrero con el bastón a una altura que podía corresponder a la cabeza.

—¡Sarasas, traidores, poco hombres! —sonó desde afuera mientras llegaba una oleada de piedras—. Que os dejáis convencer por mujeres con las piernas al aire, mujeres sin virtud ni dignidad.

—¡Estas locas quieren destruir la moral española!

—¡Todos vosotros sois enemigos de la familia!

—¡Al manicomio con esas desequilibradas que no respetan las leyes de Dios!

Aunque el jovencito Ramón se partía de risa, las señoras y sus acompañantes no estaban para celebrarle las bromas, así que Carmen de Burgos se lo llevó al interior del local. La indignación, y por momentos la rabia, terminaría por sustituir a la prudencia y no querían arriesgarse a comenzar un verdadero altercado en la calle. ¿Cómo se podía consentir que unos energúmenos impidiesen la evolución de la moral española? Y, además, ¿cuándo llegaría la policía? ¿Es que la civilización tenía que seguir esperando unos cuantos siglos más?

Finalmente, los alborotadores se aburrieron y se fueron sin causar más estragos y la reunión se pudo disolver.

—Está claro que hay que cambiar las leyes —sonó con tristeza la voz de una de las disertantes—; pero también habrá que promover la cultura y mejorar la educación de toda la sociedad. ¡Tenemos por delante un trabajo tremendo!

18. Una aventura en la noche

Aunque la calle permanecía en la más completa oscuridad y solo era posible orientarse por la luz de la luna, el hombre miró a izquierda y derecha para comprobar que nadie lo vigilaba. Solo entonces entró en el portal, que se hallaba abierto, y abordó silenciosamente el comienzo de las escaleras. Aquello no le gustaba. Subió unos cuantos escalones pegado a la pared y sintiéndose ciego. Cuando los ojos se acostumbraron a la oscuridad, se pudo ayudar por una poca luz que entraba por un estrecho ventanuco que daba a la calle y que le permitió guiarse en su ascensión hacia arriba. En el primer piso puso especial cuidado en no hacer ningún ruido al pasar por delante de la puerta para no alertar a los vecinos. Suspiró y siguió hacia arriba orientándose por el tacto de la mano a lo largo de la pared. Esperaba que a ningún inquilino se le ocurriera salir de su casa a aquellas horas.

Por fin llegó al segundo piso y se detuvo durante algunos instantes para ordenar sus pensamientos. Si él sentía un amor limpio y verdadero por ella, no veía ningún motivo para tener que ocultarse de la vista ajena. Sin embargo, frente a aquella frustración, frente a ese ocultamiento que le hacía sentirse miserable, triunfaba, ¿cómo no?, la delicia del próximo encuentro. Así las cosas, acarició la puerta ante la que se hallaba y dio dos pequeños golpes para anunciar su llegada. El estremecimiento de su corazón se confundió con los ecos que habían propiciado los nudillos sobre la madera. Se puso la mano en el pecho y esperó, procurando no hacer ningún otro ruido. Pasaron unos cuantos segundos sin que se oyese ningún otro sonido dentro de la casa. Él aguardó, corroído por la impaciencia, y dejó pasar un lapso de tiempo que se le hizo larguísimo, aunque quizás solo habían sido un par de minutos. Sintiéndose nuevamente como un estúpido, decidió que la llamada había sido excesivamente temerosa y que no le habían oído. ¿O sí lo habían hecho? ¿Qué debía hacer? ¿Había algún peligro dentro de la casa y sería preferible no insistir? Pensando en ello, dudó si dar la vuelta y volverse por donde había venido o seguir con el plan acordado.

Antes de decidirse se sentó en las escaleras para reflexionar. Hasta ese momento en su vida todo había sido claro y ordenado: su infancia pobre pero honesta, su familia intachable y trabajadora, su actual oficio, que era fuente de satisfacción personal y de estima ajena. ¿Qué hacía él, como un ladrón, subiendo a oscuras las escaleras que conducían a una casa ajena?

El hombre se puso en pie una vez tomada la opción correcta. Pues no faltaba más. A ver si alguien creía que se iba a dejar vencer por la ideología burguesa y capitalista que le adjudicaba una vida determinada, que lo abocaba a seguir el camino de las convenciones sociales más absurdas, que limitaba su libertad y, en última instancia, su felicidad. El hombre se puso en pie, pero antes de que volviera a tocar la madera con una voluntad decidida y nudillos golpeadores, esta vez más dispuesto que antes a arrostrar cualquier peligro desconocido, la cancela se abrió y una mano blanca y femenina lo enlazó por el cuello de la camisa y lo empujó hasta adentro.

—¡Oh, pensaba que te habías arrepentido y que no ibas a venir! —suspiró Rosita.

—¿Cómo no hacerlo? —respondió Juan José con su voz ronca y varonil—. He estado esperando en la calle hasta que no hubiera nadie. No quería comprometerte.

—¡Ah!, ¡qué bueno eres!

—No soportaría que por mi culpa pasases ningún peligro, ni que haya habladurías sobre ti, que eres una mujer casada, con un hijo, con las obligaciones que te impone este maldito sistema capitalista y la moral burguesa que nos asfixia a todos mientras no consigamos traer la revolución…

Rosita se le abrazó sin comprender nada de lo que él le decía. Todas aquellas palabras tan dulces y tan amargas a la vez. No quería pensar ni oír ni discurrir ni sufrir ni sentir otra cosa que no fuera el cuerpo duro y fibroso de Juan José entre sus brazos. ¡Oh, Juan José! ¡Ah, qué hombre más bueno! ¡Qué distinto de aquel otro que era su amo y señor antes incluso de contraer matrimonio! Rosita hundió la cara en su pecho, que era un pecho de obrero consciente y bueno, que le hacía olvidar todos los sufrimientos, todos los deberes de mujer casada, de madre. Mas, de pronto, un estímulo amargo vino a estropear la magia del momento.

—Sí, tengo un hijo, como dices. Soy una mujer casada y tú…, tú eres libre para lo que quieras. Es normal si tú, si yo… Si no puedes quererme así, a mí, que soy…

Un torrente de lágrimas cortó las explicaciones de Rosita y Juan José, en cuanto comprendió, la abrazó nuevamente con pasión.

—No, no llores. Eso no. Tú no tienes la culpa. Tú y tu hijo sois para mí, sois míos… Yo, Rosita, yo os quiero así ahora.

—¿Así, ahora? ¡Oh, qué bien! —pero al pronto, pensó—: ¿Así, ahora? ¿Y mañana? ¿Mañana, qué?

Pero para entonces Juan José tampoco podía discurrir demasiado.

—Hoy, mañana, siempre, ¡siempre! —gritó. Estaba estrechando el cuerpo de Rosita con todas sus fuerzas y pensó que a ese paso podría despachurrarla y hacerle daño, así que elucubró que debía aflojar el abrazo; se desasió y miró su hermoso rostro cubierto de lágrimas.

Una ternura inmensa, acompañada de un deseo animal de lo más inconveniente, embargó al joven tipógrafo. Retiró el cabello de la cara de Rosita y comenzó a besarle las lágrimas con el ansia oculta pero incontenible de alcanzar otras partes de su cuerpo. Hubiera querido esculpir su amor en letras de molde en cada uno de los poros de su piel. Rosita, por su parte, dejando a un lado el sentimiento de culpa, estaba desertando del terreno árido de sus deberes de mujer casada. ¿Es que no tenía derecho a ser feliz al menos durante unos breves instantes? El aliento de Juan José sobre su cuello le hizo cosquillas y la niña que había dentro de su pecho apareció en forma de risa incontrolada.

—¡Ay, ja, ja, ja! ¡Que me haces cosquillas!

Juan José, que se hallaba en terreno desconocido, le tapó la boca con cautela.

—¡El niño, el niño! A ver si despertamos a Romanito.

—¡Ja, ja, ja! —volvió a reír ella tapándole a él la suya—. Tienes razón.

En la habitación contigua el niño dormía en la cama grande de matrimonio. Rosita entonces deploró su falta de previsión. ¿Cómo no se le habría ocurrido dormir al niño en la camita pequeña? Según estaban las cosas, iba a tener que contentarse con atender a Juan José allí mismo, a oscuras, junto a la mesa de la cocina. Hay que ver qué chica más tonta, pensó. De todas formas, parecía que el hombre pretendía respetarla y no se atrevía a pasar sus manos más allá de la inocencia de la espalda y el fragor de los besos para sorberle las lágrimas.

Rosita sonrió. ¡Ay, qué hombres! Su marido, ese viejo insufrible, jamás pidió permiso para tomar lo que no le correspondía, y este pobre muchacho, tan atractivo y varonil, solo se atrevía a pasarle la mano por la espalda. Rosita introdujo sus manos bajo la camisa de su amante y acercó el oído a su pecho. Allí el retumbar del corazón de Juan José sonaba como el ruido de un tambor cercano. Ella cerró los ojos y se dejó anegar por la cadencia de ese reloj palpitante, de ese músculo poderoso que gobernaba la vida y el aliento del hombre del que estaba a esas alturas irremediablemente enamorada.

19. Erre que erre

Dos mujeres sobriamente ataviadas y un hombre con traje y sombrero pisaron con energía los adoquines de la calle Marqués de Cubas hasta la sede de la Academia de Jurisprudencia y Legislación.

—¡Otra vez aquí! —dijo una de las féminas, la más arisca—. ¡Se creerán que nos van a callar!

Hacía apenas un par de semanas que habían sido abucheadas a la salida de ese mismo centro por organizar una reunión para defender la igualdad de la mujer cuando se realizase la reforma de los Códigos.

—¡Ay, qué pereza! —dijo la otra—. Siempre repitiendo lo mismo. Muchas veces pienso que nuestros empeños por la igualdad de derechos necesitan más labor de pedagogía que de jurisprudencia.

—Pero ¿no ibais a tratar exclusivamente del «artículo rojo»? —las interrogó el caballero, Luis San Martín, un poco preocupado por si el efecto de la nueva conferencia volvía a propiciar controversias.

Luis San Martín, un juez llegado hacía poco al Tribunal de Menores, era el marido recién casado con Matilde Huici, a la que había conocido en las instancias judiciales. Joven y viudo, no pudo menos que enamorarse de esa muchacha moderna, decidida y feminista que simbolizaba a la nueva mujer del siglo XX. Luis San Martín sacó sus gafitas redondas del bolsillo y las limpió antes de colocárselas cuidadosamente. Quería enterarse de todo lo que le rodeaba. Desde luego, si había altercados, procuraría defender a Matilde contra cualquier tipo de violencia.

—El «artículo rojo» y la igualdad de derechos es todo uno y lo mismo —aclaró Campoamor—. El 438 nace de la desigualdad previa y de la injusticia, y la desigualdad de la mujer provoca que pueda ser asesinada impunemente por el marido bárbaro.

—¡Qué horror! ¡Un marido asesino! ¡Tener al enemigo en casa! —suspiró Matilde.

Luis San Martín oprimió la mano de su amada como para infundirle un valor que, en realidad, no necesitaba. Bajo esa apariencia liviana, Matilde Huici tenía un carácter mucho más decidido que el suyo.

—¡Hala, vamos adentro! —les regañó Campoamor, temiendo que los tortolitos se distrajeran con unos arrumacos que ella no deseaba presenciar.

Tras estas palabras los tres ingresaron en el Salón de Actos de la Academia de Jurisprudencia y avanzaron por un pasillo flanqueado por sillas para acercarse a la presidencia. Por la fuerza de la costumbre ignoraron los elegantes dibujos de las losas del suelo mientras los hollaban y la majestad de las columnas que se extendían paralelas a las paredes. Frente a ellos, una enorme mesa vestida de terciopelo encarnado preservaba un espacio para seis butacas tapizadas de púrpura y pintadas de oro. A la espalda de los oradores, cuando estuvieran sentados, quedaba un dosel de terciopelo rojo enmarcando el enorme óleo que representaba a Carlos III, el rey que dictó una Real Cédula en 1763 que dotaba a la Academia de Jurisprudencia de su primera regulación oficial.

Aquel 20 de abril Clara Campoamor y Matilde Huici comenzaban una serie de actos oficiales que se desarrollarían con toda pompa en la Academia de Jurisprudencia y Legislación. Habían redactado una «Memoria sobre El artículo 438 del Código Penal y la necesidad de su derogación» y habían conseguido que la Sección Segunda de la Academia se comprometiera a discutirla entre sus paredes durante el tiempo que fuera necesario. En síntesis, era la misma doctrina que ya habían expuesto en la Casa del Pueblo, en la Sociedad Económica Matritense, en la Sociedad Fomento de las Artes o en la propia Academia de Jurisprudencia pocos días atrás. Sin embargo, ahora que se presentaba en la forma de «Memoria», quería plantearse como un estudio académico con todas las garantías técnicas para poder ser discutido y argumentado por profesionales del Derecho.

Mientras las mujeres se dirigían a la presidencia, Luis San Martín tomó asiento entre el público a la espera de que llegasen los otros cuatro ponentes masculinos de aquel día. También se presentaron algunos periodistas, entre ellos, los enviados de *La Opinión*, *El Liberal*, *El Imparcial* y *El Sol*, que pretendían publicar en sus diarios algunos extractos de las intervenciones.

El acto comenzó con una actuación contundente: la disertación de un magistrado del Tribunal Supremo, D. Marcelino González Ruiz, contra la permanencia del artículo 438 en el futuro Código, quien además advirtió que él, como integrante de la Comisión de Códigos, iba a votar a favor de su eliminación.

Matilde Huici, doctora en Derecho, quiso enmarcar el significado del «artículo rojo» en el contexto ideológico que justificaba su existencia.

—El artículo 438 aparece en nuestro código porque, en realidad, la mujer es considerada propiedad de su marido en todos los aspectos y para todo.

Esa era la cruda realidad. El hombre que juzgaba que su honor dependía de la fidelidad de su mujer razonaba así porque creía que la mujer era suya. Si él ostentaba la patria potestad, la administración de la sociedad conyugal o la representación de la mujer ante los tribunales de justicia era porque la mujer era de su propiedad. Si el hombre era quien autorizaba a la mujer para realizar un trabajo y cobrar su salario era porque la mujer era suya. Siendo así, como propietarios, el marido respecto de la esposa o el padre de la hija menor de edad, podían maltratarlas o sojuzgarlas a su antojo en la intimidad del hogar sin que a nadie le sorprendiera.

—El artículo 438, que permite asesinar impunemente a la mujer descubierta en flagrante adulterio, es la consecuencia exacerbada de otro concepto más amplio, cruel y difuso, pero totalmente reiterado en nuestros días: la noción de que un hombre, por una simple sospecha o por las desavenencias que ordinariamente se suscitan en la convivencia matrimonial, tiene, en el fondo, el derecho de castigar a la mujer e incluso quitarle la vida. ¿Cuántos varones verdugos de sus mujeres las apalean o ajustician cada día sin que nadie se sorprenda? El número de mujeres maltratadas o asesinadas que registran diariamente los periódicos es tan abundante como aterrador.

Luis San Martín al oír las palabras de Matilde, inquietantes pero certeras, sintió que un escalofrío le recorría la espalda y apenas atendió a la explicación del resto de los oradores que actuaron a continuación. El señor Barrena expresó su oposición al artículo y lo calificó de antijurídico y monstruoso, y Clara Campoamor, como siempre práctica y didáctica, propuso que en su lugar se estableciese una eximente de carácter emocional para ambos sexos. Otro de los abogados, el señor Teixeira, animó a las mujeres a continuar en su lucha. Y, por fin, el cuarto varón y último orador, el señor Doval, hizo el resumen del acto y aplicó su ironía a diseccionar el artículo.

—Y es que el 438 no es más que un apéndice del artículo 442 del Código Penal, que castiga el delito de adulterio en la mujer estableciendo la alternativa de que puede ser penado también con la muertc… ¡siempre que sea el marido el ejecutor y la pena se le aplique sin previo enjuiciamiento!

Algunos de los asistentes que habían comprendido el sarcasmo sonrieron, pero el resto mantuvo el continente circunspecto que la ocasión merecía. Todos celebraron las intervenciones con aplausos encendidos. La maquinaria contra el 438 estaba en marcha. La «Memoria» que habían presentado Clara Campoamor y

Matilde Huici iba a ser discutida en aquella sede, al menos, durante los meses de abril y mayo. Todo estaba muy bien organizado y dos días más tarde actuarían, aparte de Clara y Matilde, un repertorio de conocidas personalidades: Francisco Bergamín, Valeriano Casanueva y Picazo, Rafael Salazar Alonso, Conrado Espín y la presidenta de la Asociación Nacional de Mujeres de España, Benita Asas Manterola. A finales de mes lo harían el presidente de la Sección segunda, Molina Candelero, y los afiliados Villegas, Teixeira y Márquez de la Plata.

Más allá de estos encuentros, las abogadas quisieron extender su campaña a otros escenarios, y el 28 de abril dieron otro mitin en el salón-teatro del Grupo Femenino Socialista, en la calle Gravina, número 15, con Luz García por el Grupo Femenino Socialista y los abogados Dorado, Serrano, Batanero, Polo de Bernabé y Pedro Rico.

—¡Se creerán que nos van a callar!

—¡Imposible!

Luis San Martín daba vueltas en su dedo anular al anillo de recién casado. Hacía tan pocos días que había contraído matrimonio con la abogada Matilde Huici Navaz, de 36 años de edad, la tercera mujer en afiliarse al Colegio de Abogados de Madrid, que aún no se había acostumbrado a la presencia de la sortija en la mano. Él mismo, que a sus 26 años ya era juez de menores, era uno de los afortunados maridos españoles que se sentía ciegamente enamorado de su esposa, orgulloso de que fuera una mujer ilustrada y moderna. ¡Qué lástima de aquellos otros que cifraban su amor en la sumisión femenina y trocaban el amor por el odio más cruel!

Luis San Martín se apartó de la frente el cabello rizado. Si se miraba a sí mismo desde el otero de la historia, ¿qué importaba haber empleado toda su «luna de miel» en luchar contra el 438?

Mayo de 1927

GACETA DE LOS TRIBUNALES. UN MARIDO ESTRANGULA A SU MUJER POR CELOS

Félix Ocaña Fernández contrajo matrimonio en segundas nupcias en Alcalá de Henares. A los dos meses el marido estranguló a la mujer.

En la Sección cuarta compareció el parricida, y de la prueba resultó que la mujer observó antes del matrimonio una conducta irregular que dio origen a diversos altercados entre los cónyuges, y en uno de ellos Félix Ocaña le echó las manos al cuello y le ocasionó la muerte.

El fiscal, señor Callejo, calificó los hechos de parricidio simple, por el que debía imponerse al procesado la pena de cadena perpetua.

El defensor, señor Carranceja, alegó que habían concurrido en el hecho las circunstancias atenuantes de falta de intención de causar un mal de tanta gravedad, arrebato y obcecación.

La causa quedó para sentencia.

La Época, 04/05/1927, p. 4

UN CRIMEN PASIONAL DE UN ESPAÑOL

Burdeos.— El súbdito español Regueiros, de cuarenta y ocho años, mató anoche a su compatriota Robles, de treinta y cinco, con quien disputaba, creyéndose que el crimen fue originado por los celos. La víctima presentaba varias heridas de arma de fuego y una cuchillada en el pecho.

La Libertad, 08/05/1927, p. 2

COMERCIANTE PARRICIDA

Larache.— Ayer mañana se presentó en la Comisaría de Casablanca un comerciante conocidísimo de aquella localidad, persona de intachables antecedentes, declarando haber matado a su esposa. El comisario, no dando crédito a su confesión, se trasladó al domicilio de aquel y halló a la esposa muerta, con un disparo en la sien derecha. Se ignoran los móviles del parricidio.

El Liberal, 08/05/1927, p. 2

TRÁGICO SUCESO. MATA A SU ESPOSA EN EL DÍA DE LA BODA Y SE SUICIDA

Vigo.— En el pueblo de Sotomayor se ha registrado un suceso que, por las circunstancias que han concurrido en él, ha producido verdadera sensación. Manuel Cernadas Paradas vivía maritalmente con María Rodríguez, de veintitrés años de edad. Manuel y María se trataban desde hace tres años. La mayor parte de ese tiempo la pasó Manuel en África, donde servía en el Cuerpo de Regulares.

Manuel regresó hace unos meses de África y vivía con María en la casa de los padres de ella. La pareja hubo de separarse a causa de un disgusto familiar; pero al poco reanudaron las relaciones y concertaron la boda, que se efectuó el sábado último.

Después de la boda, que fue en las primeras horas de la mañana, se celebró un banquete al que asistieron las familias de los contrayentes. Durante la comida reinó la mayor armonía. Por la noche los novios, que por ahora iban a seguir alojados en la casa de los padres de ella, se retiraron a sus habitaciones.

El domingo por la mañana, como creyera la madre de la muchacha que tardaban en salir del dormitorio, llamó a su hija y no obtuvo ninguna respuesta. Dejó pasar un rato y volvió a llamar. Esta vez, llena de inquietud, reiteró las llamadas, y como no obtuviera tampoco respuesta, empujó la puerta y halló a su hija con la cara tapada con la colcha de la cama y muerta.

El marido no se hallaba en la habitación, en la cual no se notaba el menor desorden. Como signo de violencia solo se descubrió una pequeña mancha de sangre en el embozo de las ropas del lecho.

La madre de María, aterrada, salió de la habitación donde yacía la hija pidiendo socorro. Acudieron algunos vecinos y entre ellos uno manifestó que creía haber visto a Manuel Cernadas caminar de madrugada con dirección al río.

Varias personas siguieron la ruta indicada por el vecino y hallaron las ropas de Manuel colgadas de un árbol cerca de la confluencia de los ríos Octaven y Berdú.

Se dedicaron a buscar el cadáver en el río, suponiendo que Manuel se había arrojado a la corriente, y, en efecto, poco después hallaban el cuerpo del suicida en el fondo del agua y con la cabeza metida entre pedruscos. En las ropas del cadáver fueron halladas cerca de doscientas pesetas en papel moneda y metálico.

El trágico suceso es comentadísimo en toda la comarca, y se cree que Manuel cometió el parricidio y se suicidó en un momento de perturbación mental.

Diario Universal, 19/05/1927, p. 3

PARRICIDIO

Alicante.— Comunican del pueblo de San Juan que un individuo llamado Rafael Silva mató a su esposa, dándole numerosos hachazos. El criminal salió en busca de su hija, con el propósito de matarla también.

Varios vecinos advirtieron a la joven el peligro que corría, marchando esta seguidamente al puesto de la Guardia Civil, para que la protegieran.

La Benemérita salió en persecución del parricida, sin lograr averiguar su paradero.

La Prensa, 22/05/1927, p. 5

LA AGREDIDA POR SU MARIDO

Barcelona.— Valentina Vaqué, que fue agredida por su esposo, el guardia de seguridad Eloy Centeno, el sábado pasado, continúa sin poder declarar a causa de la gravedad de su estado.

La Voz, 28/05/1927, p. 3

LA TRAGEDIA DE ESTA MAÑANA. UNA MUJER Y UN HOMBRE DEGOLLADOS EN EL PISO QUE ACABABAN DE ALQUILAR. PARECE QUE ÉL LA MATÓ Y SE SUICIDÓ, Y SE IGNORAN LAS CAUSAS

Esta mañana, a las nueve y media, se presentaron una mujer y un hombre en la casa núm. 38 de la calle de Antonio Leyva (a la derecha de la carretera de Toledo). El portero, Mariano Grande Muñoz, los pasó a la portería y les entregó el contrato de arrendamiento de un cuarto desalquilado de la finca. Ya habían hablado con el portero el hombre y la mujer en días pasados hasta llegar a la formalización y firma del contrato.

Mientras estuvieron en la portería el hombre y la mujer, nada notó el portero, si no fue que él estaba como fatigado por causa de alguna enfermedad. Salieron de la portería hombre y mujer y subieron a visitar el piso del que ya eran inquilinos. Sin duda alguna él, cuando entraron, echó el cerrojo y a los pocos momentos se oían gritos que daba ella pidiendo auxilio y diciendo que la mataban. Segundos después todo quedó en silencio.

El portero, todo alarmado, igualmente que la vecindad, salió rápidamente y fue a avisar a la Inspección más próxima, de donde acudió, para ayudar al portero, un carabinero llamado Francisco Manrique Gómez, mientras por teléfono se daba aviso a la Guardia Civil del puesto más próximo y a la Comisaría de Vigilancia.

VIOLENTAN LA PUERTA Y ENCUENTRAN MUERTOS AL HOMBRE Y LA MUJER

Cuando llegaron al piso el carabinero y el portero de la casa todo estaba en silencio. Sospechando que dentro se había desarrollado una tragedia, por si se podía llegar a prestar auxilio a las víctimas, sin esperar la presencia de otras autoridades, el carabinero y el portero violentaron la puerta, a porrazos saltaron el cerrojo y entraron en la vivienda. Encontraron en la cocina, formando ángulo uno con otro, los cadáveres de los nuevos inquilinos. El cuadro era horroroso. Sin duda alguna debió haber lucha, porque toda la cocina estaba ensangrentada.

Inmediatamente se dio cuenta a la autoridad judicial.

LLEGA EL JUZGADO. UNA NAVAJA BARBERA. LO QUE HABÍA EN LAS ROPAS DE LOS CADÁVERES

El Juzgado de Guardia, que era el del distrito de La Latina, compuesto por el juez, D. José Temes Nieto; el secretario, D. Francisco de Paula Rives, y el oficial, don Ramón García, se trasladó inmediatamente al lugar indicado. Llegado, comenzó inmediatamente sus diligencias. Entró en el piso y vio en el suelo de la cocina, sobre grandes charcos de sangre, los dos cadáveres. Representaba ella unos cuarenta años y él más.

Vestía el hombre traje americana gris oscuro, camisa blanca, botas negras; y cerca de él estaba el sombrero de paja.

La mujer vestía traje negro de bata, con zapatos de ante negro. Cerca de los cadáveres se encontraron, en las ropas del hombre, varios documentos, varias cédulas personales y un contrato de la nueva casa que iban a habitar (que es en la que se ha desarrollado el suceso); un reloj, una brocha de afeitar y varios otros objetos. En el bolsillo de la mujer se encontraron pañuelos, algunos retratos y 22 pesetas con unos céntimos.

LOS DOS DEGOLLADOS

Avisado, por orden judicial, un facultativo de la Casa de Socorro, acudió el del distrito del Hospital, doctor D. José Maroto Díaz, quien reconoció los cadáveres, y apreció en el del hombre una herida extensa en el lado lateral derecho del cuello, que interesa el paquete vascular, con sección de la yugular y la tráquea. La mujer presentaba una herida muy extensa en el lado lateral izquierdo del cuello, que interesa el paquete vascular. La muerte de los dos debió ser casi instantánea. Sin duda, él la mató y se suicidó.

IDENTIFICACIÓN DE LOS CADÁVERES

Por la documentación encontrada sobre los cadáveres, entre la que figuran unas cédulas, se pudo proceder a la identificación. Al parecer era la muerta Emilia Sáez Pastor, natural de Logroño, de treinta y dos años de edad, con domicilio, según el citado documento, en la calle de Luchana, núm. 20.

Por las cédulas encontradas a él y el contrato de la casa, el muerto debe de ser Cristóbal Saavedra Omala, de cuarenta y seis años, viudo, natural de Jimena (Cádiz), guarda jurado. Su cédula es del año 1925 y está expedida en Tarragona.

Por algunos datos recogidos en el lugar del suceso, parece que Emilia Sáez Pastor había servido en la calle de Luchana, y que tiene una hermana casada en Madrid, llamada Isabel, de la cual, al parecer, son los retratos encontrados en su bolso. Cristóbal Saavedra debió de venir no hace mucho tiempo del pueblo de Altafulla, y parece que era empleado en los ferrocarriles.

DECLARACIONES

Terminadas estas diligencias, el juez, Sr. Temes, interrogó a varios testigos y firmó las órdenes oportunas para el traslado de los dos cadáveres al depósito judicial.

Es dueño de la citada finca don Juan José Canales Cano, que solo ha tenido con el hombre y la mujer la relación que supone la firma del contrato de la casa.

Parece que hace días estuvieron Emilia Sáez Pastor y Cristóbal Saavedra Omala (que debía de ser amante de ella en la casa) y enterados de que había un piso desalquilado, sin verlo siquiera se comprometieron a quedarse con él. Volvieron ayer y quedaron en que hoy recogerían el contrato, que ya seguramente habría firmado el dueño. El portero de la finca, Mariano Grande Muñoz, relató lo ocurrido en términos parecidos a los del relato del suceso que hemos hecho.

GRAN IMPRESIÓN EN LA BARRIADA

En la barriada produjo gran impresión el hecho al ser conocido, y acudieron al lugar del suceso numerosas personas, que se estacionaron frente a la casa.

Quedaron vigilando el piso donde se encontraban los cadáveres la Guardia Civil y algunas parejas de Seguridad.

LOS TRABAJOS JUDICIALES Y POLICIACOS

Ya muy avanzada la mañana de hoy, el Juzgado de guardia terminó las diligencias de presencia y ordenó que la policía practicase trabajos de investigación para la identificación completa de los dos cadáveres y saber las causas que han motivado la tragedia.

EL JUZGADO CORRESPONDIENTE. DATOS ACERCA DE LOS PROTAGONISTAS Y SUPOSICIONES SOBRE LAS CAUSAS DEL SUCESO

El Juzgado del distrito de la Inclusa se hizo cargo de las diligencias instruidas con motivo del asesinato y suicidio perpetrado en la mañana de hoy, oficiando también a la policía para que realice trabajos de investigación y le den cuenta rápidamente de ellos.

Por los trabajos particulares que se han realizado en el día de hoy se ha podido saber que Emilia Sáez Pastor era viuda desde hace varios años, y había tenido en su matrimonio dos hijos: uno, varón, casado ya, y una hembra, que en la actualidad cuenta quince años, y vive en el paseo de Luchana, núm. 20. Emilia se dedicó siempre al servicio doméstico. Sirvió, como hemos dicho, en la calle de Luchana durante bastante tiempo, hasta que la señora de la casa falleció. Pasó después a prestar sus servicios en la calle del Marqués de Riscal. Como los señores de esta última casa marchasen a Tarragona, allí fue también Emilia Sáez Pastor, y en aquella población conoció a Cristóbal Saavedra, con el cual hizo vida íntima.

Ignórase por el momento si llegaron a casarse. Permanecieron juntos bastante tiempo; pero, por diversidad de caracteres, que daba lugar a frecuentes altercados, se separaron. Quedó él en Tarragona y vino ella a Madrid, seguramente a vivir a casa de su hermana Isabel. Hace doce días llegó a Madrid Cristóbal y, según se dice, se vio con Emilia y le propuso reanudar la unión, estableciéndose ambos en Madrid, para lo cual alquilarían un piso. En estas gestiones han permanecido durante los últimos días. En la mañana de hoy, que sin duda por celos o despecho o porque se iniciara un nuevo altercado entre ambos y ella volviese a sus deseos de continuar en la separación, él, mientras visitaban el piso que habían alquilado, acometió a Emilia, y después de una breve lucha, al verla caer, volvió el arma contra sí y se dio un tremendo tajo en el cuello.

Seguramente mañana, cuando termine la Policía la información que está practicando, dará cuenta al juez de las gestiones y pondrá a su disposición a varios testigos. Comparecerá también ante la autoridad judicial la familia de la mujer asesinada.

La Voz, 28/05/1927, p. 3

20. Vibraciones

En el número 36 de la calle Fuencarral, el portal aledaño a aquel otro en que fue asesinada la criada Fidela Chirivete, Rosalía Hernangómez, la doncellita de doña Engracia de Castromonte, avanzaba por el largo pasillo de la casa con la bandeja del café entre las manos procurando que los pasteles que había colocado con esmero no se desperdigasen fuera del plato y deseando vivamente no salpicar a los caballeros de la tertulia cuando les sirviese el café. Pues buena era doña Engracia para juzgar las torpezas ajenas. En el pueblo, en su lejano Quintanar de Valleseco, ella era una de las mozas más ágiles llevando el cántaro de agua sobre la cabeza: podía correr y saltar sin derramar ni una gota; pero esa habilidad en Madrid y en casa de los señorones no le servía para tanto. De momento, en la cabeza bien erguida portaba una cofia blanca impoluta que no debía moverse de su sitio; las zapatillas de esparto del pueblo habían sido sustituidas por un zapato estrecho de tacón bajo que le hacía patinar sobre la tarima resbaladiza del suelo y, para colmo, el cinturón del delantal con puntillas se le estaba desanudando. ¿Pues no hubiera sido más cómodo para trabajar un uniforme menos empingorotado?

—Sí, amigos míos. Yo también he leído *El artículo 438*, la novela que ha escrito la señora *Colombine* —admitió don Helio Arturo Fernández de Arellano, esposo de la dueña de la casa y dueño, a su vez, de la dueña de la casa.

Doña Engracia miró a su marido con sorpresa. No sabía que tuviera esos gustos literarios. Sin embargo, como era su costumbre desde el inicio de su relación conyugal, omitió cualquier comentario en presencia de los amigos del esposo y se mantuvo inmóvil e imperturbable, con oído atento y continente estatuario.

—Si todas las ocasiones de adulterio sucediesen como en la novela de *Colombine*, la desaparición del «artículo rojo» constituiría un deber humanitario para la justicia —opinó don Francisco, el más joven e idealista tertuliano—. Un marido que se casa por dinero y abandona el hogar para dilapidar la fortuna conyugal, una mujer íntegra que solo se rinde al amor cuando tiene todo perdido... En este caso el «artículo rojo» no tendría razón de ser, equivaldría a negar a la mujer el título de compañera y esposa, y entonces sería una esclava, sería la debilidad pisoteada por la fuerza. Nada más.

Don Helio Arturo disimuló un conato de risa.

—Es usted demasiado inexperto, caballero —le espetó con displicencia—. El que hizo la ley seguro que conocía muy a fondo el corazón femenino al imponer el «artículo 438». Lo único que hoy nos hace falta es amoldarlo a las diversas circunstancias de cada caso.

—Así es —concedió don Marcelino, uno de los amigos más antiguos de la casa—. En este artículo se refleja límpidamente el espíritu de la justicia con clarividencias de ley natural y con pleno conocimiento en la materia, desde luego.

La doncella, después de depositar su bandeja sobre la mesa con fina agilidad y eficacia (¿y con un atisbo de coquetería?, desconfió doña Engracia), acercó a cada uno de los invitados una pequeña taza de porcelana para que la sujetaran entre las manos mientras ella servía el café.

—¿Qué me dice, don Marcelino? ¿Es que ustedes no están de acuerdo conmigo? —balbuceó don Francisco, un poco sorprendido.

—La mujer, muchísimas veces, realiza casamientos por pura conveniencia, atendiendo solamente al nombre brillante o a la posición social del pretendiente —aclaró don Helio Arturo, apoyando la tesis del amigo—. Caza al marido como un trofeo que es para ella un motivo de orgullo, una vanidad simple e insulsa. Pero después, al poco de casada, la realidad le enseña el error de su vida, y el hastío que supone convivir con una persona no querida la impulsa a realizar el adulterio y a buscar un cariño a la medida de sus morbosos deseos.

Doña Engracia tendió su fino oído a las palabras del esposo, calibrando si acaso era algún tipo de indirecta. ¿Es que pensaba su marido que ella se había casado para tenerlo a él como adorno? ¿Pues no llevaban ellos dos docenas de años de matrimonio y ella siempre había demostrado ser una mujer ejemplar, complaciente y sumisa?

—«El marido que sorprendiendo en adulterio a su mujer matase en el acto a esta o al adúltero o les causare alguna de las lesiones graves, será castigado con la pena de destierro» —recitó el visitante de memoria—. «Si les causare lesiones de segunda clase, quedará libre de pena».

—Pues bien, en mi opinión, el artículo 438 es insuficiente —declaró el anfitrión en un arrebato de euforia, sin percatarse de la mirada torva de su mujer—. Yo pediría a la Comisión Revisora de Códigos para esta clase de adulterios la supresión de toda pena para el matador ofendido. ¡El hombre que mata para lavar su honor mancillado y su dignidad menospreciada en el paroxismo de la pasión y de los celos no es culpable de nada! ¡De nada!

—Las ofensas dirigidas a su honor de hombre las debe vengar por sí mismo, con la sangre de sus ofensores, con un gesto arrogante y gallardo —añadió don Marcelino, que había sido guardia urbano.

Rosalía, que vio temblar de emoción legionaria la mano del hombre, temió que se derramase el café sobre el chaleco y le echasen a ella la culpa, pero don Marcelino para recalcar el efecto rotundo apuró de un trago el contenido de la tacita. Por cierto, que con un gesto resolutivo disimuló el ardor del café, que le había abrasado la garganta.

—Disculpar al vengador es la única manera de sentir la satisfacción de un desagravio justo y natural —continuó don Helio Arturo con paciencia impostada—. Si no se matara, si la ley no le concediese esa facultad de obrar por sí mismo y se encomendase a la justicia el castigo de la adúltera, el descalabro social femenino sería horroroso; el espíritu inquieto de fémina incesante, convertido en desenfrenadas pasiones, en concupiscencias carnales, propiciaría una trasformación degradante en el orden de la vida.

Doña Engracia se quedó estupefacta. «Adúltera», «pasiones», «honor mancillado» o «concupiscencias carnales» eran palabras jamás pronunciadas en su casa. Hasta ese momento, ella había procurado eludir cualquier pensamiento pecaminoso que pudiera turbar su paz conyugal y para ello incluso había simulado una sabia ignorancia acerca de las aventuras extramatrimoniales de su marido. Ella no se podía rebajar a saberlo.

—Pero, señores míos —opinó don Francisco poniéndose rojo—, ¿no les parece a ustedes este artículo un poco calderoniano?

Don Marcelino y don Helio Arturo miraron a la vez a Rosalía, que había terminado su servidumbre y esperaba órdenes para salir o para quedarse. Una señal ocular de doña Engracia envió a la criada a la cocina con visible decepción de los tres caballeros, que quedaron sin estímulo imaginativo que embelleciera la tarde.

—¿Calderoniano? ¿Un calderonismo legal? ¡Ja, ja, ja! —aportó don Marcelino—. Eso lo habrá oído usted decir a estas dos señoritas que han iniciado una campaña contra el artículo, esas dos abogadas novatas: Clarita Campoamor y Matilde Bici.

—Huici —corrigió doña Engracia, pero inmediatamente calló.

—La desaparición de ese artículo equivaldría a alterar una norma de justicia encarnada en una experiencia de largos años —intervino don Helio Arturo, que no atendió a la enmienda de su mujer—. Una ley no es defectuosa solo porque contenga reminiscencias calderonianas, sino todo lo contrario: estas reminiscencias ratifican la sublimidad en la inspiración de la ley.

—Pero en este caso, por justicia, habría que atribuir al bello sexo la misma igualdad del «artículo rojo» en caso de que la mujer encontrase al marido con otra —se atrevió don Francisco, seguro de que esta vez se admitirían sus objeciones—. Habría que incluir en el Código algo así como una eximente de carácter emocional para ambos sexos.

—¡Eso es un absurdo! —contestó una voz masculina cargada de experiencia—. Por ley natural, desde la constitución del mundo, la superioridad del hombre sobre la mujer se basa en un principio de libertad para él y de sumisión y de obediencia para ella.

—Esas dos letradas principiantes, que han iniciado la campaña con razones artificiales, faltas de lógica, y con argumentos falsamente coloristas, solo representan el eco débil de una minoría feminista. Sus teorías son ridículas e incomprensibles y están inspiradas en los países de afuera.

—Países más libres e independientes —matizó don Francisco.

—Quizás más libres en su descubrimiento social, pero sin comparación con la España de las doctrinas viejas pero educadoras, la España de los conceptos idealizados en sentido provechoso para la gran historia del tiempo —atajó triunfante don Helio Arturo.

Don Marcelino hizo tintinear la cucharilla sobre su tacita vacía para sugerir que deseaba más café, con la ilusión de atisbar nuevamente las piernas de la doncellita, pero doña Engracia, sin mediar palabra, salió de la habitación y cerró la puerta a sus espaldas para estorbar las pretensiones de los caballeros. Un mundo nuevo acababa de abrirse ante su mirada inquieta. Las palabras «adúltera», «pasiones», «casamiento de conveniencias», «el marido como trofeo», «concupiscencias carnales» y «honor mancillado» sacudieron su interior como las vibraciones que anunciaban un terremoto descomunal en su vida entera. ¿Cuántas veces había cerrado los ojos ante las infidelidades del marido sin tomarse ella la revancha?, se preguntó. Todas las sospechas y todas las certezas que había ido escondiendo en lo más hondo de su memoria desde el comienzo de su matrimonio habían ahora comenzado a hervir y a desvelarse. Doña Engracia se percató de que una rabia antigua estaba renaciendo en su interior y, como lava espumosa de un volcán, pugnaba por salir hacia afuera a costa de hacerle estallar la cabeza.

21. Una eximente de carácter emocional para ambos sexos

La dama que se hallaba ante Clara Campoamor no era el tipo de mujer compungida y modesta que suele encontrarse en un despacho de abogados femenino; más bien parecía una señora envanecida de las que ansían mostrarse en los lugares preferentes de la iglesia parroquial o en las procesiones. Además, doña Engracia de Castromonte y Figueras de Fernández de Arellano no era una mujer graciosa o agraciada que hiciera juego con su nombre, sino todo lo contrario, una señora tan seca que parecía confeccionada a base de esparto. Sin embargo, su marido, don Helio Arturo Fernández de Arellano Portomagno, según la versión del relato de la esposa, debía de ser un hombre muy divertido.

—Buenos días, señorita Campoamor. He venido a orientarme sobre mis derechos y mis deberes conyugales en lo que respecta a los Códigos. Infórmeme sin preocuparse de explicarme previamente su minuta. Pagaré lo que usted pida.

Campoamor carraspeó. No le gustaba del todo la prepotencia económica de su clienta. Sin embargo, esa presunta superioridad podría esconder la hondura de sus conflictos.

—Entonces, dejaremos la minuta para el final. ¿Alguna cuestión específica? —se interesó humildemente—. ¿Problemas con la herencia o con las capitulaciones? ¿Malos tratos? ¿Infidelidad matrimonial que haga imposible la convivencia?

Doña Engracia escrutó a Clara Campoamor como si en lugar de ser la abogada que quería consultar resultase una de las amistades femeninas de su consorte. La letrada, a la vista estaba, era una mujer moderna, aunque moderadamente afectada por la moda, mientras que doña Engracia era una dama de las de «toda la vida», con su traje adamascado de buen raso, liso y planchado sobre el figurín deformado por el corsé de ballenas, con su sombrero ajustado a presión en la cabeza, su cintilla negra alrededor del cuello y la mano venosa aferrada al mango de la sombrillita de encajes. En aquella tesitura, en el caletre de doña Engracia se había establecido una lucha entre el deseo de ocultar su despecho y la necesidad de sincerarse.

—Como usted conocerá y seguro que mejor que yo, todos los hombres son unos sinvergüenzas, especialmente los casados —decidió franquearse—. Probablemente usted no conoce a mi marido, que es una persona importante, a la altura de mi propia clase. Pero ¿puede usted creer que me acusa de haberme casado con él por una vanidad insulsa?

Campoamor suspiró, imaginando que aquella iba a ser una consulta trivial. Doña Engracia, adivinándolo, quiso colorear con tintes de tragedia su inquisición.

—Lo he sorprendido en conversaciones vejatorias respecto a mi persona y, a lo mejor, con cualquier excusa, en el futuro me pretende asesinar. Antes de que ocurra una desgracia, yo me quiero divorciar.

—En España el divorcio no es un asunto sencillo, como verá —respondió la abogada mecánicamente—. Según los artículos 104 y 105 del Código Civil, el divorcio solo produce la suspensión de la vida común de los casados. Es especialmente negativo para la mujer porque no le sirve para recuperar la capacidad de obrar que tenía de soltera, por lo que va a seguir dependiendo económicamente de un marido que, probablemente, no resulte muy generoso. En cuanto a las causas legítimas de divorcio, están el adulterio de la mujer en todo caso y el del marido cuando resulte escándalo público o menosprecio de la mujer.

—¿El adulterio de la mujer? Pero ¿qué me está usted diciendo? ¿No querrá que para divorciarme engañe a mi marido y además lo confiese?

Clara sonrió ante el escrúpulo de la buena señora.

—Desde luego que no. La ley española no le ayudaría a usted en nada si engañase a su marido. Por ejemplo, en el Código Penal, aparte del famoso artículo 438, del que habrá usted oído hablar y que permite al marido asesinar a la mujer adúltera, el artículo 448, dentro de los «Delitos contra la honestidad», castiga a esa misma mujer adúltera con la pena de prisión correccional en sus grados medio y máximo, si no la ha asesinado previamente el esposo —añadió con una ironía que a doña Engracia le pareció innecesaria.

—Y el marido adúltero ¿cómo queda? ¡Porque mi marido lo es!

—El artículo 452 del Código Penal, dedicado al marido adúltero, también lo castiga con prisión correccional en sus grados mínimo y medio, pero solamente cuando «tuviere manceba dentro de la casa conyugal o fuera de ella con escándalo».

—¿Manceba dentro de la casa conyugal? ¡Qué barbaridad! —se sobresaltó doña Engracia, recordando a la nueva criada—. Mire, ya no quiero el divorcio, que no sé para qué sirve hoy en día en España. Lo que yo quiero es condenar a prisión a mi marido por infidelidad conyugal. ¡Pero que sea prisión correccional en su grado máximo! ¡En su grado supremo, si es posible! ¡En el término más extenso que se le pueda aplicar!

—¿Ha alojado él a su amante dentro del domicilio conyugal? ¿Está usted segura de que hay escándalo público en el caso que me comenta?

—¡Escándalo público! —repitió la señora, y a continuación se le escapó un chillido similar al que seguramente emitiría su loro—. Señorita, ¿qué es para usted el escándalo público? Además, ¿cree usted que yo tengo intención de airear mis intimidades?

—¡Ajá! —dijo Campoamor—. Yo a usted, como comprenderá, la entiendo perfectamente en su disgusto y su desolación…

—¿Desolación? —interrumpió la señora exhibiendo sin pudor su orgullo herido—. El término verdadero es deshonor. Hay que llamar a las cosas por su nombre.

—En su deshonor, si lo prefiere —concedió Clara—; pero para comenzar a preparar la demanda lo que necesito, en primer lugar, son pruebas. No piense usted que los jueces en España están inclinados a creer, de buenas a primeras, las querellas de una mujer —«por muy doña Engracia que ella sea», acabó para su coleto.

Doña Engracia abrió su bolsito y, en lugar de extraer un documento, una fotografía o algún otro extremo probatorio, sacó un pañolito de encaje y lo sacudió con energía. A continuación, se quitó las antiparras redondas que le bailaban sobre la nariz y las limpió con esmero. Una vez devueltas a su lugar, la mujer quedó en silencio escudriñando a Campoamor. Los ojos de la abogada y los de su clienta quedaron enlazados a través del cristal de los anteojos como en una corriente eléctrica y la información que se alojaba en cada una de sus mentes pareció trasvasarse de un extremo a otro de la interlocución. Una vibración electromagnética o algo similar cruzó el aire del despacho y Campoamor, despertando de la influencia de su visitante, intentó desgajarse de la mujer humillada que dormía en el fondo de doña Engracia. ¡Una mujer deshonrada por el comportamiento inmoral del marido! Aquello no era una novedad. Lo que sí era más o menos sorprendente era la rebeldía femenina para admitir el adulterio y el engaño. Muchas mujeres cerraban los ojos ante las relaciones extramatrimoniales de sus consortes pensando que así se liberaban de la carga de complacerlos en la intimidad; pero aquella veía en el adulterio un insulto. ¿Sería una mujer enamorada?, especuló Campoamor. En todo caso, era una mujer que tenía su derecho y sus razones.

Sin embargo, doña Engracia estaba elucubrando una venganza más radical.

—He oído hablar de su campaña para la Revisión de los Códigos y la influencia enorme que está usted desplegando en las esferas judiciales —expuso sibilinamente—. Incluso he oído que propone usted aplicar algo parecido al 438 para exculpar también a la mujer. ¿Por qué no perdonar a la esposa ultrajada que asesine al marido adúltero? ¿No merece ella la misma comprensión en su honor mancillado? ¡Una esposa digna que repare los errores del varón!

—Ya veo —concluyó Campoamor—. Una eximente de carácter emocional para ambos sexos. Sí, eso lo he propuesto yo alguna vez; pero, en todo caso, sería preferible no tener que asesinar ni a la mujer ni al marido. ¿No cree usted, doña Engracia?

La señora, por fin, se relajó. La amplia sonrisa que cruzó la aridez de su rostro por primera vez en muchos días desmentía que estuviera de acuerdo con la tesis pacifista de la abogada. Asesinar al marido sin que hubiera un castigo era una idea realmente sugerente. Recuperar el honor mancillado… ¡y, de paso, la libertad perdida!

Clara se sorprendió por el cambio de actitud de su clienta. ¿Estaría imaginando efectivamente la opción de librarse del marido? ¿Podría llegar a consumar esa idea loca? La abogada sintió un ligero repeluzno ante la sonrisa beatífica de su visitante. Una persona acostumbrada a esconderse tras una máscara, cuando se la arrancaba, podía resultar realmente siniestra.

—Sería mejor no tener que asesinar al marido —concedió finalmente doña Engracia—. Mientras tanto, ya que por ahora no me puedo divorciar, me gustaría saber si tengo alguna forma de recobrar la libertad o de poder administrar los bienes personales que yo aporté al matrimonio.

—Supongo que ustedes no harían en su momento capitulaciones matrimoniales… —Ante la negativa de la mujer, Campoamor continuó—: En ese caso la única posibilidad viable consiste en recobrar la administración de los bienes parafernales, es decir, los bienes aportados que no formaran parte de la dote.

Doña Engracia suspiró, sopesando sus posibilidades. Aquello de los parafernales sonaba horriblemente, pero al parecer era el único modo que existía para oponerse de alguna manera al poder omnímodo de su marido.

22. El calor del hogar

El hombre miró a izquierda y derecha antes de introducirse en el portal y abordó el comienzo de las escaleras. Una vez adentro, procuró no hacer ruido al pasar delante de la puerta de los vecinos para evitar miradas curiosas que alentaran la maledicencia. Por fin, llegó al segundo piso y se detuvo durante algunos instantes con el afán de recuperar el aliento y, a la vez, moderar los latidos apresurados de su corazón. Solo entonces se decidió a dar tres pequeños golpes para anunciar su llegada.

Rosita abrió la puerta y Romanito, al reconocer al visitante, se lanzó presuroso a sus brazos.

—¡Tito, tito! ¿Qué me ha traído hoy?

Rosita disimuló un gesto de fastidio y recompuso una sonrisa forzada.

—¡Qué hombre este! ¡Es que no tenía por qué haberse molestado! No me gusta que se le den tantos caprichos al niño.

—¡Ja, ja, ja! Ven aquí, barbián. A ver si sabes bailar una peonza. Pero, ¿qué es esto? ¿Es que nunca te han regalado ninguna? Ese padre tuyo, ¡menudo ganapán!

Romanito se abrazó a las piernas del Renco, que sujetaba en una mano una botella de vino y en la otra el regalo del niño. Hacía un tiempo que había decidido proteger a la familia de su compañero carcelario y menudeaba las visitas con la excusa de unos obsequios cada vez más frecuentes y generosos. Unos pocos días atrás había sorprendido a Rosita con una pierna de jamón.

—Es que esto ya es demasiado —se quejó Rosita, bastante azarada—. No tiene que molestarse de esa manera. Yo me basto para sacar adelante a esta criatura y no hace falta que…

El Renco y Romanito no le hacían ningún caso. El hombre había enrollado el cordel alrededor de la peonza y la lanzaba contra el suelo para hacerla bailar, mientras el niño saltaba de contento.

—No es molestia, muchacha —contestó él, magnánimo—. Ahora bien, si tienes unas sopas de ajo para cenar, aunque sea solo eso, yo me dejo convidar. Por si acaso he traído la botella de vino, para que tú no gastes en ello.

Rosita suspiró, desolada. El Renco se estaba haciendo visitante habitual de la casa y ella no hallaba modo de liberarse de sus atenciones. No le gustaba su creciente ascendente sobre el niño ni el rosario de regalos que acarreaba, todos robados en su opinión. Juguetes para Romanito, comida, un par de sillas, e incluso, en una funesta ocasión, unas medias para ella. Pero ¿cómo negarse a todo eso sin levantar suspicacias? En teoría, el Renco llevaba aquellos presentes por amistad hacia Romualdo y, si ella lo estorbaba, podría enfadarse su marido. ¿O no era así?, especuló. ¿Cómo saber si Romualdo estaba detrás o todo provenía de aquel hombre tan extraño? Para colmo de males, con tanta visita inesperada, a ver si algún día, sin poderlo evitar, coincidía con Juan José y tenían entre todos un disgusto.

Por su parte, el Renco se encontraba feliz en la que consideraba, casi, una familia sustitutoria. Le encantaba el entusiasmo que suscitaba en Romanito e incluso había conseguido hacerle creer que era algo así como un familiar. El niño se dejaba adiestrar y hasta admitía llamarlo «tito», como si de verdad fuera su tío. Si el Renco hubiera tenido más suerte y mejor cabeza, seguro que habría sido un buen padre de familia numerosa, con una cuadrilla de chiquillos que lo obedeciesen sin rechistar y lo admirasen sin dudarlo. ¡Qué lástima! Lo de Rosita era otra cosa, por supuesto. En un principio sintió una apremiante atracción hacia ella, pero su seriedad y su reserva, su capacidad de alejarlo sin llegar al rechazo, la había rodeado de un aura de dignidad que no se atrevía a traspasar. Si ese sinvergüenza de Romualdo no existiera, si por ejemplo se muriera de repente, él se atrevería a terminar de conquistarla. De hecho, en más de una ocasión, el Renco dejaba libre su imaginación para soñar un futuro placentero con Rosita que, por cierto, cada día se mostraba más agradecida y, para él, más apetitosa. Mientras Romualdo siguiera en la cárcel, el Renco tenía ocasión de seguir enamorándola y cuando el recluso cumpliera su condena..., ¿quién sabe qué tipo de accidente podía enviarlo al otro barrio? El hombre se relamió anticipadamente imaginándose a sí mismo como salvador de la pequeña familia: siendo Rosita una viuda desamparada era seguro que lo iba a premiar con su cariño. En fin, de momento, era una mujer casada y eso había que sobrellevarlo con paciencia; no por el agravio al amigo, que al fin y al cabo era un ladrón asesino, sino por ella, ¡por ella!

—Entonces, se quedará usted a cenar, ¿verdad? —musitó Rosita, haciendo de tripas corazón y deseando que la visita terminase cuanto antes.

—Si tú me invitas, muchacha, no te lo voy a despreciar —contestó el Renco melosamente desde el suelo, encantado de sí mismo y de la vida.

La peonza giró vertiginosamente sobre su eje y avanzó repiqueteando sobre el desnivel de las baldosas, sin llegar a caerse, mientras Romanito se acercaba con pequeños saltitos persiguiéndola. Por fin, después de inclinarse en un molinete cada vez más lento y vacilante, el juguete se rindió: la rotación sobre la punta se hizo cada vez más lenta y los círculos cada vez más amplios, el centro de gravedad se hizo inestable y el trompo cabeceó sobre su eje de giro hasta que perdió el equilibrio y se paró. El niño aplaudió con entusiasmo. En los últimos tiempos los adultos se mostraban mucho más divertidos que en el pasado. Hasta su madre sonreía con frecuencia. ¿Qué nuevo giro le traía la vida? Sin aguardar un segundo, Romanito tomó del suelo la peonza y se la entregó al visitante: estaba deseando volver a verla bailar.

23. Otra vez en la Casa del Pueblo

Clara y Matilde no se daban un día de descanso. La lucha por la supresión del 438 las tenía concentradas y no hallaban momento para divertirse ni pensar en ellas mismas o en otras cuestiones colaterales mientras durasen todas aquellas reuniones de abril y de mayo para la defensa y difusión de su «Memoria». Aquella tarde de mayo las protagonistas de esta historia despreciaron los aromas de una primavera absolutamente florecida, la música de los pajarillos piadores que lanzaban al viento sus arrullos y los matices tornasolados del ocaso y, en su lugar, ingresaron de cabeza en el salón de la Casa del Pueblo. Además de que había gran cantidad de asistentes, su alocución iba a ser recogida con toda seguridad por *El Socialista* en la edición del día siguiente. Tenían que seguir con la propaganda.

—Para conseguir resultados hay que concentrar los esfuerzos en un periodo corto de tiempo, intensificando el mensaje —repetía Matilde.

—Sí, cariño. —Se oyó la voz modulada de San Martín, que no se despegaba de ella ni a sol ni a sombra.

—Desde luego, hay que insistir ahora, mientras trabaja la Comisión Revisora de los Códigos. No hay que desperdiciar la ocasión.

Clara, Matilde y Luis San Martín llegaron al portal del número 15 de la calle Gravina, que estaba abierto de par en par, sujeta la puerta por un tropezón de madera en el suelo, y accedieron sin dilación a su interior. La Casa del Pueblo tenía también una entrada por la calle Piamonte, donde se situaban las distintas secretarías y dos salones para las asambleas, pero desde hacía unos años contaba con un gran salón a modo de teatro con entrada por la calle Gravina con capacidad para unas cuatro mil personas.

Una gran pancarta anunciaba el tema que se iba a tratar: «Por la desaparición del artículo 438 del Código Penal».

—A ver si llenamos el local —aventuró Campoamor.

En el interior los recibió Claudina García, la representante del Grupo Femenino Socialista de la Casa del Pueblo, y los acompañó hasta una esquina donde esperaban en jocosa tertulia los futuros disertantes. Además de Claudina, iban a participar su hermana Luz y los abogados Luis Polo de Bernabé y José Serrano Batanero, el letrado encargado de defender a los trabajadores de la Casa del Pueblo. Polo de Bernabé hacía bromas acerca del tipo de hombre que solían preferir las mujeres.

—¡Oh, no! ¡De ninguna manera! —reía Luz García—. A nosotras ya no nos gusta el tipo de hombre donjuanesco. Eso era en tiempos de Maricastaña.

—Entonces a lo mejor las mujeres ahora preferís el «pollo pera» —bromeó Polo de Bernabé simulando peinarse hacia atrás el cabello. Las pequeñas antiparras se le habían descabalgado de la nariz y pendían de un cordoncillo mientras señalaba hacia adelante con su barbita picuda, como si en el local hubiera ya entrado algún asistente refinado.

—¡Ja, ja, ja! ¡Ni tipo donjuanesco ni «pollo pera»! Lo que queremos las mujeres es no depender de ningún hombre. ¡Independencia económica y que se establezca el divorcio!

—Y sobre todo trabajar, ¿verdad? —inquirió Serrano Batanero—. A ver si pronto tengo muchas clientes de la clase trabajadora, que ya estoy aburrido de defender a tantos varones.

Los recién llegados carraspearon para recordar su presencia y señalaron al público, que ya ocupaba casi todas las localidades.

—Habrá que ir comenzando —suspiró la representante del Grupo Socialista, y los amigables tertulianos recompusieron con seriedad sus continentes y subieron hacia el estrado para un acto que debía adquirir las formalidades necesarias.

Luis San Martín oprimió la mano de su enamorada y la envió hacia el escenario mientras tomaba para sí un asiento en la primera fila. Desde allí oyó los alegatos que tan bien conocía acerca del «artículo rojo». Después de las presentaciones, hechas por Claudina, su hermana Luz leyó unas cuartillas que destacaban la serie de privilegios de que disfrutaba el hombre, y a continuación intervino Matilde.

—El artículo 438 es injusto, inhumano y bochornoso para el cuerpo legislativo.

A la vez que Matilde, los labios de San Martín pronunciaron en una frase sin sonido los mismos fonemas que salían de la boca de su esposa. Y con qué cadencia apasionada había modulado Matilde la palabra «injusto»: desde un tono medio, la entonación había subido en la segunda sílaba y había caído suavemente en la última. Su esposa poseía una pronunciación deliciosa de la «s». Sin embargo, «inhumano» había salido de su garganta como en un quejido que alargaba la «a» como si realmente solo por reproducir esta idea se pudiera padecer un dolor insufrible. El adjetivo «bochornoso» había sido pronunciado por Matilde con prisas, queriendo acabar cuanto antes con un problema que solo se podía solucionar a base de fe en la justicia. Fe en la justicia y en el «cuerpo legislativo», para cuya mejora trabajaban ellos en cumplimiento de un ideal.

La voz recia de Luis Polo de Bernabé sacó a San Martín de sus ensoñaciones.

—El marido nunca debe disponer de la vida de la mujer. Y es que, muchas veces, es él el culpable, o bien, el mal consejo de los profesionales, que no paran mientes en desacreditar la toga solo mirando su interés.

El asunto que describió el abogado había sido comentado hacía poco en círculos judiciales.

—Este es el caso de una mujer que fue arrojada del domicilio conyugal por su marido y para comer tuvo que ponerse a servir. Después de sufrir abusos por parte del patrono, tuvo un hijo con él y el marido aprovechó para querellarse por adulterio. Por la pericia del acusador, la mujer fue condenada por la Audiencia Provincial como adúltera... —Polo de Bernabé paseó su mirada por el auditorio y esperó unos segundos para desgranar el final, donde por fin había reinado en aquella ocasión la justicia—. Finalmente fue absuelta por el Supremo.

Las historias deshonrosas, trágicas o luctuosas podían contarse por docenas y la propia Campoamor relató su congoja al recibir un ramo de flores que, por burlarse de ella, le había enviado un hombre asesino de su mujer en flagrante adulterio.

—Pues bien, ese ramo yo se lo ofrezco a la víctima —anunció la abogada ante el público.

A continuación, en una conferencia que no podía evitar teñirse de patetismo, el letrado Serrano Batanero alegó que ningún padre podía ofrecer a sus hijos unas manos tintas en la sangre de la madre.

—Hay que luchar por que desaparezcan el falso concepto del honor y el de propiedad del hombre sobre la mujer, así como todos los artículos que menoscaban los derechos femeninos.

Campoamor había tomado asiento y procuró concentrarse en las palabras de su compañero. Sin embargo, un cúmulo de imágenes lamentables inundó sus pensamientos. Mujeres con un balazo en el rostro o en la cabeza, heridas por arma punzante, mujeres tiradas en el suelo boca arriba; una joven golpeada y torturada; mujeres con señales de estrangulamiento, con signos de tortura sexual. Violación. Desgarro vaginal. Muerta por su esposo a puñaladas por pedirle dinero. Mujer muerta en su domicilio, descrita por sus convecinos como una chica alegre, risueña y con ganas de vivir. El asesino era su novio, era su amante, era su padre… ¡Era un hombre! Un hombre que decía que la amaba. Y la mató. La mató porque la amaba, porque era suya. La mató su marido a golpes en su propia casa. La mató por puta. La mató porque la vio con otro hombre. La mató porque ella lo había abandonado. La mató porque sí.

La abogada se pasó las manos por el rostro queriendo arrancar de su mente todas estas imágenes atroces. Había que seguir batallando. Quedaban ya pocos días para completar los actos previstos en la defensa de su «Memoria» contra el 438. Mientras el público aplaudía, Clara Campoamor recordó que todavía faltaba una última intervención en la Academia de Jurisprudencia, proyectada para finalizar su campaña. Había que seguir adelante.

Junio de 1927

GACETA DE TRIBUNALES. SENTENCIA CONDENATORIA
La Sección cuarta ha dictado sentencia en la causa seguida contra el sepulturero Norberto Julio Marniño, que el 14 de agosto de 1926 hirió con una navaja barbera a su amante, Aurelia Feliú, hecho por el cual le acusaba el fiscal como autor de un delito de asesinato frustrado.
En la sentencia, el Tribunal le condena solamente como autor de un delito de homicidio frustrado, con la circunstancia atenuante de arrebato y obcecación, y le condena a la pena de prisión, accesorias costas e indemnización de 123 pesetas a Aurelia, por los gastos ocasionados durante el tiempo que tardaron en curar las heridas.

La Libertad, 03/06/1927, p. 2

TRAGEDIA POR CELOS. HIERE A SU MUJER Y A DOS PARIENTES Y SE SUICIDA
Logroño.— Paulino Martínez, en una disputa tenida con su mujer, hirió a esta levemente en la cabeza. La mujer, que se llama Eugenia Rivas, después de asistida en la Casa de Socorro, pasó la noche en un asilo porque no quiso volver a su casa.
Un primo de Eugenia, llamado Manuel Moreno Rivas, de cuarenta años, que fue con aquella a que la curasen, al llegar a su casa fue víctima de un disparo que le hizo Paulino, sufriendo una grave herida en la ingle derecha. Al oír el disparo Ángel Martínez, tío del herido, se asomó a la puerta de su casa y recibió un tiro en el brazo izquierdo.
El agresor se fue a su domicilio, y al presentarse la Guardia Civil a detenerlo se disparó un tiro en la cabeza, muriendo en el acto.

La Libertad, 03/06/1927, p. 2

DENUNCIA POR ADULTERIO

El vecino de Arahal José Anaya ha denunciado que hace dos meses se escapó de su domicilio su mujer, Ana Montero, y que se ha enterado que hace vida marital con un sujeto llamado Andrés Portal.

La Libertad, 03/06/1927, p. 2

IMPULSADO POR LOS CELOS DISPARA SOBRE SU MUJER E INTENTA SUICIDARSE

Canfranc.— En el caserío La Cuca, situado a un kilómetro del túnel internacional, el labrador Faustino Beltrán Poderas, de treinta y un años, impulsado por los celos, sacó un revólver, y, después de una escena violentísima, disparó sobre su mujer, Rogelia Gallástegui Bailo, de veintitrés años, natural de Murillo de Gállego, hiriéndola en el pecho. La bala perforó el pulmón derecho. El agresor volvió el arma contra sí y se hizo otro disparo en el pecho, atravesando también la bala y perforándole el pulmón izquierdo. Después se arrojó por un terraplén al río Aragón, de donde fue sacado por unos carabineros en grave estado.

El Heraldo de Madrid, 07/06/1927, p. 4

CRIMEN PASIONAL. MATA A SU MUJER Y AL AMANTE APUÑALÁNDOLOS

Málaga.— En el barrio de Huelin se ha registrado esta mañana un crimen pasional.

Manuel Martí Martín, de cincuenta años, que se hallaba separado de su mujer, Antonia Fabra Cortés, de cuarenta años, llegó al domicilio de esta, donde estaba con su amante, José Sánchez Peláez, que la defendió al tratar de agredirla su marido. Este, esgrimiendo una navaja, se abalanzó sobre ambos, apuñalándolos bárbaramente.

José quedó muerto de una puñalada en el cuello que le seccionó el paquete vascular, y otra en el pecho. Antonia sufrió diez puñaladas en distintas partes del cuerpo, quedando agonizante.

El marido agresor fue detenido por la Guardia Civil.

La Libertad, 10/06/1927, p. 2

HUMOR

—Vengo a decirle que la medicina le ha hecho a mi marido un efecto increíble. Ayer no podía levantar el brazo, y esta mañana me ha dado una paliza que daba gusto verlo.

(Del *Die Muskete*, Viena).

Caras y caretas, Buenos Aires, 11/6/1927, p. 160

24. La máquina de la libertad

Quizás el domingo debería servir para descansar, pero en aquellos días de comienzos de junio Clara había sucumbido a la influencia ajena y se había dejado embaucar por Matilde Huici para hacer una excursión mañanera a las afueras de Madrid. Ya habían terminado su cruzada pública contra la permanencia del 438 en el Código Penal, después de las últimas disertaciones en la Academia de Jurisprudencia del mes de mayo, y solo quedaba esperar la resolución del Comité de Reforma de los Códigos. Mientras tanto, Matilde le había propuesto que podían divertirse y, de paso, estrenar la bicicleta que le acababa de regalar su marido.

—¡La bicicleta es la máquina de la libertad! No hay otro deporte más feminista que el *cycling* —había exclamado—. A Luis y a mí nos encantaría que nos acompañases. Seguro que tú conoces mejor que nosotros los caminos de estas latitudes.

Naturalmente, Clara estaba al tanto de todos los senderos: para eso había pasado su infancia correteando por los arrabales. Y también conocía el simbolismo de la bicicleta en los tiempos que corrían: con el regalo del velocípedo Luis San Martín había querido demostrar que aceptaba con todas sus consecuencias la nueva figura de mujer recién nacida en España y que Matilde encarnaba, la mujer que no dependía de un hombre, sino de su propio trabajo, y que se sentía segura de sí y dispuesta a luchar por sus ideales. Él también era un hombre moderno, capaz de amar a una mujer inteligente y cultivada como Matilde, con independencia de las convenciones sociales.

Antes de levantarse de la cama Clara estiró brazos y piernas hasta el máximo, con intención de reconciliarse con sus músculos y sus huesos. Durante la noche anterior no había conseguido descansar demasiado.

—¡Aaaghh!¡Aaaghh! —intentó verbalizar. ¿Qué había querido decir con ese bramido? Absolutamente nada. «Aaaghh» era el sonido semivocálico, semigutural, que implicaba que la vida debía ser retomada por la mañana, a pesar del cansancio y del deseo loco de seguir en la cama.

—¡Aaaghh! —volvió a mascullar para darse ánimos a sí misma antes de saltar de golpe hasta el suelo—. ¡Ooohhh! —se dolió al advertir que su impulso había sido excesivamente impetuoso. Cuando las plantas de los pies aterrizaron sobre las baldosas frescas del dormitorio, el latigazo de un estremecimiento le recorrió la columna vertebral de abajo hacia arriba, desde las piernas hasta el coxis y, de ahí, a la última vértebra de las cervicales.

Una vez conseguida la posición vertical, Clara volvió a estirarse, esta vez con mayor dominio de su musculatura, y se llevó después las manos a la cara para frotarse los ojos y retirar el cabello de la frente y las mejillas. Ella no había previsto ninguna indumentaria concreta para la aventura ciclista del domingo y, antes de salir, considerando que no era decoroso subirse a la bici enseñando las piernas desnudas debajo de la falda, se agenció unos pantalones olvidados por su hermano Ignacio y una camisa cualquiera. Esperaba que ninguno de los clientes de su despacho, ni los jueces de los juzgados o de la Audiencia tuvieran la ocurrencia de salir al campo aquella mañana de domingo. Así compuesta, aguardó a su amiga junto al portal de su casa, en el número 11 de la plaza Príncipe Alfonso.

Cuando Matilde llegó con su bicicleta nueva y su vestimenta deportiva quedó patente la distinta concepción que tenían las dos abogadas respecto al atavío necesario. Matilde no era una mujer presumida, pero necesitaba controlar que todo aquello que rodeaba su vida tuviera una mínima relación con su particular concepto de la belleza y la armonía. Y para algo conocía de sobra las revistas americanas que publicitaban el nuevo deporte femenino.

—¡Oh, estás magnífica! —le dijo Campoamor, sintiéndose ella pobretona y desaliñada.

Matilde, que había visitado Estados Unidos para estudiar el funcionamiento de sus Tribunales de Menores gracias a una pensión de la Junta de Ampliación de Estudios, estaba bien informada respecto a la moda deportiva. Para la excursión campestre se había provisto de una blusa elegante ajustada a la cintura por un cinturón de piel, y se cubría la cabeza con un gorrito griego. La parte inferior del cuerpo, o sea, las caderas y las piernas —la zona conflictiva para la práctica deportiva— la había cubierto con un calzón ancho de rayas, sujeto por la rodilla, y que dejaba al descubierto las pantorrillas, protegidas por unas medias.

—Pantalón bombacho y las piernas al aire: ¡el modelo universal de la mujer ciclista! —se justificó.

—Te veo muy femenina —se atragantó Campoamor, tirando de la ironía.

—¡Bah! —dijo la otra—. No tiene importancia. Los pantalones *bloomer's* ya se usan en casi todos los deportes: en ciclismo, en tenis o en golf. Ya me conoces: corrección, economía y belleza. Cualquier otro día puedo llevar estos mismos calzones incluso para pescar.

—Tienes razón —convino Campoamor—. Hay que prepararse para alcanzar el mismo nivel que los hombres, con un atuendo práctico y neutro. ¡Hasta Susan Antony ha defendido que la bicicleta es el objeto que más ha contribuido a la emancipación de la mujer!

—¡Libertad y seguridad en una misma! —recordó Matilde, que también admiraba a la líder estadounidense de los derechos civiles y conocía sus declaraciones—. ¡Y algunos que dicen que es poco decoroso que las mujeres monten en bici! Menos mal que mi marido no piensa lo mismo.

Indudablemente, montar en velocípedo era todo un desafío, no solo por las agujetas del día siguiente, sino también como forma de rebeldía frente a la sociedad.

—Hace poco un doctor ha declarado en la prensa que el *cycling* puede provocar daños como la esterilidad o el aborto —dijo Campoamor desdeñosamente—. ¡Y otros lo consideran poco decoroso e incluso peligroso para la unidad familiar!

—Yo he oído que su uso incluso puede provocar... —siseó Matilde— ¡hasta excitación sexual!

Las dos mujeres estallaron en risas vocingleras. ¡Qué tonterías tenían que oír las mujeres que buscaban divertirse o, sencillamente, desplazarse de un lugar a otro con comodidad! ¡Excitación sexual por montar en bicicleta! Probablemente por eso habían quitado la barra superior del cuadro del velocípedo femenino, para prevenir cualquier roce. ¡Qué barbaridad!

Un carraspeo a sus espaldas les advirtió que no estaban solas.

—Buenos días —saludó San Martín simulando que no había escuchado los últimos comentarios.

—¡Ah, querido! ¡Buenos días! —contestó Matilde, con el rostro arrebolado de vergüenza. Ya solo faltaba que su marido se formase una idea equivocada de unas posibles confidencias.

Clara Campoamor olvidó el embarazo de su atavío ante la visión del pudor ajeno y se lanzó en auxilio de la amiga con una propuesta para el itinerario.

—Antes de partir, habrá que programar nuestro destino. Propongo una excursión hasta el monte de El Pardo.

—¿Hasta El Pardo? ¿No estará eso muy lejos? —se asustó Matilde, que sentía más seguridad en su indumentaria que en la resistencia de sus pantorrillas.

—¡Estupendo! —terció San Martín, que había estudiado previamente los caminos en un mapa de Madrid—. Solo hay que seguir el curso del Manzanares. Desde aquí podemos tomar el puente de Segovia y, después, el de los Franceses hasta Puerta de Hierro y la Playa de Madrid. Entonces, cuando se divisa a lo lejos el Palacio Real, ya solo faltan unos pocos kilómetros hasta El Pardo. ¡Una excursión muy estimulante!

Clara resopló repasando el plan que ella misma había imaginado. A lo mejor era un trayecto excesivo para unas deportistas que aún no estaban del todo acostumbradas al pedaleo…, pero, en fin, durante el trayecto ya se vería si eran capaces de completar su cometido. Clara hizo ademán de subir a la bici, San Martín amagó disponer que las mujeres pasasen delante y a Matilde no le quedó más remedio que aprestarse a encabezar la comitiva.

Matilde Huici y Luis San Martín, aparte de su relación profesional en los Tribunales y con independencia de sus distintas edades y experiencias, tenían muchas cosas en común. Luis, tan joven, era ya viudo y había quedado a cargo de su único hijo. Matilde, aunque nunca se había casado, también ejercía los deberes de la maternidad porque había adoptado a su sobrino José Luis, huérfano tras la muerte de su hermana Josefina Julia.

—¡Pobres chiquillos! ¡Los hombres del mañana! —solía suspirar—. Habrá que atenderlos para que puedan realizar su labor futura.

Clara Campoamor, huérfana de padre a los nueve años y obrera infantil desde los once, escuchaba complacida sus buenas intenciones. Ella conocía muy bien el desamparo que propicia la pobreza y recordaba el acuciante deseo de los niños de obtener cariño, cuidados… ¡y juguetes! Y esto último era algo de lo que ella especialmente había carecido. ¡Siendo niña, siempre deseó, sin conseguirlo, poseer una bicicleta!

25. La presencia de los niños

Los ciclistas habían dejado atrás el centro de Madrid y pedaleaban por unos arrabales donde se alternaban edificios bajos y solares vacíos. Apenas se veían hombres por la calle y solo desde el interior de las casas alguna mujer acudía al reclamo de una fuente o tendía la ropa en los terrenos aledaños. Contrastando con ese abandono, era sorprendente la presencia de los niños. Detrás de cada esquina, en todos los recodos del camino, en los patios comunales de las variadas construcciones de piedra, adobe, hierro o ladrillo, un enjambre de niños bulliciosos extendía su vivacidad desordenada. Las barriadas obreras de los suburbios madrileños eran generosas en infancia vocinglera. Niños sucios, desgreñados, seguramente mal alimentados. En una vuelta del camino casi estuvieron a punto de atropellar a uno de ellos.

—Resulta que los niños estorban en las casas y sobran también en la calle —dijo San Martín al esquivarlo—. Parece que están de más en la vida.

—Nuestra época se caracteriza por el olvido del niño, el desdén al niño —sentenció Campoamor—. A los niños los rechazan los caseros, los temen los vecinos, los descuidan los padres, les disputan el terreno los adultos, los matan los automóviles y ahora, además, los atropellamos los ciclistas. Para ellos todo es una prisión ingrata: las casas mal aireadas y peligrosas, los colegios…

—En lugar de perseguir o abandonar a los niños, lo que hay que hacer es buscarles un ambiente propicio —añadió Matilde—. Por ejemplo, se podría ampliar el espacio de los colegios y establecer jardincillos o solares seguros donde puedan jugar sin el peligro de las vías públicas. Hay que alejarlos del entorno de la calle, en el que solo aprenden lo más soez del lenguaje y lo más humillante del ser humano; sin ir más lejos, el vicio de la bebida o de la holgazanería.

—Así es. Lo más importante es proporcionarles un ambiente alejado de las malas influencias —siguió San Martín, recordando los horribles casos de abandono que llegaban a los Tribunales de Menores: niños explotados por sus padres que eran objeto de abusos y del comercio más degradante—. Hay que evitar que los niños se corrompan. Muchos se crían en peligrosa promiscuidad. Algunos padres los venden o alquilan para que pidan limosna o vendan productos, otros los envían a establecimientos nocturnos llenos de sensualidad y tentación. Los niños son una mercancía para la codicia de los mayores y la ley, hoy en día, no ejerce una labor preventiva a favor del menor desamparado. Como juez, yo tengo que esperar a que el delito esté judicialmente demostrado para poder intervenir.

—Habría que arrebatar la patria potestad a los padres que abandonan a sus hijos o los empujan hacia la pendiente —dijo Matilde con gran energía—. El estado tendría que garantizar la subsistencia de los menores desamparados. Da lástima encontrar criaturitas delicadas, víctimas del raquitismo, que arrastran una vida enfermiza, débiles florecillas que no resisten el más ligero choque en la vida.

—Garantizar la subsistencia y también la educación —terció Campoamor—. Además de alimentarlos, hay que enseñar a los niños, y acaso con más fervor y paciencia a los más necesitados, a los de los lugares apartados donde no llega la cultura general.

Después de tan buenos propósitos y de airear al campo su doctrina moralizante y pedagógica, los ciclistas quedaron fatigados. Para colmo, les tocaba atacar el comienzo de una empinada pendiente que les hizo boquear. Los pulmones exigían un oxígeno que no daba abasto y los músculos de las piernas se quejaban de un esfuerzo desacostumbrado. En las orillas del camino las rosas silvestres, los saúcos y majuelos ofrecían a la vista un consuelo a todas luces insuficiente. Las chicas, menos entrenadas en ningún *sport* que el caballero pero deseosas de no mostrar su desventaja, se aferraban al manillar con todas sus fuerzas, queriendo suplir con el empuje de los brazos la ineficacia de las piernas. San Martín, un muchacho enteco y fibroso, hubiera podido continuar adelante, pero su delicadeza de espíritu, al ver las dificultades, lo indujo a proponer una parada técnica.

—¡Oh, aquí mismo tenemos una fuente! Podemos tomar un respiro antes de continuar…

Las dos abogadas ratificaron su conformidad apeándose rápidamente de sus bicicletas en cuanto llegaron al espacio de descanso donde se hallaba la fuente y procuraron simular cierta naturalidad mientras estiraban las piernas con saltitos discretos. El venero consistía en un chorro de agua procedente de un caño de hierro que vertía su caudal a un pilón a modo de abrevadero. No obstante, la frescura del agua y el entorno, un pequeño claro entre los álamos blancos, invitaba al descanso.

Clara Campoamor examinó a sus acompañantes. San Martín, por efecto de su extrema juventud o por estar mejor entrenado, ni siquiera sudaba. Matilde Huici, tan pequeña y delgada, parecía haber disminuido dentro de sus *bloomer's*, pero, a pesar de todo, conservaba la misma elegancia etérea de la salida. Clara se sintió más sudorosa que sus acompañantes. Se palpó los bíceps debajo de las mangas, que habían hecho un esfuerzo absurdo aferrándose al manillar, y se masajeó los muslos y las pantorrillas. Decidió que, probablemente, estaba engordando y a eso se debía el cansancio exagerado en proporción con el paseo breve que habían completado. Cuando ella era niña nunca se cansaba, recordó. ¡Cuando era niña! Anda que no habían pasado pocas primaveras desde entonces. En aquella época ella era un terremoto que nunca acababa de explosionar. Pero, claro, en la actualidad, sus obligaciones desde el despacho de abogados a la Audiencia o al Tribunal Supremo, pasando al final de la tarde por la Escuela de

Taquigrafía, no le dejaban demasiado tiempo como para hacer acrobacias o ejercicios corporales.

—¡Hala, hala! ¡Sigamos adelante! El Pardo nos espera —gritó con rabia a sus acompañantes. No era cuestión de dejarse vencer por el desaliento ni por ningún tipo de debilidad. Adelante, siempre adelante. Ese era su lema para toda ocasión.

Matilde Huici y Luis San Martín, que estaban distraídos en sus amores, no habían notado el paso del tiempo y casi se sorprendieron de las prisas de Campoamor. Apenas habían bebido agua. San Martín estaba retirando del cuello de su novia una hoja que se había desprendido de algún árbol y ella se complacía al ver su comedido acercamiento. Un hombre viudo. Tan joven. Tan prometedor. Tan moderno. Tan moderno y feminista.

—¿Eh? ¿Qué? —farfulló Matilde, saliendo de su ensueño—. ¿Ya nos vamos?

Sin embargo, los azares de la mañana no quisieron consentir que los ciclistas completasen de inmediato su periplo. Según tomaban del suelo sus bicicletas, cayó sobre ellos una inesperada lluvia de tierra y piedrecillas sueltas.

—Pero ¿qué es esto? —dijeron los tres a la vez mientras se protegían los ojos del baile de arena.

Cuando la polvareda cesó y volvieron a mirar hacia arriba tuvieron el tiempo justo de retirarse antes de que impactase sobre el grupo una piedra de regular tamaño lanzada con bastante puntería. Un coro de risas que se alejaba monte arriba les brindó una explicación: un grupo de niños huía entre los árboles. Varios pares de piernas desnudas, el color azul o verde de una vestidura y dos o tres cogotes de pelo moreno desaparecieron entre la fronda.

—¡Maleducados! ¡Bribones! —les espetó Campoamor en un primer arranque, mostrando el puño cerrado con intención de asustarlos.

Frente a esta amenaza, uno de los agresores, que había quedado escondido, salió también corriendo muy torpemente. Era un niño, según parecía, mucho más voluminoso que los otros, y al trotar agitaba los brazos como aspas para ayudar a unas piernas que tropezaban sin remedio con los matorrales del suelo. El resto del ejército infantil no lo había esperado en su primera huida.

Luis San Martín constató que sus acompañantes no habían sufrido daños reales.

—¡Bah! Solo son unos niños que están jugando —explicó, magnánimo.

—¡Muy graciosos! —ironizó Campoamor—. ¡Y qué buena puntería!

—¡Los hombres del mañana! —recordó Matilde Huici, dudando un poco de su propia teoría.

Los ciclistas se sacudieron el polvo que les había quedado en el cabello y en los hombros —Matilde Huici a Luis San Martín y viceversa, Clara Campoamor a su propia persona— y montaron valerosamente en sus velocípedos para continuar la jornada.

Dejaron a sus espaldas la pendiente que tanto había hecho sudar a Campoamor y quedó ante sus ojos la bella visión de un camino llano, ligeramente polvoriento, flanqueado de chopos que daban buena sombra. Más allá del sendero algún terraplén dejaba a la vista un recodo del Manzanares. Continuaron pedaleando durante algunos minutos en una mañana que resultaba deliciosa, con una temperatura muy agradable. Aunque el sol lucía entre los árboles, una brisa fresca vigorizaba el empuje de los deportistas que, finalmente, habían encontrado la velocidad adecuada para sus fuerzas.

Después de algunos minutos de ejercicio confortable un nuevo obstáculo interrumpió la diversión.

—¡Un árbol caído que cruza el camino!

—No es un árbol caído —aclaró Campoamor una vez que se hubieron apeado para investigar—. Es una rama grande, arrancada de cuajo. Se ve que alguien la ha desgajado de aquel chopo.

Los ciclistas retiraron el tronco, que todavía conservaba la humedad de la savia, y lo acercaron al árbol de donde procedía, sopesando cómo podía haber sucedido.

—Esto lo habrán hecho los niños —dijo Matilde—. ¡Pobrecillos! Estarían jugando a colgarse de las ramas. Espero que ninguno se haya hecho daño.

—¡Bah! ¡Los niños son de goma! —aseguró San Martín.

En un principio valoraron el absurdo de insertar de nuevo la rama desgajada en el tronco, pero enseguida se dieron cuenta de que los arbustos que quedaban a su alrededor parecían haber sufrido un tornado. Por todos sitios había ramas rotas, cortezas de árboles medio arrancadas y raíces desgajadas.

—¡Mirad allí! ¡Algo se balancea en ese pino! —advirtió Matilde cuando dirigió la vista hacia un lugar un poco más alejado.

—Esperad un momento. —Luis San Martín se dirigió al lugar del misterio y, antes de que llegasen las chicas, tuvo tiempo de descolgar a un gato que pendía de un árbol.

—¡Lo han ahorcado! —dijo Campoamor interponiéndose entre Luis y Matilde para que ella no viera que, además, le habían arrancado los ojos—. Hasta los chiquillos pueden ser crueles, tanto como los adultos.

—¡Allí, allí! —volvió exclamar Matilde, que había comenzado a sentir un conato de aprensión por todo lo que la rodeaba—. Algo se mueve entre aquellos matorrales.

—¡Cuidado! —advirtió San Martín—. En estos parajes todavía quedan animales silvestres. No sería raro que apareciera un zorro, un jabalí o una serpiente. ¡Aunque lo más probable es que sea un conejo!

Los amigos tendieron el oído a los rumores que provenían de la floresta, procurando dominar una creciente desconfianza. La brisa fresca soplaba entre los árboles, que mecían suavemente sus hojas; algunos gorrioncillos se comunicaban entre las ramas y confundían sus voces con el trino de otros pájaros; el perfume del tomillo, el romero y la jara embriagaba el ambiente. Todo ello, antes de la visión del gato, hubiera podido anestesiar sus sentidos, pero ahora les parecían una trampa.

Por fin, escuchando con atención, más allá de la armonía de la naturaleza solitaria, advirtieron una queja, más bien un gemido temeroso que procedía de unos matorrales que se agitaban. Matilde Huici y Luis San Martín, habitantes habituales de la urbe, quedaron un poco suspensos; pero Clara Campoamor se lanzó a desvelar el misterio campestre. Enredado entre las ramas de un matorral de jara pringosa se debatía un perro pequeño, feo y sucio, que se había quedado apresado entre las hojas alargadas y verdosas.

—¡Otro despropósito! —dijo Clara mientras maniobraba para extraerlo de la maraña—. Está enganchado entre la jara. Ya me imagino cómo se ha quedado aquí enredado.

—¡Tiene una rama atada en el rabo! —exclamó Matilde.

Los tres metieron las manos entre la maleza para apartar los matojos y, en cuanto consiguieron liberar al animal, el perrillo salió corriendo sin detenerse a mostrar agradecimiento.

—¡Puaj! ¡Qué asco! —exclamó Campoamor observando sus manos, manchadas por el aceite de la jara—. Esta pringue es el ládano. Antes se usaba para la tos, pero ahora no sé cómo quitarlo de las manos.

—¡Estos chicos! —suspiró Matilde—. ¡Parece que no tienen idea buena!

—¡Los hombres del mañana! —ironizó Campoamor, recordando la defensa primera que de ellos habían hecho—. Parece que necesitarán alguna advertencia antes de labrar su futuro.

26. Los bárbaros

Mientras los ciclistas intentaban desprenderse del engrudo de la jara lavando las manos en el agua del río y restregándolas en la hierba, en un recodo del camino a pocos metros de ellos, jugaban cuatro niños, Lorenzo e Inocencio, Juan y Valentín.

Lorenzo e Inocencio eran hermanos, hijos de talabartero y lavandera. Eran los mayores de seis hermanos y sabían que su padre muy pronto los obligaría a ayudarlo durante todo el día para confeccionar las alabardas y aparejos de las caballerías, así que disfrutaban de sus últimos momentos de libertad. De hecho, esa misma mañana habían huido de la casa antes de que su padre pudiera echarles el guante; Lorenzo tenía casi doce años e Inocencio diez. Juan, que solo tenía nueve años, era el vecino de los hermanos, de madre viuda, una pobre mujer que a pesar de estar todo el día trabajando apenas conseguía ahorrar para pagar el alquiler de la chabola donde ambos vivían en pobreza y soledad.

—¿Jugamos al fútbol? —propuso Lorenzo.

—¡Claro! —contestaron a la vez Inocencio y Juan, que siempre acataba las órdenes de los dos hermanos.

Lorenzo, para probar su corpulencia, empujó a Inocencio y este, siguiendo con el juego, dio un topetazo a Juan, que por poco cayó al suelo. Los tres celebraron con risas la anodina diversión. Valentín, el niño torpe y corpulento, frente a ellos, abrió su boca grande y babeante para reír también sin sentido. Era el más alto de los cuatro porque tenía ya catorce años; sin embargo, su cerebro, por el motivo que fuera, funcionaba a cámara lenta y, cuando lo hacía, se perdía en increíbles atascos y dificultades. Valentín dudó sobre si debía participar en el juego de sus amigos, pero cierto instinto arcano, más que la propia inteligencia, le advirtió de que era mejor intervenir solo cuando ellos se lo permitieran. Siempre hacía lo mismo.

—¿Jugamos al fútbol? —volvió a plantear Lorenzo.

—No tenemos balón —respondió Juan.

—Era más divertido jugar con el perro —recordó Inocencio—. ¡Lástima que se haya escapado! Podemos cazar pájaros.

—Yo prefiero jugar al fútbol.

—No tenemos balón —insistió Juan. Para demostrarlo dio una patada a una piedra más o menos redonda que salió disparada, dirigida no muy casualmente hacia el lugar donde se encontraba Valentín, que se apartó con torpeza. Juan gesticuló con grandes aspavientos simulando que se había hecho daño en el pie—: Esto no sirve.

—Sí tenemos balón —declaró Lorenzo señalando con una mirada fría a Valentín—. Su cabeza, como no la usa para nada, puede servir de balón.

Valentín rio la broma, como las veces anteriores, sin percatarse de que en esta ocasión era el único que la celebraba. Lorenzo, en un instante, se plantó ante él y de un golpe certero en las corvas, por detrás de las rodillas, lo tiró al suelo; entonces se sentó sobre su barriga para que no se pudiera levantar mientras Valentín pataleaba.

—¿Tienes un pañuelo? —le conminó mientras le registraba los bolsillos. Encontró uno no muy limpio y se lo pasó a su hermano—. Pártelo en tres tiras y después átalas entre sí para hacer una cuerda.

Juan e Inocencio se aplicaron a la tarea con una navaja que Juan había distraído del taller de su padre. Valentín comenzó a asustarse y se quiso levantar, pero Lorenzo lo sujetaba con el peso de su cuerpo. Sus ojos, ante la mirada implorante del vencido, se iban tornando oscuros y crueles. Indudablemente, estaba paladeando la delicia de su brutal superioridad.

—Deprisa. Hay que atarle las manos antes de que se escape. Será más divertido que jugar con el perro.

Inocencio procuró obedecer sus indicaciones con eficacia. Juan, sin embargo, comenzó a dudar del sentido del juego, pero tampoco le interesaba contrariar a los hijos del talabartero y, mucho menos, enfrentarse a ellos para defender al infeliz.

—¡Eh! ¡No te muevas! —amenazó Lorenzo a su presa, después de atarle las manos—. A ver si tu cabeza sirve para algo.

Lorenzo dio un par de pasos hacia atrás y tomó carrerilla para golpear la cabeza de Valentín. En el primer intento solo le dio un chute ligero y la cabeza del infeliz rebotó contra la tierra.

—¡He dicho que no te muevas! —gritó mientras Valentín se echaba a llorar—. Ahora te toca a ti —se dirigió a Inocencio.

Valentín consiguió ponerse de rodillas, con intención de escapar, pero Inocencio a pesar de su poca envergadura se lanzó sobre él, imitando la agresividad de su hermano.

—Juan, ahora le das tú, mientras yo te lo sujeto —le dijo al pequeño.

Juan le dio un leve puntapié para quedar bien con los amigos.

—No es así; hay que darle con más fuerza —le recriminó Lorenzo—. Ahora vas a ver.

Valentín había conseguido zafarse de Inocencio y volvió a levantarse, pero Lorenzo lo alcanzó y lo hizo caer de nuevo. Para vengarse de una rebelión tan insensata contra su autoridad le propinó un par de puñetazos en la cara. Se estaba divirtiendo bastante.

—Su cabeza no sirve de balón —intervino Juan, que temía que la broma se volviera de alguna manera contra él si llegaba a oídos de su madre—. No sirve de balón porque no rueda: está pegada al cuerpo.

—¡Está pegada al cuerpo! ¡Está pegada al cuerpo! —repitió Lorenzo imitando la voz infantil—. Esto lo arreglo yo enseguida. Oye, tú, dame la navaja.

Inocencio había guardado la navaja después de cortar el pañuelo, la buscó nuevamente de las profundidades de sus bolsillos y la entregó ceremoniosamente a su hermano.

—Es muy fácil. Solo hace falta separar la cabeza del cuerpo.

Cuando Valentín vio que la mano de Lorenzo se acercaba a su cuello con la navaja, comenzó a gritar con todas sus fuerzas.

—¡¡¡No, no, noooo!!!

—Chilla como un cerdo —rio Lorenzo con satisfacción—. Si no quiere dejarnos su cabeza para jugar, a cambio, podemos imponerle un castigo. ¿Prefieres que te corte la cabeza o el castigo? —le consultó con suma seriedad. A veces también le gustaba mostrarse magnánimo.

Valentín asintió detrás de una máscara de lágrimas y mocos.

—Dilo más claro. Di que quieres un castigo.

—¡Sí, quiero un castigo! ¡Quiero un castigo! —suplicó el infeliz.

—¿Tienes hambre? —preguntó el jefe a su prisionero.

Valentín no dijo ni que sí ni que no. Se conformó con abrir mucho los ojos.

—Dice que tiene hambre —clamó Lorenzo con una voz que por momentos se convertía en el gruñido de un adulto—. Siéntate. Y vosotros, sujetadlo.

Cuatro manos empujaron a Valentín para mantenerlo sentado en el suelo y Lorenzo tomó un puñado de tierra y se lo restregó a su víctima por la boca. Sonó un quejido de pánico interrumpido por un ataque de tos y Lorenzo, por segunda vez, volvió a llenar su puño de tierra.

—Te lo digo por tu bien —amenazó—, abre la boca.

Una maraña de brazos y piernas se agitó contra el suelo y el bulto de los cuatro chicos, como un solo ser provisto de varios tentáculos, se debatió en una mancha multicolor y palpitante sobre el suelo ocre y verde.

—Pero ¿qué es esto? —advirtió una voz adulta.

Las tres figuras que se apearon de sus bicicletas solo tuvieron tiempo de otear la huida veloz de otras tres figuras menudas, saltando por encima de piedras y matorrales para escapar del castigo de los adultos. Valentín, en el suelo, escupía tierra entre toses y arcadas. La alegre excursión deportiva no había tenido el final feliz previsto por la mañana, ya que tuvieron que abandonar la carrera para auxiliar a Valentín y devolverlo al refugio de su hogar.

—No hay derecho, señores —se lamentó la madre de la víctima al ver al chico—. Si hubiera justicia en alguna parte, castigaría a esos hijos de mala madre.

—La madre quizás no sea tan mala —terció Campoamor. Probablemente era una mujer demasiado atareada, al igual que el padre.

Matilde y Luis se miraron un tanto avergonzados por un comportamiento que era constante objeto de reflexión en los Tribunales de Menores. Efectivamente, el Derecho, esta vez con mayúsculas, no tenía muy bien solucionado este tipo de escenarios.

—Hay que comprender que los chicos son menores de edad…

—Menores para el castigo, pero mayores para hacer el mal —sentenció la mujer, cuyo hijo iba a ser siempre menor de edad a la hora de defenderse.

Los tres abandonaron a Valentín con su madre sin querer identificarse con su nombre o su profesión.

—Si la familia hubiera sido pudiente, habría denunciado a los agresores —dijo San Martín.

—Así todo queda impune.

—Mal asunto —terció Campoamor—. Si un caso como este llegase a vuestras manos, ¿quién haría de acusador?

—Yo defendería a Valentín, indudablemente —dijo Matilde sin pensarlo.

—Eso ya lo imagino. Pero para que Valentín reciba la compensación que le debe el Derecho, habrá que acusar a sus ofensores, que también merecerán un abogado defensor que compense la dureza del Ministerio Fiscal.

—¿Te gustaría a ti defender a los chicos? —preguntó San Martín.

—De ninguna manera —respondió Clara—. Yo ya tengo suficiente con ocuparme de los derechos de la mujer y de la investigación de la paternidad. Si los hijos ya están nacidos, os los cedo por completo a vosotros para el Tribunal de Menores.

Matilde recordó a los chicuelos que últimamente defendía en su labor cotidiana. No se diferenciaban demasiado de aquellos que habían acosado a Valentín: eran hijos de la incultura, de la miseria y de la desconfianza en el futuro.

—Son igual que los bárbaros —siguió Campoamor—. Parece que el *football*, además de endurecer el pie, les ha endurecido el alma. ¡Qué ingenioso, procedente y artístico sustituir el balón por la cabeza de su compañero!

—Soy la defensora de Valentín, pero, si se tercia, defenderé también a los otros tres muchachos —se ofreció Matilde, en una circunstancia imposible. Su alma generosa solo la inclinaba a la comprensión.

—El fiscal, si se empeña, va a denunciar, al menos, un delito de coacción para los tres agresores, cuando no de malos tratos —tomó Clara la contraofensiva—. ¡Y por la coacción llevarían seis meses de arresto para cada uno y multa de mil pesetas!

—¡De ninguna manera! —terció Matilde, muy puesta en su hipotética función defensora de los cuatro a la vez—. Hay que contemplar la condición cultural de mis representados. Todos sabemos que el abandono educativo produce en la juventud verdaderas explosiones de incorrección y brutalidad, que no llegan a ser totalmente delictuosas, aunque merezcan la execración de la sociedad.

—Entonces, los bárbaros… ¿solo querían «dar una broma» al pobre Valentín? —ironizó Campoamor.

Luis San Martín, juez de menores, había arbitrado otros casos mucho más crueles y más absurdos de disputas o agresiones entre menores de edad, con consecuencias funestas, pero en esta ocasión le divertía ver la rivalidad de las dos juristas. Era difícil castigar a los niños infractores sin sentirse un poco culpables.

—La sentencia está clara —terció San Martín humorísticamente, muy en su papel de provisor judicial—. Este Tribunal estima que, más que reclusión carcelaria, los acusados merecen… ¡reclusión escolar!

Las mujeres celebraron la broma. La educación era el arma que servía para mejorar las costumbres y construir una sociedad justa para todos sus integrantes. Clara recordó las palabras que los tres habían intercambiado al comienzo del día: «hay que enseñar a los niños, y acaso con más fervor y paciencia a los más necesitados», «alejarlos del entorno de la calle», «buscarles un ambiente propicio, alejado de las malas influencias». Sin embargo, ¿dónde se podría hallar esa ganga para aplicarla a los arrabales de Madrid?

—¡Los hombres del mañana!

La exclamación de alguno de los tres ciclistas quedó suspendida en el aire mientras regresaban a sus domicilios. Los deportistas *amateurs* no habían completado el circuito previsto, pero la mañana les había reportado diferentes motivos de reflexión y de amistad.

Julio de 1927

CRIMEN PASIONAL. UN EXLEGIONARIO MATA POR CELOS A SU AMANTE Y DESPUÉS SE SUICIDA

Madrid.— En las inmediaciones del Hospital de Carabanchel, un exlegionario, cabo de Inválidos, llamado Toribio Gorbea Pereira, cuestionó con su amante por celos.

Toribio agredió con una navaja barbera a su amante, llamada María Díaz Cadenas, infiriéndole una puñalada en la cara. Después volvió el arma contra sí y se suicidó, dándose un tajo en el cuello que le seccionó la yugular.

El Juzgado Militar interviene en el asunto.

EL CRIMEN DE ANOCHE EN CARABANCHEL. UN EXLEGIONARIO, CABO DE INVÁLIDOS, HIERE GRAVEMENTE DE UNA PUÑALADA A SU AMANTE. DESPUÉS PONE FIN A SU VIDA SECCIONÁNDOSE LA YUGULAR

En las primeras horas de la noche los soldados de guardia en el Hospital Militar de Carabanchel y algunas personas que transitaban por aquellas inmediaciones vieron correr a una mujer y detrás a un hombre vestido de militar. Una y otro, arrojando abundante sangre de unas heridas situadas en la cara, se encaminaban hacia el referido hospital en demanda de auxilio.

La mujer fue recogida por los soldados, y cuando iban a hacer lo mismo con el hombre, este cayó al suelo desplomado y sin dar señales de vida. Ambos fueron recogidos y trasladados rápidamente a la sala de curas, donde los médicos de guardia apreciaron a la mujer una extensa herida que, partiendo del oído, le interesaba toda la región mastoidea y parte del cuello. Milagrosamente, la mujer se salvó, pues de haber interesado un poco más el arma, la muerte hubiera sido instantánea.

Los doctores le prestaron solícitos los auxilios de la ciencia, disponiendo luego que la mujer quedara hospitalizada allí mismo en vista de la gravedad de su estado. Mientras dos de los médicos realizaban esta operación, otros dos pretendieron hacer lo mismo con el hombre; pero todo fue inútil, porque había fallecido a consecuencia de una terrible puñalada que le seccionaba por completo la yugular.

LOS PROTAGONISTAS DEL DRAMA

Fueron los protagonistas de este sangriento drama un exlegionario, en la actualidad cabo del Cuerpo de Inválidos, llamado Toribio Gorbea Pereira. Este individuo había regresado a España desde África hace aproximadamente unos dos años y medio. Estuvo hospitalizado en Carabanchel y, a consecuencia de las heridas recibidas en campaña, quedó inútil, por lo que recientemente había ingresado en el Cuerpo de Inválidos. Tenía fama de bebedor y pendenciero. La Guardia Civil del puesto de Carabanchel había tenido que intervenir en diferentes ocasiones en broncas promovidas por Toribio, y recientemente en una en que a su adversario le arrancó parte de una oreja de un mordisco.

La mujer se llama María Díaz Cadenas, de veintiocho años, casada con Lucio Máurez Silván, del cual se halla separada. También tiene pésimos antecedentes y, lo mismo que Toribio, había sido detenida por la Guardia Civil. Es conocidísima en aquella barriada por su carácter demasiado alegre.

EL LUGAR DEL SUCESO

El lugar en que tuvo su desarrollo el suceso ha figurado ya otra vez en la crónica del crimen.

Se trata de una taberna establecida a pocos metros del ala derecha del Hospital Militar, en la calle de Santa Isabel, núm. 11, propiedad de Melitón Villén González. Este el día 9 de diciembre de 1926 cuestionó con un legionario llamado Fernando Ruiz Catalán, dándole una puñalada, que fue calificada de muy grave. El establecimiento se halla siempre frecuentado por gentes de no muy buena nota. En la parte posterior de la tienda existen unas habitaciones a medio construir, que el dueño las tiene alquiladas a diferentes personas. En una de ellas vivían maritalmente María y Toribio. El aspecto de la vivienda es repugnante. Carece de toda clase de muebles, y únicamente para dormir tenían tendido en el suelo un jergón de esparto.

EL SUCESO

Anoche se hallaban en el establecimiento los protagonistas del drama, y Victoriano de las Pozas González, de treinta y ocho años, domiciliado en la calle de Bravo Murillo, 23, y Antonio Collado Sánchez, de treinta y tres, que vive en la de Miguel Fleta, núm. 11 (Ciudad Lineal).

Los amantes se hallaban merendando y conversando tranquilamente. Una vez terminada la merienda se internaron en su habitación. Al poco rato ella, despavorida, volvió a aparecer en la tienda arrojando abundante sangre por la herida de la cara. Casi tras de ella apareció el hombre, también herido y con una navaja barbera en la mano. Ninguno de los dos presentes ni el dueño del establecimiento se atrevieron a intervenir por temor a ser agredidos. Toribio volvió a meterse en su cuarto, arrojándose sobre el camastro.

INTERVIENE LA GUARDIA CIVIL

En aquel momento, una vecina de la casa penetró en la taberna, y al enterarse de lo sucedido, resueltamente entró también en la vivienda. Nuevamente en aquel instante apareció el exlegionario. Llevaba todavía la navaja clavada en el cuello, y al llegar al lado del mostrador, él mismo tiró de ella y la arrojó al suelo. Dirigiéndose a la mujer, le dijo:

—No es nada; una riña entre nosotros. Me ahogo.

Y tambaleándose llegó hasta la puerta del hospital, donde, como decimos anteriormente, cayó muerto.

La Guardia Civil, que se encontraba a poca distancia del lugar del suceso, acudió rápidamente, comenzando a instruir las diligencias oportunas.

DECLARACIÓN DE MARÍA

El teniente jefe de la línea, D. Ignacio Arroyo, acompañado de los cabos Juan Úrrez Ruiz y Sebastián Díaz y del guardia Emilio Castillo, se personó en el Hospital Militar, y como, según opinión de los médicos, María se hallaba en disposición de poder declarar, fue interrogada por los mismos.

Según nuestras referencias, manifestó que se hallaba separada de su esposo, Lucio Máurez Silván desde hacía dos años aproximadamente. Que al poco tiempo de la referida separación conoció al legionario Toribio Gorbea, con el cual comenzó a hacer vida marital, instalándose en el cuarto de la taberna de la calle de Santa Isabel.

Añadió que continuamente tenían reyertas, motivadas por los celos, justificados según ella manifestó, pues a pesar de hallarse viviendo con Toribio no veía con malos ojos que otros hombres la requirieran de amores, que con frecuencia solía aceptar. Las escenas adquirían caracteres violentos cuando él se presentaba bebido, que también era con frecuencia. En vista de ello, la mujer marchó a Medina del Campo a casa de su suegra, donde permaneció unos ocho días; pero instada por Toribio para que regresara a la corte, así lo hizo, volviendo a unirse a él. Refiriéndose concretamente al suceso, manifestó que habían estado conversando sin acaloramiento en la tienda hasta las ocho de la noche aproximadamente, y que después se metieron en la habitación, donde continuaron hablando, sin que la disputa llegara a adquirir caracteres violentos; que inopinadamente él sacó una navaja y con ella la acometió, dándole el corte en la cara, y que atemorizada huyó hacia la calle en demanda de auxilio, y que él debió de darse el tajo en el cuello en el pasillo que separa la habitación de la taberna.

EL JUZGADO MILITAR

El Juzgado militar de guardia se personó en el hospital, instruyendo diligencias y recogiendo el atestado formado por la Guardia Civil, así como el arma con que se cometió el delito. Era esta una navaja barbera bastante usada, y el golpe debió ser tan tremendo que parte de la hoja se rompió.

El juez ordenó que los testigos de parte de la escena compareciesen ante su presencia, y también que el cadáver fuera trasladado al Depósito Judicial Militar, donde en el día de hoy los médicos forenses practicarán la diligencia de autopsia.

El suceso causó honda emoción en la barriada, y multitud de personas acudieron a las inmediaciones de la casa del crimen, haciendo los naturales comentarios del sangriento drama que acabamos de relatar.

El Liberal, 20/07/1927, p. 3

LOS GUAPOS. HIERE GRAVEMENTE A SU EXAMANTE

Valencia.— Cuando era mayor la concurrencia ayer por la mañana, en la calle de Padilla, un individuo llamado Manuel Tremino Campos, de treinta y un años, casado, se encontró a su examante Amparo Matéu Simarro, de treinta y cinco años, viuda, con domicilio en el número 11 de la misma calle. Discutieron por negarse Amparo a reanudar las relaciones que sostuvo con Manuel por espacio de cuatro años, y la mujer intentó herir a Manuel con una navaja; pero este le arrebató el arma y le infirió con ella varias heridas graves.

La víctima, después de curada, pasó al hospital y el agresor fue detenido.

El Liberal, 20/07/1927, p. 3

27. El carro, el burro y el recluso

El preso se movía con pasos furiosos de un extremo a otro de la celda. Nunca había sido un hombre tranquilo y verse enjaulado lo sumía en un estado de ansiedad permanente. De hecho, apenas había conseguido dormir desde que lo enviaron a aquel antro que se llamaba cárcel Modelo. Aquel día, cuando ya se aburría de entrever la débil luz eléctrica que entraba por la ventana superior de la celda, se incorporó y quedó sentado en la cama de hierro con los pies en el suelo. Como tantos días, en la semioscuridad, repasó el universo que se abría ante sus ojos: una mesa de madera fija en el suelo, un banco, una jarra y una jofaina, el mechero de gas y una bacinilla.

¡Qué asco! Menos mal que él ocupaba una celda individual, porque no hubiera sido capaz de soportar la presencia de otro reo haciendo sus necesidades delante de sus narices en el retrete portátil. Romualdo se puso en pie y se acercó a la ventana superior, en realidad, una vidriera que se abría y cerraba por una doble cadena. Solo por divertirse se acercó a la puerta, forrada de hierro, y la golpeó. La voz de otro preso lo increpó desde la celda contigua. Romualdo volvió a aporrear con fuerza la cancela, como si con eso pudiera aliviar su sentimiento de sometimiento y de opresión. Aquella barrera que le impedía la libertad era el tope que reducía su vida a una realidad con dos únicas opciones: en la parte superior tenía una abertura por donde recibía la comida y en la inferior un ventilador por donde se despachaba el inodoro. Comer y defecar eran los dos actos básicos de cualquier animal y, en la cárcel, las dos únicas actividades indiscutidas. Comer, defecar y trabajar, rectificó. Porque solo salía de la celda, si mostraba buen comportamiento, por dos motivos: para el paseo en el patio durante menos de media hora al día o para trabajar. Por eso se había apuntado al servicio de cocina, que, de paso, le supondría una rebaja en la condena final.

Mientras tanto, reflexionó, ¿cómo marcharía el mundo exterior? El traidor del Renco no le había enviado ninguna noticia desde su liberación. ¿Estaría vigilando a su Rosita para que no se desmandase? ¿Cómo seguiría creciendo su hijo? Esperaba que la mujer, con su debilidad y sus arrumacos, no lo malograse antes de convertirse en un hombre. Una rabia sorda le hizo concentrarse en el día ansiado de su libertad. ¿Cuánto faltaría todavía para eso? Romualdo no quería pensar; por eso no deseaba rayar en la pared, como hacían otros, los palotes que mostraban el número de días de presidio con la finalidad de hacer la cuenta de la independencia futura. Aquello le resultaba descorazonador. Si acaso, prefería engañarse soñando con el momento en que se abriese la puerta y él pudiera volar.

En estos pensamientos, llegó el momento del desayuno, que recibió por la trampilla oportuna. A continuación, se remojó la cara en el agua turbia que había vertido en la jofaina, despachó el inodoro por la trampilla inferior y esperó el momento de la «jornada laboral» en la cocina. Días atrás había pelado kilos y kilos de patatas para el rancho; había lavado con jabón, esparto y arenisca las ollas enormes que servían para hacer la comida y había barrido la cocina con el alma ausente, con el gesto desabrido de siempre y con el deseo único y obsesivo de que se acortasen los días de encierro.

Un rato o unas horas después, Romualdo no tenía una conciencia clara del tiempo, advirtió el sonido de la cancela que abría el punto de mira de vigilancia de su celda. A continuación, como los otros días, dos golpecitos del vigilante le advirtieron de que se iba a abrir la puerta de la celda. El hombre dio un paso atrás, oyó el rasgueo de la llave y el chasquido del cerrojo; empujó la puerta de hierro, que solo quedaba entreabierta, ya que una barra de muelle la doblaba por golpe, y salió al pasillo, donde lo esperaban un par de funcionarios. Cerrada de nuevo la puerta de su celda, lo dirigieron a las dependencias de los sótanos, donde se hallaban las cocinas y los talleres, los lavaderos y tendederos. En otra ala, un poco alejada, se situaban las celdas de castigo, la capilla para los reos de muerte, el depósito de cadáveres y la sala de autopsias. Aquel paseo no proporcionó al recluso ningún tipo de consuelo: en varios puntos fijos del interior de la ronda se alzaban las garitas para los centinelas de guardia, en una visión que a Romualdo siempre le parecía ominosa.

Llegado a su lugar de destino, otro preso más antiguo apellidado Sanchidrián, que hacía de jefe de cocina, lo recibió con el saludo habitual.

—¿Qué?

—¿Qué de qué? —respondió él despectivamente.

Algún otro convicto había encendido el fogón y en una esquina se alineaban las ollas gigantes que habían de servir para preparar el condumio de los moradores de la cárcel. Romualdo sabía la rutina: primero tenía que barrer el suelo con una escoba de sorgo con mango de caña y después, según las instrucciones de Sanchidrián, tendría que ponerse a pelar patatas o verduras para el rancho. Sin embargo, aquel día un imprevisto iba a cambiar en cierto modo las costumbres.

Uno de los guardias asomó el morro para dar el aviso.

—¡Eh, los suministros! ¡A descargar!

—¡Feliciano, ve para allá! —ordenó Sanchidrián.

Pero resultó que Feliciano, que habitualmente se encargaba de descargar el carro de las provisiones que llegaba un día a la semana, había sido enviado a una celda de castigo por protagonizar un altercado durante la tarde anterior. Sanchidrián pasó su mirada desdeñosa sobre la tropa de sus operarios. Ninguno valía para nada. El que no era muy viejo era demasiado joven, demasiado flaco o demasiado estúpido. Estaba en ello cuando reparó en Romualdo, que llevaba pocos días bajo su mando pero era el único que carecía de rasgos personales desfavorables: ni muy viejo ni muy joven, aún no había provocado ninguna reyerta grave y parecía tener una complexión suficiente como para cargar en varios viajes con los 25 kilos de cada saco de patatas.

—¡Eh, tú! ¡Ve arriba!

—¿Qué? —respondió Romualdo con su laconismo habitual.

—Que vayas arriba a descargar el carro de los suministros. Todo lo que te den lo vas bajando.

—¿Quién? ¿Yo? —volvió a preguntar, sin decidirse a simular estupidez o rebeldía.

Sanchidrián se acercó, sartén en mano, a su subordinado.

—¿Eres sordo o idiota? ¿Qué quieres: obedecer una orden o salir desde aquí directamente a la celda de castigo?

Romualdo dudó. Por una parte, le disgustaba obedecer a otro preso que seguramente era solo un ladrón o un asesino como él mismo; pero, por otra, la opción de salir de la rutina e incluso de asomarse hasta el patio para respirar le pareció preferible a continuar en la penumbra apestosa de la cocina.

—Ya va —contestó a costa de tragarse el orgullo y disimular la arrogancia.

Siguiendo a uno de los guardias, Romualdo subió el tramo de las escaleras que conducían desde el sótano a la planta baja y cruzó la dependencia que separaba el polígono de las celdas de la construcción de la entrada; allí nacía un pasillo que desembocaba en un patio interior, desde el que se accedía, cruzando otra estancia, a la puerta de la calle. En el patio esperaba un hombre montado en un carro tirado por un burro. Romualdo alzó los ojos hacia arriba, más allá de las paredes que comprimían el patio, y la visión del cielo azul estuvo a punto de emocionarle. ¡Qué gusto tenía que dar salir de aquel antro y dejar atrás la fetidez de la cárcel!

—Abreviando, que no tengo todo el día y no me gusta este sitio —amenazó el carretero a Romualdo, mientras señalaba con un gesto de la cabeza el contenido del carretón, medio cubierto por una lona—. Lo vuestro es solo lo que sirve para comer.

Romualdo destapó la cubierta y avistó un montón de sacos de patatas y unas cuantas cestas con acelgas. Aparte de los comestibles, también había en una esquina una escalera, dos sillas sin asiento y un montoncillo de leña seca.

—¡Maldita sea mi suerte! —exclamó recordando sin querer a su antiguo compañero.

No le quedó más remedio que tomar uno de los cincuenta sacos a la espalda y cruzar, seguido por el guardia, que iba de vacío, el itinerario que acababa de recorrer, esta vez a la inversa: en primer lugar, el pasillo, después la dependencia que dividía el cuadrado de la entrada del edificio poligonal y, por fin, las escaleras hacia el sótano.

Sudando y maldiciendo, Romualdo hizo varios viajes de la misma guisa acompañado por el guardia, hasta que este se aburrió y acabó controlando solamente la llegada del preso hasta el patio.

El sótano, las escaleras, la dependencia intermedia, el pasillo y el patio. El patio, el pasillo, la dependencia intermedia, las escaleras y el sótano.

Cuando Romualdo llevaba acarreadas dos docenas de sacos estaba transpirando por todos los poros de su cuerpo. Para colmo de males, al llegar a descargar a la cocina, sus compañeros lo recibían con risas, burlándose de su sofoco y de su falta de empuje. Por eso, aprovechaba la subida hasta el patio para respirar allí aire fresco y recuperarse. Después de cada viaje se apoyaba contra la pared, se limpiaba con la manga el sudor de la frente, tomaba aire… y miraba el cuadrado del cielo. Una idea estrambótica le iba enturbiando el pensamiento con un deseo imposible. El cielo, el aire, el burro, la prisión, el espacio allá afuera.

Cada nuevo saco de patatas en la espalda enviaba a Romualdo otra vez hacia el infierno de abajo: el pasillo, las escaleras, el sótano; y cuando llegaba y tiraba con rabia contra el suelo su costal, le parecía imposible permanecer ni un segundo más de lo necesario allí adentro y subía como una exhalación hasta el aire de fuera. Pero en el patio, el corazón, en lugar de recuperar con el descanso el ritmo adecuado, se le volvía a desbocar por aquella idea maravillosa y absurda. Escapar, naturalmente. Huir. Salir. Pirárselas. Salir de naja. Dar esquinazo. Esfumarse. Desaparecer.

Así fue entrando y saliendo, subiendo y bajando al ritmo de su corazón, su sudor y su rabia. Treinta sacos ¿o quizás ya llevaba cuarenta?

Por fin, con la espalda dolorida y las piernas temblorosas Romualdo advirtió que había ya transportado todos los bultos, excepto los dos últimos. Antes de alzar el penúltimo saco para el penúltimo viaje, volvió a reponer las fuerzas apoyándose en la pared. Hacía mucho calor y volvió a retirarse con la manga la lluvia de sudor que le caía desde la frente. El burro rebuznó solidario. Desdeñando la mirada del recluso, el guardián encargado de seguir sus pasos había aceptado la petaca de tabaco que le ofrecía el dueño del carro y ambos se entretenían liando su par de cigarros mientras ejercían el oficio voluntario de comentaristas artísticos.

—La Bella Dorita o, si no, Emilia Bracamonte —enunció el guardián con gran énfasis.

—¡Quiá! ¡De ninguna manera! Donde esté Raquel Meller que se quiten todas las otras cupletistas. Y no digamos nada de la Fornarina, aunque yo nunca la he visto, pero mi padre, una vez que la oyó antes de su muerte repentina, dijo que era divina. ¡Una gran pérdida!

Romualdo advirtió que un sudor frío sustituía al otro sudor caliente que le escurría por la espalda. Aquella idea no podía resultar bien. Era una artimaña descabellada. No obstante, sabía que lo intentaría. Él era siempre arriesgado. El recluso subió al carro, como había hecho para alcanzar los últimos bultos, y de un tirón rasgó la boca de uno de los sacos y dejó rodar las patatas por el fondo; a continuación, tomó el que ya sería su último costal sobre la espalda y se encaminó trastabillando hacia las escaleras. El guardia y su acompañante hacía un buen rato que no le prestaban atención.

Un paso y otro, el pasillo, después la dependencia que dividía el cuadrado de la entrada del edificio poligonal y, por fin, las escaleras hacia el sótano. Inmediatamente después, como sonámbulo, Romualdo desanduvo el mismo camino, desde las escaleras hasta el cuadrado de la entrada, el pasillo y el patio interior. El guardián y el carretero seguían su amena tertulia y la sombra de Romualdo, convertido en fantasma, esquivó a los charlatanes, dio un salto ligero y subió al carro, se cubrió con el fardo de las patatas que había desalojado y se tendió al fondo, detrás de la escalera y los troncos, ocultos por la lona.

Pasaron varios minutos sin que se produjese ninguna novedad. Romualdo, mientras tanto, era una estatua que evitaba respirar. Eso era absurdo y no podía salir bien. Pero ¿cómo no intentarlo? Desaprovechar una ocasión tan sencilla hubiera sido un acto de cobardía y Romualdo nunca había sido un cobarde.

En ausencia de iniciativa por parte de los humanos, el burro debió columbrar que se estaba mejor en la calle y advirtió del paso del tiempo con un rebuzno y una patada en el suelo. El guardia miró a su alrededor, desorientado, imaginando que el recluso había terminado sus obligaciones. Se había consumido el cigarro, así que, con cierto sentimiento de culpa, echó una mirada ligera al interior del carro y después se dirigió a sus obligaciones. El carretero chasqueó el látigo en el suelo para dar la señal de salida.

El movimiento del vehículo sorprendió a Romualdo, que no podía creer hallarse allí dentro. Eso no podía ser tan fácil. Escapar tan tontamente de la cárcel Modelo era ridículo. En cualquier momento alguien se daría cuenta de que el carro no iba vacío o de que Romualdo no estaba pelando patatas en la cocina, aunque para esto último podían faltar unos cuantos minutos.

—¡Arreeee, Lucero!

El recluso, para sus adentros, azuzó a Lucero y Lucero, obediente, con su trotecito fino, cruzó los últimos metros que desembocaban en la puerta de entrada, dejando a un lado la casa de la administración y el cuerpo de guardia.

Romualdo distinguió que el traqueteo suave sobre la calzada llana de la cárcel se convertía en otro movimiento más abrupto, que correspondía a un terreno pedregoso. ¿Estarían ya en el paseo de Moret o en el de Rosales? Cuando calculó que ya se habían alejado unos cuantos metros, con el estómago en la garganta, se arrastró por el fondo del carro y se atrevió a escrutar a través de la rendija. Entonces vio la estampa más hermosa que había visto en su vida. Unos pocos árboles resecos y desnutridos se alzaban en una tierra áspera y parda. El campo. Romualdo alzó un poco la lona y una brisilla fresca le vino a recordar que era posible respirar sin que el aire oliera a cerrado ni picase en la garganta. Un rayo de luz le deslumbró durante un segundo. A partir de la vista del sol consiguió orientarse y adivinó que se dirigían hacia el oeste. Un poco más adelante se abría una hondonada por donde discurría el Manzanares.

28. Por mano de mujer

Doña Engracia hizo tintinear la cucharilla contra la taza de café para requerir la presencia del servicio.

—No deseo más café —advirtió don Helio Arturo muy malhumorado.

—No es para ti, querido, sino para mí —aclaró ella—. Ramona, haga usted el favor.

Una criada obesa y encanecida había sustituido a la linda Rosalía. La mujer empujó cachazudamente la cafetera y doña Engracia tuvo que hacer malabares alzando su taza para atrapar por el aire alguna gota volandera de café.

—Muchas gracias, Ramona. Ya puede usted ir a la cocina.

La mujer se alejó procurando no arrastrar demasiado los pies ni perder las alpargatas. Ramona procedía de Zuera, un pequeño pueblo cercano a Zaragoza, donde trabajó como cocinera. Un pequeño disgusto con sus empleadores, hacía ya más de veinte años, la había empujado a colocarse en Madrid con la ilusión de alcanzar mejor sueldo y mejores condiciones laborales, cosa que aún no se había cumplido. No obstante, no había perdido el contacto con su lugar de nacimiento: allí regresaba cuando tenía días libres y seguidamente volvía a la capital con su acento baturro renovado. En aquel momento aún no se explicaba que la hubieran contratado precisamente a ella para servir en una casa tan distinguida. ¿Le habían servido esta vez para ello sus buenos informes como cocinera o es que, efectivamente, se estaba convirtiendo en una doméstica refinada?

Don Helio Arturo la vio desaparecer con un rictus de disgusto. No comprendía que su mujer hubiese despedido a la criadita anterior, tan correcta y tan mona, y se conformase con una fámula que la iba a dejar en mal lugar delante de sus amistades femeninas. Sin embargo, doña Engracia estaba encantada con el cambio.

—Ya ves, querido. Las mujeres ordinarias de las clases populares también tienen derecho a ganarse la vida —se dirigió a su marido, adivinando sus pensamientos—. Además, se puede aprender mucho de su forma de vida. Hasta en el alma de los más desafortunados puede latir un atisbo de honorabilidad. Cada día encuentro nuevos argumentos.

A don Helio Arturo le extrañó la sonrisa satisfecha de su esposa, que a él le parecía absolutamente incongruente. Además, últimamente se había aficionado a un tipo de prensa sensacionalista muy desagradable. En lugar de interesarse por las revistas de modas o los ecos de sociedad, doña Engracia buscaba en los periódicos las noticias de sucesos, las recortaba y las iba pegando en un álbum misterioso.

—¡Oh, oh! —gritó ella en un alarido a medio camino entre el graznido y la risa, agitando las hojas de *La Libertad* del 17 de julio—. ¡Qué barbaridad! ¿No te lo decía? Hasta las almas populares guardan en su fondo el sentido del honor, aunque a su manera.

—¿De qué tontería se trata?

—«Escándalo en Valencia. Los celos de la mujer del chófer» —leyó a su marido los sabrosos titulares.

Don Helio Arturo arrugó el morro con displicencia. No podía haber nada escandaloso ni mínimamente relevante protagonizado por un chófer. ¿A quién podían interesarle esas menudencias?

—«Ayer noche, a la salida del auto que conduce desde la plaza de Castelar al Grao y al Cabañal, se presentó la esposa del chófer a unas quince camareras que prestan servicio en los bares allí establecidos y la emprendió a golpes con todas, culpándolas de excesivas atenciones con su marido».

—Te lo estás inventando. ¡Quince camareras! —dijo él dejando volar la imaginación.

—«El escándalo fue enorme y el público alentó a las combatientes, notándose las relevantes facultades de la celosa mujer, que mantuvo a raya a sus coligadas enemigas hasta que todas fueron a parar a la Comisaría».

Doña Engracia quedó mirando fijamente a su esposo, que parecía ajeno a sus pensamientos particulares. Al poco, volviendo en sí, terminó de recortar la noticia y la guardó entre las páginas del álbum.

—Hizo bien —suspiró, deseando provocar a su marido—. Quince camareras. No queda elegante, desde luego; pero dentro de su clase social es una buena reacción ante un adúltero.

El esposo rio con displicencia.

—Todo eso es ridículo y no tiene nada de memorable —advirtió sin percatarse de que estaba picando el anzuelo—. Las mujeres no saben utilizar la violencia. ¿Cuándo se ha visto una mujer soldado o una mujer héroe de guerra? Lo único que puede hacer una mujer celosa es despacharse con un par de grotescas bofetadas.

Doña Engracia rebuscó hacia atrás entre las páginas de su inventario y mostró un recorte de *El Liberal*, del 9 de abril.

—«Una mujer mata a su concuñada y a un guardia civil» —leyó con fruición—. «En la aldea de Abelenda (Vigo) se ha cometido un crimen, y al buscar la Guardia Civil a la culpable ha resultado un guardia muerto. Hallándose en su casa, Josefa Canal y Jacoba Rodríguez González riñeron, y Josefa mató a hachazos a Jacoba. Eran concuñadas, y se dice que el móvil del crimen fueron los celos».

A doña Engracia le brillaron los ojos. Había destacado en la lectura que la muerte se había consumado «a hachazos».

—¡Menuda ordinariez! —exclamó el marido y, por hacerse notar, reclamó con la campanilla la presencia de la vieja pero nueva doncella.

—Ahora viene lo mejor, querido —lo contuvo la mujer, y siguió leyendo—: «A detener a la autora del asesinato de Jacoba

Rodríguez salió una pareja de la Guardia Civil, de la que formaba parte Manuel Carvajal, para la parroquia de Aruego, sospechando que estuviera allí Josefa, oculta en casa de unos parientes. Los guardias se apostaron en las inmediaciones de la casa, en espera de que saliera la criminal, y cuando se hallaban ocultos sonó un disparo y Carvajal cayó al suelo mortalmente herido de un balazo. El suceso ocurrió en las primeras horas de la noche. Se ignoran más detalles. El guardia muerto era natural de Zamora y proyectaba contraer matrimonio la semana próxima. Era muy estimado de sus jefes y del vecindario. Josefa Canal no ha sido hallada todavía y supónese que, en efecto, está oculta en casa de sus parientes. Para el lugar del crimen salió más Guardia Civil».

—Un crimen impertinente y estúpido, propio de una clase social degradada —alegó don Helio Arturo, pero calló al entrar la criada.

—¿Usted cree en la justicia, Ramona? —le preguntó doña Engracia apuntándola con las antiparras, que se le habían resbalado de la nariz—. ¿Usted cree que una mujer ordinaria tiene también derecho a un estatus moral?

—Lo que diga la señora —balbuceó la pobre mujer. A ella que le preguntasen por el tiempo que tardan en ablandarse los garbanzos o por la forma más sencilla de almidonar las camisas y no por aquellas fantasmagorías.

—Asesinar a un guardia civil, a un servidor del orden público, no va a ser ahora un acto honorable porque lo haga una mujer celosa —espetó el marido a la criada, como si fuera ella la homicida—. ¡Qué peligro para la sociedad esa irritabilidad natural femenina! «A hachazos…». ¡Tráigame ahora mismo un vaso de agua!

Ramona, oliendo la tormenta, salió todo lo rápido que pudo no obstante su pesantez. Por su parte, don Helio Arturo hacía un tiempo que no comprendía a su esposa ni aprobaba ese nuevo pasatiempo que consistía en coleccionar en un álbum aquellos recortes de periódico. La miró disimuladamente. Sí, era indudable que doña Engracia estaba entrando en una edad peligrosa para las mujeres, esa edad en que se pierde la lozanía del cuerpo y se reblandece el cerebro, ya de por sí delicado en la mujer. A ver si estaba enfermando de los nervios o si se estaba volviendo loca.

—De todos modos, estos crímenes solamente suceden en el campo y entre gente de mal vivir —quiso argüir ligeramente—. Ninguna mujer respetable sería capaz de utilizar un hacha o de empuñar un arma.

Doña Engracia sonrió ampliamente y rebuscó entre su colección, en la que había integrado noticias muy anteriores a su primer interés por el artículo 438 del Código Penal y por el escándalo de los celos. Entre las primeras páginas se encontraba una reseña del 27 de marzo en *El Imparcial*, que leyó para sí: «Crimen pasional. Una condesa dispara un tiro contra su esposo. En París, esta tarde, al salir de esta capital el rápido de Boulogne, la condesa Alina de Janckee, de veintisiete años de edad, ha disparado un tiro de revólver contra el súbdito inglés Sr. Trafford. Enseguida la agresora se disparó un tiro en el vientre. Tanto ella como el Sr. Trafford, que resultó herido en el pecho, se hallan en estado bastante grave. La condesa, que tiene dos hijos, había entablado una demanda de divorcio, pero las tramitaciones parecían hasta ahora favorables al demandado, o sea, el Sr. Trafford, esposo de la condesa. El Sr. Trafford, que pertenece a una familia muy conocida en Londres, trabó relaciones con la que después llegó a ser su esposa en Konua, pueblo situado en el este africano».

Doña Engracia siguió en silencio. Esa noticia no la quería compartir. Ella también podría haber nacido condesa, como aquella Alina de Janckee, si se hubiese casado con la persona adecuada; pero en su caso, después de disparar al marido, no se iba ella a descargar el arma en el vientre. No faltaba más. Si un divorcio resultaba bien o no resultaba, no era motivo como para querer quitarse la vida. Los hombres no merecían tanto sacrificio.

Don Helio Arturo no advirtió la llegada de Ramona con el vaso de agua porque estaba hipnotizado escrutando el gesto extraño de su consorte. ¿Por qué sonreía? ¿Por qué esa rebeldía extraña, ese opinar escandaloso, ese interés absurdo por el asesinato soez? ¡Qué enfermizo era el cerebro femenino! Don Helio Arturo deseaba que su esposa superase cuanto antes la edad difícil que apartaba a la mujer de la fertilidad y la convertía en un ser vacío sin ilusiones ni futuro. Desde luego, debía de ser una desgracia el haber nacido mujer y ser mentalmente tan vulnerable.

29. El Código de la Dictadura

El profesor Luis Jiménez de Asúa apareció cuidadosamente aci-
calado, con el cabello perfecto alisado hacia atrás y el terno de
verano planchado con pulcritud. Sin embargo, una luz agitada en
sus ojos grandes y expresivos revelaba que en su cabeza bullía
una tempestad que no podía disimular.

Matilde Huici, Clara Campoamor y Benita Asas, en el mismo
salón de té donde se habían reunido con el jurista a comienzos
del año, esta vez con sus vestidos alegres de verano, se preguntaron a la vez en su interior cómo podría el hombre soportar el calor
de la tarde sin sudar y con un atuendo tan esmerado. Las tres dejaron sus manos suspendidas a medio camino en el recorrido hacia
sus copas de helado: fresa, limón y mantecado, respectivamente.

—Si gusta usted… —propusieron de manera simultánea, con el
íntimo deseo de que el recién llegado no aceptase el ofrecimiento.

—Muchas gracias. Muy amables. Un café con leche, dos ensaimadas y un helado de chocolate —demandó al camarero.

Benita Asas miró significativamente a Matilde. Ella, en la ocasión anterior, le había recriminado pedir un bollo suizo ante su
profesor de Derecho Penal por parecer así poco elegantes, pero
ahora el hombre deseaba nada menos que dos ensaimadas.

—¡Para mí un chocolate con churros! —ordenó Campoamor
sin percatarse de que había sucumbido a sus demonios interiores.
El caso era que, cada vez que veía a un jurista distinguido, le
subía por la garganta una especie de rebeldía o de desazón que la
obligaba a aprestarse a la lucha dialéctica. O quizás fuese que,
sencillamente, se había saltado la hora de la comida.

—No nos queda, señorita —respondió el camarero—. Lo más
parecido, un batido de chocolate, un café con nata o un helado de
chocolate, como el caballero, que ya le advierto a usted que está
buenísimo, como habrá comprobado al degustar el de limón. Son

diferentes, desde luego, pero todos están hechos en esta misma casa, con las mejores materias primas y la experiencia de nuestro maestro confitero…

Las tres mujeres al unísono con el caballero apremiaron al empleado a desaparecer sin ningún otro pedido. Tenían cosas muy importantes que comentar, mucho más sabrosas que los deliciosos helados de la casa.

—Y bien…, ¿cómo va lo nuestro? —interrogó Benita Asas al recién llegado.

—¡Déjale respirar un poquito! —le advirtió Matilde en voz baja—. Viniendo de la calle y con este calor no es tan sencillo abordar el estado de la cuestión respecto al nuevo Código Penal.

—¿Cómo va lo suyo? —respondió prestamente Jiménez de Asúa, sin concederse un respiro—. ¿Lo suyo? ¡Mal! ¡Lo suyo y lo otro! ¡Todo muy mal!

—¿Cómo que mal? Pero si el artículo 438 es una antigualla, que no soporta la más mínima crítica desde las normas modernas y universales del Derecho Penal —Se encendió Campoamor. Aquello, incluso sin chocolate con churros, presentaba un cariz muy halagüeño por lo combativo.

Jiménez de Asúa elevó ambas manos, como pidiendo espacio antes de comenzar su retahíla de adversidades.

—En primer lugar, tengan ustedes en cuenta que este Código va a nacer en el seno de una Dictadura.

—¡Ajá! —Eso era algo que las tres ya conocían. Pero era una circunstancia que no les había impedido para nada elevar ante la opinión pública su campaña contra el 438.

Clara Campoamor ya había tenido algunos tropiezos con el Régimen. Primo de Rivera, hacía solo un año, había seleccionado su nombre para integrar la Junta de Gobierno del Ateneo y ella, con el propósito de renunciar a un cargo no elegido democráticamente, se había visto obligada también a pedir una excedencia en el Ministerio de Instrucción Pública, una renuncia que le iba a costar perder más de cien puestos en el escalafón.

—Una Dictadura, efectivamente —asintieron todas a la vez.

—Sabrán ustedes que se han formado dos opiniones enfrentadas en el seno de la Comisión Revisora de los Códigos —comenzó el jurista mientras diseccionaba con pericia las ensaimadas y las humedecía en el café con leche—. Una parte queda personalizada a través de las aportaciones del catedrático de Derecho Penal, Eugenio Cuello Calón, y de su discípulo, el fiscal César Camargo, y la otra parte, que yo represento, con mi discípulo y amigo José Antón Oneca.

Las señoritas dieron tiempo al especialista para que terminase su labor de deglución de los bollos, cosa que realizó con acierto. Después dejó a un lado el platillo, los cubiertos y la taza de café y tomó con mayor parsimonia la copa de helado.

—Cuello Calón, que es de la escuela retribucionista, plantea que las reformas de la parte general y de la especial requieren numerosos colaboradores, desde los científicos hasta los jueces, los magistrados, los funcionarios del Ministerio Fiscal y los abogados criminalistas.

—Eso he oído —asintió Matilde Huici—. A mí no me parece mal interpelar a los médicos y psiquiatras, a los funcionarios de la administración penitenciaria e incluso a los simples ciudadanos a la hora de aplicar las leyes.

—Sí, señor. Muy oportuno todo y muy interesante —intervino Benita Asas, que no estaba tan versada en Derecho como en Magisterio—. Pero ¿qué hay de lo nuestro? ¿Cómo van las discusiones sobre el «artículo rojo»?

Jiménez de Asúa estaba dispuesto a enterarse solo de la primera parte.

—Nada de «sí, señor». Nada de eso sirve. Hoy en día no hay que atenerse a una sola escuela. Para que una reforma sea eficaz es imprescindible, en primer lugar, que no se limite a unos leves retoques. Hace falta algo totalmente nuevo que saque para siempre a la legislación penal española del arcaísmo.

—Pues claro —dijo Campoamor, muy interesada por las cuestiones básicas de la teoría judicial—. Necesitamos una nueva ley, totalmente moderna. Pero para ello es imprescindible una mejora no solo de nuestra magistratura, sino también de los establecimientos penitenciarios. ¡El nuevo Código debe ir precedido y acompañado de una reforma judicial y penitenciaria completa!

—Pero ¿qué hay de lo nuestro? —insistió Benita, sin que nadie le hiciera caso.

—Ya lo ha expresado mi compañero, José Antón Oneca: «Son precisas más largas meditaciones y el pronunciamiento decisivo de la opinión pública. Ni estamos ante un caso de extremada urgencia ni nos satisface la información somera». Y por tanto…

—Y, por tanto, ¿qué?

—Al poco de ser nombrado me vi obligado a dimitir de la Comisión Revisora —confesó Jiménez de Asúa—. ¿No lo sabían ustedes?

El círculo de tres bocas femeninas que marcaban una «o» y el silencio subsiguiente dieron lugar a que el hombre terminase de paladear el helado.

—Lo que todavía no sabemos es el camino que lleva «lo nuestro» —terció tercamente Benita Asas.

—La tarea de componer el Anteproyecto del Código Penal, en mi opinión, debe ser confiada no a la Comisión Codificadora existente, sino a un Comité de Profesores de Derecho Penal, de magistrados, de pedagogos y psiquiatras.

—En eso estamos totalmente de acuerdo —sentenció Campoamor—; y en la derogación del actual 438 también, naturalmente.

—¡Naturalmente! —concluyó el jurista—. Pero primero habrá que mejorar las cárceles. Y los que, como yo, proclaman que es preferible una ley vieja y retrógrada, con avanzados sistemas penitenciarios, a un Código moderno y de perfecto tipo con presidios anacrónicos y empleados ayunos de vocación y formación, harán mal en aceptar puestos en Comisiones Codificadoras de las que saldrá una ley, acaso de correcto perfil, pero de vigencia ficticia y nula eficacia.

—¡Comisiones Codificadoras y Revisoras de los Códigos para el Código de la Dictadura! ¡Renuncias y buenas intenciones! ¡Todo ello es muy complejo y muy edificante! —Se rebeló la maestra Benita Asas—. Pero, mientras tanto, ¿dónde quedan las españolas? ¿Qué pasa con el «artículo rojo»? ¿Hasta cuándo va a resultar una cuestión sin importancia el asesinato de una mujer?

Clara y Matilde se interrogaron a la par con la mirada. ¿Por dónde andarían sus teorías abolicionistas del artículo 438? ¿Quedaba algún jurista en la Comisión actual capaz de atender mínimamente sus quejas y sus peticiones? ¿Habría leído alguno de ellos su «Memoria»?

Agosto de 1927

EN ZARAGOZA. UNA MUJER ASESINADA Y ARROJADA AL CANAL

Zaragoza.— Un guarda del Canal Imperial, llamado Manuel Berges, vio flotar esta mañana sobre las aguas, en término de Burgo de Ebro, el cadáver de una mujer. Inmediatamente avisó a las autoridades, que practicaron las primeras diligencias y ordenaron el levantamiento del cadáver; pero al intervenir el médico del pueblo, observó en aquel señales evidentes de que la muerte se había producido por mano ajena, de manera violenta, y se telegrafió entonces al juez de guardia de Zaragoza, que rápidamente salió para el lugar del hallazgo.

IDENTIFICACIÓN DEL CADÁVER

A las dos de la madrugada se presentó en la Comisaría el vecino de Villamayor Félix Gastón, de treinta y nueve años, que el día anterior había denunciado la desaparición de su esposa, Felisa Ferrando. Dicho individuo reconoció a su esposa en el cadáver que apareció ayer en el Canal, y manifestó que el jueves último su mujer se levantó a la hora acostumbrada y después de arreglar la casa y a sus hijos salió a la compra y se dirigió a la era en que trabajaba su marido para servirle el almuerzo. A las nueve regresó a su domicilio, donde permaneció el tiempo suficiente para dejar la cesta y cambiarse de ropa, y, sin despedirse de sus hijos ni de los vecinos, se dirigió a Zaragoza. El marido cree que se trata de un suicidio; pero los médicos opinan que es materialmente imposible que haya podido producirse ella misma las heridas que presentaba. Además, las heridas, de no haber producido la muerte instantáneamente, la habrían hecho caer a tierra, por lo que se supone que el cadáver fue arrojado al Canal.

La Libertad, 07/08/1927, p. 7

217

CÁCERES. DETENCIÓN DEL AUTOR DE UN PARRICIDIO

Cáceres.— Comunican de Plasencia que ha ingresado en la cárcel con el carácter de incomunicado un sujeto llamado Eustaquio Bravo, autor de un parricidio cometido en un pueblo de Serradilla.

Entre Eustaquio y su mujer menudeaban los disgustos. Hace dos o tres días riñeron y Eustaquio dio a su esposa un puntapié en el vientre, rompiéndole el intestino delgado, y como consecuencia le sobrevino la peritonitis que le produjo la muerte.

El parricida, que se halla convicto y confeso, gozaba de buena fama en Serradilla.

Diario de Córdoba, 07/08/1927, p. 3

INFORMACIÓN DE BARCELONA. MÁS DETALLES DEL DRAMA DE LA BARRIADA DE SANTS

La mujer asesinada ayer en la barriada de Sants se llamaba Francisca Guanix; tenía cincuenta y dos años. Por las actuaciones judiciales se ha averiguado que era viuda hace veintitrés años y que hace más de veinte tenía relaciones con Francisco Tost Matheu. De su matrimonio tuvo dos hijos; uno de ellos, José, se casó el mes pasado, y se estableció en Gabá, donde ejerce su oficio de chófer. Con Tost tuvo otros dos hijos; pero murieron pequeños.

En vida de su marido Francisca conoció a su matador, Antonio Fúster Olivé, de sesenta y tres años, como ya dijimos ayer, y no se sabe si mantuvo con este relaciones amorosas. Hace unos cinco meses Antonio volvió a verla. Solo y enfermo, pidió a Francisca protección, pues carecía de medios económicos, y ella lo llevó a su casa, previa autorización de Tost, su amante, atendiéndolo moral y materialmente.

Antonio elogiaba continuamente a Francisca, y decía que apenas pudiese trabajar le pagaría las deudas morales y materiales que con ella había contraído. No se sabe a ciencia cierta qué fue lo que ocurrió días pasados; pero Antonio se excusó de asistir a la boda del hijo de Francisca y abandonó la casa de esta, donde, como decimos, estaba acogido, para no continuar, según dijo, siendo gravoso.

Ayer volvió Antonio, y se supone que pretendió de Francisca mantener con ella relaciones, y ante la negativa de ella, la mató, como ayer dijimos, suicidándose después.

El Liberal, 13/08/1927, p. 3

MATA A SU MUJER, LA ARROJA A UN POZO Y ASISTE AL ENTIERRO

Ciudad Real.— Comunican desde Infantes que en el vecino pueblo llamado Torre de Juan Abad fue extraído días pasados de un pozo el cadáver de una mujer.

En los primeros momentos se creyó que se trataba de un suicidio, pero la autopsia hizo observar que la víctima presentaba en el cuello dos heridas, producidas por arma de fuego; y la Policía ha descubierto que se trata de un parricidio del que fue autor el marido, Fermín Rivas, el cual, después de disparar contra su mujer, ató al cadáver una piedra de ocho kilos y lo arrojó al pozo.

El parricida, hoy convicto y confeso, hasta su detención dio pruebas de sangre fría, de gran cinismo, llegando incluso a asistir al entierro de su víctima. El vecindario se halla consternado.

La Región, 13/08/1927, p. 7

DESGRACIAS Y DELITOS. CRÓNICA DE SUCESOS. EL MAYOR MONSTRUO, LOS CELOS. UN MARIDO MATA A SU ESPOSA. NO VIVÍAN BIEN POR SOSPECHAR ÉL DE LA FIDELIDAD DE SU COMPAÑERA

A las once y media de la noche del sábado se desarrolló una tragedia en el piso primero de la casa número 1 de la calle de Salvá, que causó la consiguiente impresión en aquel pacífico vecindario. En la mencionada vivienda habitaban el matrimonio Rafael Benigno Moreno, de 40 años, marinero, natural de Melilla, y Dolores Chaves Moreno, de 29 años, en unión del padre de esta, Eugenio Chaves, la mujer de este, hermana de Rafael, y dos hermanas de Dolores.

A la hora anteriormente dicha, y durante la cena, se suscitó una disputa de las frecuentes que sostenían por sospechar el esposo de la fidelidad de Dolores, y tomando la discusión tales proporciones que, enfurecido Rafael, cogió una navaja barbera y agredió a su esposa, infiriéndole gravísimas heridas. Como se desplomara en tierra, creyó Rafael que la había muerto y se dirigió a la calle, entregándose a la pareja de Seguridad, compuesta de los números 120 y 62, Francisco Navarro y Maximino Barreda, quienes lo condujeron al retén del Distrito del Mar, donde se instruyeron las diligencias que pasaron al juzgado de guardia. Este se personó en el domicilio del hecho, tomando declaración a los familiares de los protagonistas.

La infeliz mujer fue conducida al hospital, donde el médico de guardia doctor Ferrer Peris le apreció una herida incisa de 16 centímetros de extensión que se extiende desde la región mastoidea a las regiones carotidea y suprahioidea e interesa la piel, tejido celular subcutáneo, músculo externo, mastoideo, músculos suprahioideos, arterias facial, carótida y vertebral, y venas yugular interna, externa y anterior; otra herida incisa de ocho centímetros de extensión, que interesa piel y tejido celular subcutáneo, situada en la región braquial anterior derecha.

A pesar de la dificilísima operación que realizó el citado médico, ayudado por su compañero doctor Muñoz Delgado y de los practicantes señores Córdoba y Gil Navarro, la infortunada Dolores Chaves dejó de existir al poco rato.

Después de tomarle amplia declaración, el agresor fue encarcelado.

Según hemos podido averiguar, en el domicilio donde ocurrió la tragedia habitaba también un joven de 19 años, camarero, del cual sospechaba el Rafael tuviese relaciones con su esposa.

El juez que entiende en el asunto, magistrado don Francisco Monterde, ha expedido un exhorto a Osuna para que se tome declaración a un vecino llamado Francisco Moreno Arocas, de 60 años, tío de los protagonistas de este suceso, ya que el autor del crimen Rafael Benigno sospechaba fuese el amante de su mujer, por haber vivido con este algún tiempo y haberlos favorecido en algunas ocasiones.

Esta mañana, a las ocho, y en presencia del juez señor Monterde, del oficial habilitado señor Ponce y el alguacil don José Puyal Llanas, se le ha practicado la autopsia a la desventurada Dolores Chaves, por los médicos forenses señores Arroyo y Archer.

Rafel Benigno prestaba sus servicios en el vapor Albal, de la casa consignataria Noguera, de cuya embarcación desembarcó el 5 del actual, hospedándose en el domicilio de su hermana, que es donde estaba su esposa.

Con esta no había hablado Rafael desde el 23 de julio hasta anteanoche, en que se agrió la disputa, que acabó como hemos relatado.

La Correspondencia de Valencia, 15/08/1927, p. 2

ANDALUCÍA. CRIMEN PASIONAL

Jaén.— En Martos un individuo llamado Francisco Chamorro Aguilera mató de un tiro a su amante Dolores Delgado Torras. Una vez cometido el hecho, Francisco se suicidó. Vivían hace algún tiempo amancebados. Ella deja cuatro hijos y estaba en estado avanzado, y él, que estaba casado, deja tres hijos.

La Libertad, 17/08/1927, p. 2

DE CATALUÑA. MUJER ASESINADA

Barcelona.— Comunican de Gerona que en el pueblo de San Sadurní, cerca de La Bisbal, en una casa de campo denominada del Ermitaño, ha sido asesinada Lucía Xirgu Domingo, de sesenta y tres años. Se ignoran más detalles de este hecho.

El Sol, 20/08/1927, p. 3

MATA AL AMANTE DE SU ESPOSA Y DESPUÉS LE ROBA. UN DRAMA PASIONAL ENTRE INDÍGENAS

Casablanca.— Los pasados días se tuvo conocimiento de haber sido hallado en las inmediaciones de Bas el Ain el cadáver de un indígena. Al principio se creyó que la muerte había obedecido a una agresión aislada, pero por las investigaciones de la policía se ha llegado a averiguar que el indígena había sido muerto por venganza.

Se trata de un drama pasional. En la noche del 20 al 21, según declaraciones de la esposa, estaba con su amante en una choza cuya puerta estaba abierta. Oyó decir a un próximo pariente que dormía en aquellas inmediaciones que si salía su amante le daría muerte. Creyendo que corría peligro, la infiel esposa cerró la puerta. Entonces se oyeron dos disparos. Uno le hirió en la boca y atemorizado por lo sucedido abandonó la choza y huyó. El marido siguió disparando y logró matarlo. Entonces le despojó de dos mil quinientos francos.

El Telegrama del Rif, 30/08/1927, p. 3

30. Peligro

Celsia Regis avanzaba atropelladamente por las calles de Madrid. Acababa de enterarse de que Romualdo, hacía ya un mes, había huido de la prisión y por eso ella se dirigía a casa de Rosita, sin perder un segundo, para advertirla del peligro. Desde luego, si se presentaba en el domicilio, no podía hacerlo abiertamente sin exponerse a la detención, pero era seguro que tendría ánimo suficiente como para visitar a su esposa y darle un disgusto. Sobre todo, pensó Celsia Regis con aprensión, si la encontraba de buenas a primeras con el tipógrafo socialista o incluso si los hallaba en situación más o menos efusiva y pecaminosa.

—¡Dios mío! ¡Qué peligros está corriendo esta chiquilla! ¡Cuánto se parece su caso a la novela de *Colombine*! ¡Qué espanto!

Celsia Regis, tomando aire en la máxima cantidad que sus prendas interiores le permitían, levantó con sus dos manos los largos faldones que todavía no se había animado a desechar (prendas de ultimísima moda algunas décadas atrás) y procuró aumentar la efectividad de su carrera dejando espacio libre para que avanzasen las piernas. Repentinamente, un vientecillo salido de detrás de una esquina se encaprichó de su sombrero, que se había desajustado en los vaivenes de las prisas, y lo lanzó a correr calle atrás por su propia cuenta. Celsia miró el vuelo de su tocado, dudando entre seguir su objetivo primero o perder unos segundos para recuperarlo. Un rapazuelo salido de la nada lo tomó y lo agitó ante sus ojos, pero en lugar de devolvérselo inició un galope en sentido contrario haciéndole burla con la otra mano. La mujer, olvidada de su misión, inició un trotecillo en persecución del ladronzuelo, pero el chico, que no miraba hacia adelante, tropezó con un anciano que avanzaba en dirección opuesta. Joven y anciano cayeron al suelo, el sombrero rodó y algunos paseantes se acercaron para ayudar o para increpar al gamberro. Celsia Regis tomó su pertenencia y se desentendió del conflicto. Tenía que llegar a casa de Rosita antes de que ocurriera una desgracia. Si Romualdo era un delincuente huido de la justicia, si ya había perpetrado robos con violencia sin cuestionarse llegar o no al asesinato, ¿qué le importaría hacer daño a una pobre mujer indefensa? Ella no quería ni pensar en la escena temible de un hombre violento y duro, sin temor de Dios ni de los hombres, que no pierde nada al maltratar o incluso asesinar a la esposa infiel, a una mujer a quien no consideraba un ser humano, sino un objeto de su propiedad, un envoltorio de su propia vanidad, una esclava sin derecho a nada y sin personalidad particular.

No, Celsia Regis no quería imaginar ninguna escena como la que tal vez estaba sucediendo en casa de Rosita en aquellos momentos. Sudorosa, temerosa y semiasfixiada, pero con el propósito invulnerable de salvar una vida ajena, la mujer alcanzó la calle del domicilio de su sobrina. Antes de traspasar el portal, que estaba abierto, miró a izquierda y derecha para comprobar que nadie la vigilaba; entonces entró con decisión y abordó el comienzo de las escaleras. Subió unos cuantos escalones aferrada al pasamanos procurando regularizar la respiración por lo que le pudiera esperar más arriba. Cuando llegó al primer piso tendió el oído por si llegaba alguna llamada de auxilio desde arriba. Solo oyó el silencio. Al fin, sin detenerse a disimular el taconeo de sus botines sobre los escalones de madera, llegó al segundo piso y allí, delante de la puerta de Rosita, se detuvo durante algunos instantes para acabar de recobrar el resuello. Una pequeña abertura entre la madera y su marco mostraba que la cancela estaba abierta. «Mala señal», determinó la mujer, y sin pararse a pensar empujó la puerta e irrumpió en la estancia con todo su peso.

Cualquiera se hubiera imaginado que desde dentro de la habitación había sido muy fácil oír los pasos apresurados que resonaron en la escalera y tender una trampa a la recién llegada.

Eso Celsia Regis lo comprobó en cuanto puso los pies en la estancia. Una mano poderosa la empujó hacia adelante, ella perdió el equilibrio y, cuando cayó de bruces sobre la mesa de la cocina, un bulto masculino se echó sobre su cuerpo con la posible finalidad de estrangularla. No era una postura precisamente recatada. Celsia Regis notó sobre su espalda el pecho del hombre, que dejaba caer todo su peso sobre ella, y para aumentar la desventaja le clavó la punta de la navaja a la altura de las costillas falsas.

—¿Dónde está Rosita? —dijo una voz varonil entrecortada.

La mujer, dentro de sus posibilidades, respiró. Eso significaba que, de momento, Rosita y el niño estaban fuera de peligro.

—¿Dónde está Rosita? —insistió la voz y, para resultar aún más convincente, hizo presión con la navaja sobre los ijares de su víctima.

Celsia Regis ni se inmutó. Ciertamente, el corsé de toda la vida no resultaba cómodo ni moderno para los tiempos corrientes, pero la punta de la navaja había topado con su armazón de varillas. Consuelo González Ramos, es decir, Celsia Regis, la directora de la revista *La Voz de la Mujer*, era una defensora del feminismo y, de paso, una mujer pacifista. Pero, además de ser periodista y estudiar en su juventud magisterio, primero en la escuela Normal de Valladolid y luego en Francia, había tenido algunas otras ocupaciones. Hacía casi veinte años se había embarcado voluntariamente para ir a África como enfermera y había presenciado en Melilla la guerra de Marruecos. Anda que no había visto poca sangre, violencias y desmanes por ambos contendientes. También había colaborado con la prensa africana durante cinco años y, allí en Melilla, había escrito *La mujer española en la campaña del Kert*, firmando como *Doñeva de Campos*. Incluso había sido la primera mujer colaboradora de *El Telegrama del Rif*. En fin, qué tiempos y qué peligros había pasado en aquella época. A pesar de todo, ella se juzgaba una mujer pacifista en la medida de lo posible.

En tan desairada situación personal, Celsia Regis alejó sus recuerdos del pasado y se centró en solucionar sus circunstancias del presente, mientras el hombre, asombrado, consideraba el aguante de una mujer que resistía sin rechistar el pinchazo de su navaja. No iba a ser del todo difícil. Un poco más allá de su nariz se había volcado sobre la mesa una botella de vino, así que, alargando simplemente el brazo derecho, la mujer asió el gollete de la vasija y lo estampó contra la cabeza del agresor. Una lluvia de vino rosado hermanó a los contendientes por un momento y, cuando Celsia se incorporó, el cuerpo desmadejado del Renco se escurrió por su espalda hasta el suelo.

—¿Dónde está Rosita? —preguntó ella, por si acaso, pero estaba claro que ese enigma no lo iba a descubrir de momento ninguno de los dos.

El Renco gruñó desde abajo.

—¡Ave María Purísima! —respondió ella como para compensar el mal realizado.

Allí, aparte del visitante misterioso, no había nadie. Celsia Regis registró rápidamente las habitaciones sin observar nada desacostumbrado. A primera vista, no faltaba nada importante. Quizás Rosita y el niño habían salido con lo puesto o apenas una pequeña maleta con lo más necesario. Pero ¿quién era el hombre que la había atacado? ¿Para qué quería encontrar a Rosita? Probablemente, sería un enviado de Romualdo que pretendía secuestrar a la mujer para entregársela al marido sin que este se pusiera en peligro.

—¿Quién es usted? ¿Dónde está Romualdo?

Una carcajada despectiva puso en claro que el herido no se iba a dejar impresionar por ningún otro tipo de violencia, así que Celsia Regis, antes de que el hombre se sobrepusiera, decidió poner pies en polvorosa y continuar su búsqueda por otros lugares. Quizás Rosita ya se había enterado de la evasión de Romualdo y se estaba escondiendo por su cuenta. O quizás... Sí, seguro que la muy pícara se había conchabado con su amante para huir en compañía. ¡Ese Juan José! Un tipógrafo socialista enamorado era capaz de cualquier cosa, hasta de fugarse con una mujer. ¿Es que no sabían que las leyes obligan a la mujer casada a permanecer en el domicilio familiar establecido por el marido? ¿Cómo no se les había ocurrido acordarse de que el adulterio era un delito?

Celsia Regis recobró el empuje que la había llevado hasta la casa de Rosita y salió en cuanto pudo por la puerta. Necesitaba imperiosamente ponerse en contacto con Clara Campoamor y que ella la informase de si existía alguna posibilidad de que la Guardia Civil se dispusiera a perseguir a una mujer adúltera, a su hijo y a su enamorado. Naturalmente, Romualdo no la podía denunciar para traerla al hogar, estando él perseguido, pero ¿y si lo hacía a través de algún familiar o conocido? ¿Podían legalmente perseguir a Rosita por abandono del hogar y por adulterio? ¿Y Romualdito? ¿Qué pintaba el pobre niño en todo ese lío, huyendo de su casa con un padre postizo y una madre desbocada?

Celsia Regis, una vez en la calle, advirtió que había perdido definitivamente el sombrero y que, además de las manchas de vino sobre la pechera, cualquier persona delicada iba a percibir a gran distancia que olía a alcohol horrorosamente.

Sin embargo, todos estos escrúpulos se esfumaron en el vacío cuando Celsia Regis arribó a la imprenta socialista. Hacía dos días que Juan José había partido de viaje hacia Valencia. Su madre, viuda y sin otra familia, había sido atropellada por un camión de mercancías y estaba ingresada en uno de los sanatorios de la ciudad. El tipógrafo había tenido que tomar el primer tren que salió hacia la ciudad del Turia. Uno de sus compañeros, que lo acompañó a la estación, explicó que había marchado solo, con la única compañía de un bocadillo de sardinas.

31. El milagro de Fátima

Cuando la hermana de Romualdo llegó con su encargo a casa de Rosita, la halló a punto de salir a la calle para hacer las compras del día. Romanito, con sus pantaloncitos cortos y el pelo recién peinado, aplastado a los dos lados de la raya con la ayuda de un peine remojado en agua, también se encontraba en perfecto estado para emprender una aventura.

—Y es que ya tengo comprados vuestros billetes para el tren —anunció la recién llegada.

—¿Los billetes? —se sorprendió Rosita—. Pero es que así, sin avisar, yo no puedo…, no digo que me parezca mal, pero tan de repente…

La hermana de Romualdo era una mujer bastante enérgica a la que Rosita solo había avistado, y muy de lejos, el día de su fatídica boda. Desde entonces hasta aquel momento había estado desaparecida. Por eso a Rosita le resultaba tan sorprendente que Isidra, como dijo que se llamaba, se presentase de buenas a primeras y con aquellas intenciones tan devotas.

—¡Hay que hacer un esfuerzo para que se produzca el milagro! Al fin y al cabo, es un viajecito corto, una peregrinación de dos o tres días que será suficiente para cambiar toda la vida. Ya he comprado tres billetes de ida —y añadió con cautela— y de vuelta, naturalmente. El billete del niño tenía descuento por minoría de edad.

Lo que la mujer les proponía era emprender en su compañía un viaje de peregrinación hasta el Santuario de Nuestra Señora del Rosario de Fátima, en Portugal.

—Si todo sale bien y la Virgen nos escucha, como escuchó a aquellos pobres niños, unos niños un poco mayores que Romualdito, es posible que ocurra el milagro y que, gracias a nuestro sacrificio, indulten a Romualdo padre. Porque tú estarás deseando volver a ver a tu marido, ¿o no?

Rosita consiguió disimular el gesto de espanto con otro de sorpresa. Si el milagro consistía en que regresara a casa el marido convicto, sería mejor que no sucediera esa maravilla. Sin embargo, ese secreto no se lo podía contar a la hermana.

—Portugal está demasiado lejos, está fuera de España —opuso débilmente—; y yo ahora que salía a comprar la hogaza de pan que tengo encargada, no creo que...

—¡Qué muchacha más simple! —Se enfadó Isidra—. ¡Cambiar un milagro por una hogaza de pan! ¡Si volvemos en tres días! ¿Te vas a negar a tener una pequeña molestia a cambio de salvar a tu marido?

A continuación, la mujer mudó su interés y se dirigió al niño para conmoverlo con su historia piadosa.

—Lucía dos Santos, Jacinta y Francisco Marto eran tres pastorcillos portugueses que hace solo unos años presenciaron un milagro. —Isidra se agachó para encararse con el niño—. Cuando ocurrió, Lucía solo tenía diez años y sus amiguitos, seis y nueve. Tan buenos eran esos niños que, en tres ocasiones distintas, habían contemplado la presencia de un ángel, y todo mientras cuidaban a sus ovejas.

Romualdito, para su madre Romanito, abrió los ojos con la inocencia que solo tienen los niños. Cualquier historia con un protagonista infantil le parecía fabulosa. Isidra relató que, cuando pastoreaban su rebaño, una vez en la cueva Loca do Cabeço, en Valinhos, y otra en el Pozo del Arnerio, en casa de Lucía, en Aljustrel, los niños habían recibido la visita del Ángel de la Paz, que les había enseñado a rezar, a pedir la conversión de los pecadores, a sacrificarse y a adorar a Dios. Esa aparición, sin embargo, era una simple preparación para recibir más adelante la visita de otro ser celestial mucho más importante.

—Y ese milagro se produjo hace ahora diez años y en varias ocasiones, entre mayo y octubre. Por eso es tan importante que emprendamos hoy mismo el camino, antes de que pase el momento clave de la peregrinación —explicó dirigiéndose a Rosita para, a continuación, volver a dirigirse a su hijo.

Isidra había encontrado al oyente perfecto. ¡Qué fácil le resultó a Romanito identificarse con cualquiera de esos niños descritos con tanta precisión fotográfica! Los tres chiquillos eran tan delicados e indefensos como él mismo: tres niños pobres, con sus malos zapatos y sus camisas gastadas. Las dos niñas, las manos cruzadas sobre el vientre o bien en la cintura en un gesto predictor de futuras obligaciones, oteaban al frente con mirada seria, incluso torva, como retando a los incrédulos a contradecir su historia fabulosa. El chico, con sus pantalones arrugados y la chaquetilla oscura que ya le quedaba pequeña, también posaba seriamente, convencido de su misión. Los tres niños, con los labios apretados y el gesto tenaz, eran tres mártires destinados a sacrificar sus vidas sencillas para dar al mundo la noticia del milagro.

—El domingo 13 de mayo de 1917 fueron a apacentar a sus ovejas, como de costumbre, a la Cova da Iria, muy cerquita de Fátima, pero ya no vieron al Ángel de la Paz. ¿Y a que no sabes qué vieron encima de una encina?

Romanito no sabía qué vieron encima de una encina, pero imaginaba que no podía ser un pájaro ni una ardilla, así que se mantuvo en silencio, esperando con una sonrisa la confidencia.

—¡Pues vieron a la Virgen María, más brillante que el sol, vestida de blanco, con un manto con bordes dorados y un rosario en las manos! Les dijo —Isidra hizo un esfuerzo por modular su voz hasta tonos agudos—: «Tenéis que volver el mismo día y a la misma hora durante cinco meses y también rezar el rosario». —Isidra calló unos instantes, para dejar que la historia piadosa hiciera su efecto—. Y eso hicieron los niños: volvieron todos los días 13 de cada mes —añadió dirigiéndose a Rosita especialmente—. Pero no solo regresaron a visitar a la Virgen, sino que también comenzaron a disciplinarse, a llevar cordones apretados alrededor de la cintura hasta que se les saltaba la sangre, a hacer obras de penitencia, a mortificarse.

—¿Mortificarse? —opuso Rosita con aprensión—. Unos niños tan inocentes quizás no necesitasen tanta mortificación.

—¡Tenían que hacer penitencia para compensar los pecados de toda la humanidad! Por eso la Virgen nos exhorta a todos al arrepentimiento. Y esos niños, con tanta devoción, con tanto sacrificio, fueron capaces de propiciar un milagro, incluso de presagiar guerras y calamidades en todo el mundo. ¡Hasta llegaron a adivinar su propia muerte!

Rosita sintió un escalofrío por la espalda. Aquellas historias piadosas le resultaban extremadamente crueles. ¡Qué difícil era siempre la vida! Ella, hasta el momento, había tenido más desventuras que otra cosa y ahora, cuando comenzaba a probar las mieles del amor, aunque fuera un amor adúltero y culpable, aparecía la hermana de Romualdo para recordarle su pecado y la necesidad de expiación.

—Al principio nadie creyó a los chicos, pero poco a poco fueron cobrando fama, y ahora son seguidos por miles de personas que, desde entonces, se concentran en su pueblo natal.

—¿Vamos a visitar a los niños? —se interesó Romanito.

—¿Aún siguen vivos? — dijo Rosita.

—¡Oh, no! Como he dicho, ellos adivinaron su propia muerte. Tras la mortífera epidemia de gripe que asoló Europa y América, Francisco y Jacinta cayeron enfermos. Francisco murió un 4 de abril y Jacinta, que pudo curarse, al poco tiempo sufrió una pleuritis purulenta y también murió —aclaró con cierta complacencia—. Pero nos han legado su milagro. Tras la última aparición de la

Virgen el 13 de octubre de 1917, se produjo el Milagro de Fátima, o Milagro del Sol, que presenciaron más de 70 000 espectadores. ¡Todos vieron que el sol, por intercesión de la Virgen, danzaba en el cielo, zigzagueando, y que después giró hacia la Tierra envolviéndolo todo de colores radiantes!

Rosita y su hijo quedaron en silencio. La madre, en concreto, no podía entender qué tenía que ver el Milagro de Fátima con ella o con Romualdo, pero la presencia de Isidra le despertaba un lacerante sentimiento de culpabilidad.

—Después de aquello, la Virgen pidió la conversión de los pecadores y que construyeran una capillita en aquel lugar, o que hicieran más adelante un santuario. ¡Ah, y sobre todo, sobre todo, rezar! ¡Rezar el rosario!

Isidra quedó agotada después de utilizar tanta energía persuasoria y, haciendo un esfuerzo evidente, introdujo la mano en el bolso que portaba. En primer lugar, extrajo un rosario, que depositó encima de la mesa, y con una sonrisa cautelosa en los labios rebuscó en el interior hasta encontrar los billetes de tren y ponerlos ante los ojos de Rosita.

—Hala, espabilarse, que es para hoy. Hay que contentar a la Virgen y a Romualdo, para que vuelva a casa.

32. El crimen de la calle Trafalgar

Los arbolitos raquíticos de la plaza de la Villa de París daban una sombra ridícula, pero Clara Campoamor ralentizó sus pasos bajo sus ramas mientras meditaba. Hacía mucho calor y, a pesar del sol radiante, a ella le resultaba un día propenso a la oscuridad espiritual. ¿Dónde estaba Rosita? Celsia Regis le había dado la noticia catastrófica de la evasión de Romualdo y, a la vez, la de la desaparición de la chica y de su hijito. ¿Tendrían algo que ver las dos ausencias simultáneas? Dos ausencias... o tres, porque Juan José también se había evaporado, aunque en este caso sus compañeros decían que se hallaba en Valencia al cuidado de su madre, milagrosamente viva después de un atropello. Por cierto, ¿quién sería aquel extraño individuo al que Celsia Regis, según su propia versión, había malherido en casa de Rosita? Era imposible hallar un lugar en la imaginación donde colocar la imagen de la buena mujer aporreando a un desconocido.

Clara observó a un lado de la plaza la Audiencia Provincial y en el otro bando el Tribunal Supremo. En realidad, ella no tenía nada que hacer allí, ya que ambas instituciones permanecían casi cerradas por vacaciones. De hecho, aquellos días de agosto eran inhábiles para todas las actuaciones judiciales que no fueran estrictamente urgentes. Bajo el sol veraniego solamente mantenían cierta actividad los juzgados de instrucción y de primera instancia.

La abogada sopesó algunas posibilidades. ¿Debería denunciar la desaparición de Rosita en el juzgado correspondiente? Por un lado, tenía miedo de que estuviera en peligro, pero por otro no quería levantar sospechas y exponerla a la atención ajena. ¿Y si se había fugado con Juan José, como pensaron en algún momento? No quería imaginarse la opción de que no estuviera con el tipógrafo y que fuera Romualdo quien se los había llevado.

En otro orden de cosas, ¿cómo andarían sus propuestas legales para la supresión del «artículo rojo»? Aparte de la renuncia de las personalidades más liberales en la composición de la Comisión Revisora, no parecía que el anteproyecto del nuevo código cobrase grandes bríos. ¿Se acordaría alguno de los sesudos varones que componían dicha Comisión de todo lo que habían argumentado Matilde Huici y ella misma en relación con el dichoso artículo? Había veces que la vida parecía paralizarse y aquel verano de 1927 se había quedado varado en un punto muerto donde nada se movía.

Con estos y otros pensamientos poco festivos Clara se dirigió a su despacho. Si no tenía ningún cliente esperándola podía aprovechar para acabar de redactar alguna de sus reclamaciones o incluso para echar una cabezadita apoyando la frente sobre los códigos. En más de una ocasión ese contacto físico y somnoliento entre la frente y las fuentes legales le había inspirado unas páginas bastante chispeantes.

Sin embargo, cuando llegó la aguardaba una visita inesperada. Doña Engracia de Castromonte y Figueras hacía tiempo en su antesala abrazada a un voluminoso álbum de los que se utilizaban para coleccionar fotografías. Pero lo más extraño fue que doña Engracia, contraviniendo su personalidad agresiva de las visitas anteriores, sonreía ahora con una mueca triste y desolada.

—Buenas tardes. No sabía que iba a contar con su presencia.

A partir de la visita de doña Engracia en el mes de mayo, Clara Campoamor estaba gestionando para ella la devolución de sus bienes parafernales, en su caso una buena cantidad de dinero y muebles valiosos, recibidos en herencia antes del matrimonio, y que ella, por la fuerza de la costumbre, había entregado al marido el día de la boda para que los administrase.

—Todavía no tenemos fecha para la vista, pero seguro que será a comienzos de septiembre. Ya sabe usted que, en agosto, en

España no funciona nada —informó la abogada, y añadió procurando convertir en una broma la conversación del primer día, cuando ella le sugirió la opción de ajusticiar al marido adúltero—: Le advierto que, en cuanto a la ampliación del 438 para incluir la eximente de carácter emocional para ambos sexos, hoy por hoy, aún no hay nada de nada.

Pero doña Engracia no venía por cuestiones personales, sino por la voluntad de ofrecer a Campoamor su particular punto de vista acerca de las disputas y fricciones entre el hombre y la mujer.

—Se extrañará de mi visita. Hoy no vengo a reclamar nada, sino a ofrecer.

Clara se sorprendió mucho del cambio operado en la mujer. En aquellos momentos no se mostraba altanera, sino más bien reblandecida, como humanizada en relación con su genio huraño anterior. Además, quizás por la llegada del calor del verano, había trocado sus trajes antiguos por un modelito ligero, mucho más moderno, con una tela liviana y el corte bajo en la cintura que tan bien resultaba en las chicas jóvenes. La abogada, recordando sus tiempos de modistilla, no pudo dejar de admirar el buen gusto en el cambio de patrón. ¿Se estaría volviendo doña Engracia una mujer moderna?

—Vengo a ofrecerle mi colaboración en su lucha a favor de las mujeres —completó doña Engracia solemnemente, ofreciéndole el álbum que tenía en las manos—. Aquí está la colección de noticias correspondientes a lo que llevamos de año y que he titulado, provisionalmente, «Por mano de mujer». Verá usted unas pocas violencias femeninas y su consideración social, en contraste con los crímenes cometidos por los hombres, que pienso coleccionar más adelante. ¡Y qué injusto resulta todo! Los delitos masculinos contra las mujeres apenas quedan reseñados en la prensa. Sin embargo, en cuanto una mano femenina se alza contra el varón, aunque solo sea para defenderse, es objeto de burla o de la crítica más acerba.

Clara Campoamor, con la aprensión sobre el paradero de Rosita y otros asuntos, no tenía la cabeza para muchas sutilezas, pero se apiadó del cambio operado en doña Engracia. Al fin y al cabo, era una mujer como tantas otras que intentaba comprender una realidad de la que formaba parte y que se oponía a seguir mansamente el camino predeterminado por su sexo; así que se avino a dejarse adoctrinar por su visitante. En el álbum de doña Engracia aparecieron unas pocas noticias, algunas burlonas, como el ataque de la mujer de un chófer a las clientas de un cabaret, ocasionado por los celos; y otras trágicas, como el disparo de la condesa Alina contra su marido.

—El periódico indica que se trata de un «crimen pasional», pero si se lee la letra menuda se comprende que, estando en trámites de divorcio y habiendo dos hijos, el resultado iba a ser favorable al marido. Por eso le descerrajó un tiro.

—¡Ah, los crímenes pasionales suelen esconder motivos mucho menos románticos en cualquiera de los sexos! Eso lo veo yo en los tribunales casi todos los días.

—Ese delito ha ocurrido en Francia, pero vea usted, doña Clarita —añadió doña Engracia arrogándose una confianza que todavía no se había ganado, mientras extendía sobre la mesa un rimero de recortes de diferentes periódicos—, vea usted cómo nos tratan los periodistas a las mujeres españolas.

—¡Qué me va usted a decir! —Se animó Campoamor—. En mis propias carnes ya he sufrido en unas cuantas ocasiones las ocurrencias grotescas de los plumillas.

Doña Engracia extrajo del álbum uno de los recortes de prensa que ocupaba mayor espacio.

—Este es el drama de una mujer, Josefa Fuentes, que ha asesinado recientemente a su marido en Barcelona. Todavía no tengo todos los datos de su historia, pero la conoceré muy pronto, en cuanto vuelva de sus vacaciones mi cocinera, que proviene de Zuera, provincia de Zaragoza y lugar de nacimiento de la asesina. Seguro que a ella, en un pueblo donde todos la conocían desde la infancia, le cuentan los detalles verdaderos del crimen en toda su verdad. Ahora bien, según la prensa, en un principio el hombre apareció muerto en el portal de su domicilio con una herida en la cabeza, como si lo hubiesen querido atracar; pero enseguida consideraron sospechosa a la mujer y por ello registraron la casa. Allí encontraron un cristal roto y unas manchas de sangre en la pared, en el pomo de una puerta, en el zócalo del suelo y en el colchón de una cama. Entonces comenzaron las hipótesis.

Algún reportero publicó que Josefa había asesinado a su marido con una plancha, y otros dijeron que con un hacha o con un martillo: ¡bonito espectáculo! Algunos más, previendo un crimen premeditado, aseguraron que había contado con la ayuda de los dos hijos que vivían con ellos, Pepe o Guillermo. Mire usted qué cantidad de fotografías y cómo han disfrutado los lectores del *Heraldo de Madrid* leyendo la descripción de la asesina:

EL HORROROSO CRIMEN DE LA CALLE DE TRAFALGAR
Aclarada la inculpabilidad de Guillermo García, el juez ordenó esta madrugada que fuese puesto en libertad. ¿Ha quedado aclarado si doña Josefa pudo cometer sola el asesinato? Barcelona.— Han transcurrido once días desde que se cometió el ya famoso y popular crimen de la calle de Trafalgar. La opinión apasionada sigue paso a paso la labor del Juzgado, aguardando intrigadísima el desenlace de las actuaciones judiciales, realizadas todas ellas en torno a la ya tristemente célebre doña Josefa Fuentes, mujer que absorbe hoy por completo la actualidad de toda España.

Hasta los periodistas, avezados a esta clase de trabajos e informaciones, seguimos interesados las alternativas de este sumario, admirando la perseverante labor del Juzgado, cuyos estudios se estrellan ante el temple y firmeza de la esposa de D. Mariano García.

Realmente, la protagonista de este novelesco suceso constituye un verdadero caso patológico que sume en un mar de dudas y confusiones al Juzgado, a la Policía, a los reporteros y a cuantas personas siguen de cerca la depuración de la causa.

Doña Josefa es una mujer desconcertante. O se trata de una mujer anormal o es poseedora de un gran talento, de una experiencia sin límites que utiliza a maravilla para desempeñar los más variados papeles. Doña Josefa constituye un caso curioso de estudio para la ciencia moderna. Véase si no cómo se conduce desde el mismo día del crimen. Apenas se presenta el juez en su casa a la mañana siguiente del suceso, doña Josefa recibe con toda amabilidad a aquel, se lamenta de la muerte de su marido, aparece consternada y pide justicia contra los asesinos. A los tres días, cuando la Policía se presenta en la casa de la calle de Trafalgar con orden de detener a doña Josefa, esta se muestra compungida, lloriquea y hace constantes protestas de inocencia. Una vez en el despacho del juez, su actitud no puede ser más anormal. Permanece abatida, sentada en la silla, con la cabeza hundida en el pecho y los brazos cruzados, ajena a cuanto sucede a su alrededor. De pronto se siente movida como por un resorte, se levanta bruscamente, habla, manotea, dialoga, mira a todas partes, hasta que hay necesidad de hacerla callar.

Presta dos declaraciones negando toda participación en el crimen y fingiendo no saber firmar. En cambio, a las veinticuatro horas cambia radicalmente de parecer, se confiesa autora única de la muerte de su marido, firmando la declaración. Explica con todo lujo de detalles la forma en que se desarrolló el hecho. Se reconstituye la escena ante el Juzgado y doña Josefa obra de acuerdo con lo que tiene dicho. Dos días más tarde aparecen nuevos indicios en la casa y al ponérsele de manifiesto a doña Josefa, esta rectifica su primera confesión explicando minuciosamente de nuevo el hecho, pero en forma muy distinta a la primera.

Doña Josefa habla, habla. Si se le hace observar alguna contradicción en sus palabras, rectifica entonces rápidamente diciendo: «Sí, tiene usted razón, señor juez».

En la prisión, unas veces permanece horas enteras en silencio; otras grita con todas sus fuerzas diciendo que no ha asesinado a su marido; que no ha hecho más que defenderse porque él pretendía matarla. A veces hay en ella cosas que parecen de epiléptica. Cuando sale a la calle, sus exclamaciones son estas: «¡Criminales! ¡Asesinos! ¡Pero si yo no he hecho nada!». Y esto lo dice una mujer que tan explícitamente se ha declarado autora de la muerte de su marido.

Hay veces que cuando el juez la interroga doña Josefa responde con brusquedad y malhumor. Cuando se le advierte que está hablando con el juez, entonces cambia de tono y tiene todas las melosidades y halagos para el Sr. Fernández Cabada.

Del vecino de la casa número 76 de la calle de Trafalgar, D. Mariano Traval, que fue el que descubrió el complot de doña Josefa, no puede ni siquiera oír hablar. Por eso durante la última reconstitución del hecho, cuando el juez ordenó llamar al Sr. Traval, al oírlo doña Josefa dijo gritando: «Sí, sí, que venga ese farsante».

El médico forense, doctor Bravo, es otra de las preocupaciones de doña Josefa. Apenas lo ve se pone frenética y nerviosa y no hay manera de tranquilizarla hasta que aquel se marcha.

Siempre se cree perseguida por dicho médico. Constituye para ella una verdadera monomanía.

Y tan cierto es todo esto, que en ello ya ha reparado sobradamente el juez y no deja de preocuparle; tanto, que no sería extraño que a lo mejor el Sr. Fernández Cabada ordenara la práctica de algún examen facultativo sobre el estado mental de doña Josefa para disipar así sus dudas.

—¡El estado mental de doña Josefa! —repitió con su tono más agudo doña Engracia, imitando a su loro—. ¿Cómo pretenden que se comporte una mujer desesperada que acaba de matar a su marido y solo procura salvarse y exculpar a sus hijos? ¿Es que un hombre se mostraría más ecuánime?

Clara Campoamor asintió. Estaba harta de ese pretendido histerismo de las mujeres, la excusa que la sociedad patriarcal utilizaba siempre para quitarles la razón.

33. La indolencia del tren

Rosita, obediente a la costumbre gregaria impuesta por Romualdo, siguió a Isidra hasta la estación del tren, buscando en su interior excusas que pudieran desbaratar la expedición, pero no fue capaz de encontrar ninguna. Urgida por la presunta cuñada, había hecho un pequeño atadijo con unas mudas y algún comestible que les durase durante las horas del viaje.

—¡Hala, hala! No tanto comer ni ocuparse de las necesidades del cuerpo. Lo importante es la salvación del alma, rogar por los pecados del mundo y disciplinarse —insistía la mujer para que se dieran prisa—. Tiempo habrá de proveerse de todo lo necesario cuando lleguemos. ¡Como si en Fátima no tuvieran de todo!

Isidra había tomado a Romanito por la mano y los guiaba a buen paso hacia la estación, así que a Rosita no le quedaba más remedio que seguirlos. Mientras tanto, la asaltaban distintos pensamientos. Por una parte, aquel viaje le parecía absurdo; pero, por otra, pensaba que quizás ella merecía ese sacrificio, o ese castigo, para expiar su pecado. A lo mejor era todo una prueba que le serviría para encontrar el verdadero camino de su vida. ¿Tenía ella derecho a ser feliz o más bien se debía exclusivamente a la obligación de sacar adelante a la familia? ¿No hubiera resultado demasiado egoísta negarse a dar una oportunidad, aunque fuera espiritual, para la conversión de Romualdo?

Cuando llegaron a la estación del tren, apenas tuvieron tiempo ni para arrepentirse ni para volver a pensarlo, porque la máquina, que parecía haberlos estado esperando, en cuando pusieron los pies en las escalerillas emitió dos pitidos agudos y se puso en marcha. Isidra los empujó para penetrar en un compartimento vacío, cerró la portezuela a sus espaldas y se sentó. Después de haber padecido una horrible tensión durante todos los pasos de la persuasión para el viaje, por fin, descansaba.

—¡Buf! ¡Si casi lo perdemos! Con tanta ñoñería y tanto impedimento, por poco se va el tren sin nosotras. ¡Bueno se hubiera puesto Romualdo si se entera de que por vuestra culpa nos quedamos sin peregrinación!

—¿Pero Romualdo sabe dónde estamos? —dijo Rosita con aprensión.

—¿Y eso qué importa? Dios es quien lo sabe todo y a cada uno recompensará según sus merecimientos.

Romanito, muy agitado por la novedad de la excursión, se puso de pie sobre el asiento para ver a través de la ventana la partida del tren. Isidra, que no llevaba más equipaje que las cuatro cosas que cabían en su bolso, se quitó los zapatos, sacó el rosario que antes les había mostrado, lo dejó a un lado y se arrellanó en el asiento. Una vez cumplida su misión, cerró los ojos y se relajó. La máquina del tren seguía su marcha cachazuda con una música renqueante que convidaba al sueño. Mientras tanto, Rosita, clausurada la mirada severa de la mujer, se quedó observándola libremente intentando relacionar su fisonomía con la de Romualdo. ¿Se parecía de alguna manera a su hermano? Eso era muy difícil de verificar. Desde luego a Romanito no se parecía en absoluto. ¿Cómo comparar la mirada limpia y simpática del niño con aquellos otros ojos pequeños y encolerizados? Afortunadamente el niño había salido a la familia materna. Pero aun con todo, siendo Isidra y Romualdo similares en su carácter autoritario, físicamente eran totalmente distintos. ¿Se asemejaba cada uno a una parte diferente de la familia?

Entre estos pensamientos y algunas otras aprensiones fue quedando atrás Madrid y sus alrededores. Más allá de la ventana, los campos, yermos para aquellas alturas del verano, se sucedían y bailaban hacia atrás dejando un recuerdo polvoriento. El niño, que había comenzado la aventura con mucho entusiasmo, por el motivo que fuera se fue entristeciendo y terminó acurrucado en el regazo de la madre.

—¿Qué te pasa, cielo? ¿Te duele algo? ¿Te mareas?

—Aquí —señaló con el dedo el abdomen.

Ya solo faltaba que la criatura se pusiese enferma, pensó Rosita con desazón. Por su parte, la máquina seguía adelante y apenas paró dos minutos en la estación de Leganés y más adelante en Torrijos. Aunque Rosita hubiese deseado apearse con el niño, la presencia de Isidra la disuadió. Romanito finalmente se adormeció.

A más de cien kilómetros de distancia respecto a Madrid, el tren se detuvo en la estación de Talavera de la Reina, donde se incorporaron algunos nuevos pasajeros. Si hasta allí las mujeres y el niño habían viajado en el compartimento solos y en silencio, entonces se produjo la novedad de la llegada de otras tres mujeres bastante bulliciosas, vestidas con trajes que a Rosita le parecieron excesivamente provocativos, pero que suscitaron la atención de Isidra, recién despejada de un sueño reparador que la había puesto de buen humor.

Las viajeras, que eran amigas entre sí, celebraron la presencia del niño y, para confraternizar con Isidra y Rosita, sacaron de una cesta un trozo de pan, unas rajas de chorizo y una bota de vino y se lo ofrecieron. Rosita, que no tenía muy buen cuerpo, todo lo rechazó, pero Isidra, extrañamente conversadora y ya olvidada del rosario y de los niños milagrosos de Fátima, se apresuró a compartir comida y conversación. La joven madre, abrazada a su niño y sintiéndolo enfermo, cerró como él los ojos y, sin participar, oyó desde su aislamiento los diálogos y las chanzas que se suscitaron entre Isidra y las recién llegadas.

—Es que vamos a Lisboa, a buscar fortuna —explicó una de ellas, haciendo un guiño que Isidra comprendió.

—Allí las españolas son muy apreciadas —dijo la mayor, que parecía la madre de la más jovencita.

—Porque en España sufrimos abusos de todo tipo —dijo la primera—. Aquí donde nos ve usted, para defendernos hemos acudido a la justicia, sin ningún resultado, por supuesto.

Isidra resopló con suficiencia. Eso de que la justicia no daba buen resultado lo sabía hasta un niño de teta. ¿A quién se le ocurre que van a dar la razón a una mujer en las circunstancias que sean?

—Pues mire, estando nosotras dedicadas a esa profesión reglamentada —bajó la voz la primera, como para que el niño no oyera—, nos vino un Juan Pelanas a enseñar una insignia que decía más o menos que era agente de vigilancia.

—¡Y que nos tenía que llevar a la comisaría! Allí, ya se sabe que siempre falta un papel o la inspección médica o cualquier otra cosa, aparte del tiempo que se pierde y las ganancias correspondientes…

—Total, que nosotras teníamos prisa y el hombre más. Y él tenía una prisa… ¡Esas prisas! —Miraron al niño, que estaba dormido—. Así que nos prometió que renunciaba a llevarnos a la comisaría a cambio de determinadas prestaciones.

Las mujeres callaron, pero Isidra rellenó el silencio con una risa maliciosa.

—Ya me imagino. ¡Menudas prestaciones!

—Y nosotras, claro, ese es nuestro trabajo, le hicimos las prestaciones lo mejor que pudimos; pero cuando nos enteramos de que la insignia era falsa y que el Juan Pelanas no era agente de vigilancia ni tenía autoridad, esta se enfadó —la que hablaba señaló a la que parecía de más edad— y lo denunció ante el juzgado de guardia.

—Una tiene sus principios —argumentó la mujer—. Y hasta hace poco he tenido la esperanza o la ilusión de que la justicia brillaría en algunas ocasiones.

Aunque las mujeres no presentaban el asunto como una circunstancia propicia para la hilaridad, a Isidra le entró cierto cosquilleo en las fosas nasales que, si no conseguía encubrir, se acabaría convirtiendo en un ataque de risa.

—¿Brillar la justicia? —dijo para disimular—. ¡Para eso haría falta un milagro!

Rosita, al oír la palabra «milagro», salió de su sopor o de su ensueño, pero procuró no mover ni un músculo para ver cómo terminaba una historia tan singular.

—Así que empezamos nuestra aventura judicial —siguió la primera—. ¡Y contentas con no haber terminado en la cárcel, que yo no las tenía todas conmigo! Pero esta confiaba en el fiscal, ya que en una época lo había conocido en la intimidad. ¡La justicia, la justicia! ¡Menuda engañifa!

—La culpa la tienen las leyes, que están hechas para engañar a las mujeres y que se salgan con la suya todos los Juanes Pelanas —terció la joven.

—En realidad, fue un asunto muy confuso —explicó la defensora de la justicia—. Mi conocido el fiscal acusó al hombre de un delito de usurpación de funciones, ya que nos engañó diciendo que era agente de vigilancia.

—Pero el abogado del falso agente alegó que los hechos cometidos, o sea, «las prestaciones» que recibió, no corresponden a ninguna función pública, por lo cual el delito no consistía en usurpación de funciones, sino que fue un delito de violación o de abusos deshonestos.

Isidra escrutó alternativamente el rostro de las tres mujeres, que mostraban a la vez asombro, incomprensión y desencanto.

—¿Y...?

—Y como la denuncia se hizo por usurpación de funciones y no se perseguía la violación, el juez le dio la absolución.

—Ya ve usted, los hombres, todos son iguales —sentenció filosóficamente la más joven.

En aquel momento, por encima de las palabras de esta última, se oyó el chirrido de los frenos del tren, que acababa de entrar en la estación de Navalmoral de la Mata. Romanito, quizás debido al bamboleo de la máquina o porque desde el comienzo del viaje no se encontraba bien, se incorporó de golpe e hizo amago de devolver lo poco del desayuno que todavía tenía en el estómago.

—¡Madre mía! —exclamó Rosita, poniéndole una mano en la frente—. ¡Este niño está ardiendo!

Rosita miró a sus acompañantes, que por un lado sentían lástima por el niño, pero por otro temían que acabase vomitando en mitad del vagón con las consiguientes molestias para el resto del viaje. No quedaba más remedio que bajar un instante a los aseos de la estación para echar un poco de agua fresca en la frente ardorosa del hijo. Si no había aseos, habría una fuente o un botijo, cualquier cosa con la que poderle refrescar. Isidra miró torvamente a su protegida, pero como las tres viajeras hicieron gestos repetidos con las manos para alentar la salida, hizo caso omiso de un extraño presentimiento y se lo concedió.

—¡Hala, hala! ¡Que sea rapidito!

Aquel malestar no era una exageración del chico ni mucho menos, porque nada más poner los pies en las baldosas rojas del andén, el pobre Romanito se dobló en estertores y, entre toses, escupió una saliva verde densa y pegajosa. Las pasajeras que lo observaron tras la ventanilla hacían aspavientos de conmiseración.

¡Menuda contrariedad, el pobre niño, enfermo y de viaje! Rosita lo tomó en brazos y lo introdujo en la pequeña estación, que justo se había vaciado de los pocos viajeros que esperaban al tren y que acababan de subir. ¡Agua, un poco de agua para refrescar al niño! Efectivamente, en un rincón que le señaló el operario de la taquilla había un botijo y Rosita volcó un reguero en el pañuelo para aplicárselo a Romanito sobre la frente. Aquello era insuficiente, así que acabó llenándose el cuenco de la mano para lavarle la boca y la cara.

—Que beba un poco el niño —aconsejó el de la taquilla.

Romanito lamió la mano de su madre y ella, haciendo una cavidad en la palma, volvió a ofrecerle un traguito. El niño dio un sorbo pequeño. Rosita tornó a mojarle la frente. Lo abrazó. ¡Pobre niño, en un viaje tan absurdo, caer enfermo! A ver dónde se alojaban en Fátima. Rosita esperaba que el albergue que hubiera previsto Isidra tuviera unas condiciones mínimas para que se recuperase su niño. Que tuviera una jarra de agua y una jofaina, por lo menos.

—¡Viajeros al tren! ¡Viajeros al tren!

A causa de la zozobra que sentía, Rosita no reparó en el paso del tiempo, hasta que oyó a la misma vez los avisos del hombre de la taquilla y el pitido del convoy, que comenzaba su marcha. Por el susto, por la fiebre que le estaba subiendo o por mera casualidad, justo cuando madre e hijo pisaron el andén, unas nuevas bascas paralizaron a Romanito, que se dobló para vomitar el agua que acababa de beber. Al tiempo que sujetaba la frente del niño, Rosita alzó los ojos para ver, como en una pesadilla, los ojos violentos de Isidra, que la taladraban a través de la ventana mientras se alejaba engullida por la máquina sobre el camino de hierro.

—¡Virgen de las Angustias! —exclamó una mujer que había quedado observándolos junto a una pesada maleta. Probablemente se habían apeado al mismo tiempo y ella esperaba que alguien la recogiera en la estación.

A Rosita le dio un vuelco el corazón. El tren acababa de partir. Ella se había quedado sola y perdida en un lugar totalmente desconocido y, además, con su niño indispuesto, sin ninguna ropa ni comida, que había quedado en el compartimento. Hizo un movimiento involuntario hacia la marcha del tren, como si pretendiera alcanzarlo; pero otro sentimiento, también misterioso, la ancló a las baldosas del suelo. Seguramente sentía más desagrado por el viaje hasta Fátima, acompañada de Isidra, que ante la aventura de encontrarse abandonada en aquel pueblo de la provincia de Cáceres.

—¡Virgen de las Angustias y patrona de Navalmoral de la Mata! —volvió a suspirar la mujer.

No había una exclamación que a Rosita le pudiera parecer más adecuada en las actuales circunstancias.

34. ¿Asesinato o defensa propia?

Doña Engracia había coleccionado unos cuantos recortes de los diarios de Madrid que describían aquel caso, *El Progreso, El Telegrama del Rif, La Vanguardia, El Día Gráfico*; pero en realidad la historia verdadera le llegó de labios de la cocinera, Ramona, que procedía de Zuera , donde había sido prudentemente enviada a pasar sus breves vacaciones, ya que era el lugar de nacimiento de Josefa Fuentes, la asesina. Allí todavía residía su madre, de 84 años, y la madre de Ramona, también anciana, por lo que se conocían de toda la vida.

—¿Quién se iba a imaginar que la pobre Josefa iba a acabar de este modo?

Josefa Fuentes en su juventud había sido una mujer muy hermosa, tanto así que había recibido muchas proposiciones de casamiento. Pero ella las desechó todas porque estaba enamorada del cocinero de la fonda en que servía.

—Sin embargo, el cocinero estaba a su vez enamorado de otra joven, también muy agraciada, con la que se casó —relató Ramona a doña Engracia. Ella también había tenido algunos pretendientes en su juventud; pero, visto lo visto, lo mejor había sido no hacer caso a ninguno.

Un buen día pasó por Zuera don Mariano García Oñoro, un viajante de la casa Matías López, en uno de sus viajes hacia Zaragoza, por exigencias de su profesión. En cuanto la conoció le pidió relaciones amorosas. Ella, en un principio, le dio contestación negativa. Un viaje tras otro, don Mariano insistía e insistía y los padres de la muchacha, sopesando que así iba a tener una buena oportunidad para abandonar el servicio doméstico con que se mantenía, le insistieron para que lo aceptara.

—¡Gran error el de los padres, que tienen buenas intenciones, pero a menudo se equivocan! ¡Pobreta mía! ¡La vida que le esperaba!

Josefa Fuentes y Mariano García Oñoro no fueron felices. A pesar de sus ocho hijos, o quizás por tantos trabajos, su casa era un infierno. La familia, ya desde el principio, se estableció en Barcelona, y cuando Josefa regresaba a Zuera a visitar a su madre siempre se quejaba de las desconsideraciones y torturas que sufría y se mostraba desesperada. Solamente tenía cierta paz durante los viajes del marido, que continuaba trabajando como viajante de comercio.

—Todavía hoy, aun sabiendo que es asesina —aclaró Ramona con lástima—, las referencias que se tienen de ella en Zaragoza y alrededores son absolutamente favorables. Cuantas veces habló la parricida con los que habían sido sus dueños de soltera, siempre les contó la misma triste historia de desconsideraciones, atropellos y malos tratos por parte del marido. En Zuera todo el mundo la considera una madre amantísima que ha sacrificado su vida al porvenir de los ocho hijos.

—¿Y los hijos no la habrían podido amparar? —se interesó doña Engracia.

Ramona, con gesto automático, se ajustó la cinturilla del delantal y se arremangó las bocamangas. ¿Qué iban a hacer los hijos en un caso así? Los dos hijos menores, Pepe y Guillermo, aunque trabajaban como mecánicos, todavía vivían en el domicilio familiar, pero los otros habían volado.

—La hija mayor, que es muy trabajadora y muy inteligente, reside en París y está al frente de un negocio de sombreros. Hace poco se trasladó a Barcelona dispuesta a continuar el negocio al lado de su madre, para ampararla; pero al poco tiempo desistió y regresó a París. Decía que la casa de sus padres era un infierno.

—Y el drama, ¿cómo se produjo? —Doña Engracia, por solidaridad femenina evitó calificarlo como asesinato y dejó que Ramona escarbase en las informaciones que corrían por el pueblo.

Según la reconstrucción popularmente aceptada, la culpa de todo la tuvo un hornillo que había llenado de humo la cocina. Por ese nimio motivo marido y mujer discutieron y Mariano se despachó dando una patada a su esposa. Ella era una mujer robusta, acostumbrada a recibir malos tratos, pero desesperada por defenderse, así que alcanzó una botella de gaseosa que había encima de la mesa y golpeó al hombre en la cabeza con todas sus fuerzas. El vidrio quebró y los cristales cayeron al suelo.

Mariano, cegado por la sangre que le escurría desde la brecha abierta en la cabeza, salió de la cocina y se acercó al pasillo, apoyándose en el marco de la ventana que daba a un patio interior del edificio. Quizás quiso pedir socorro o, simplemente, recuperar un poco las fuerzas. Josefa, loca de rabia, por primera vez en su vida vio a su marido realmente indefenso, recuperándose del aturdimiento del golpe, y ni siquiera pensó en lo que estaba haciendo. En ese momento el odio acumulado después de tantos años se le subió a la garganta y se le enredó entre las manos. Antes de que el hombre pudiera asomarse a la ventana y alertar a los vecinos, tomó una toalla y se la metió por la boca.

—¡Toma y toma! ¡Tanto que sabes gritar e insultar! ¡Llámame puta ahora!

Aunque estaba mareado por el golpe, Mariano se revolvió contra la mujer intentando apartarla. Ambos cayeron al suelo en un revoltijo de brazos y piernas. El hombre se desasió como pudo y la empujó contra la pared. Nunca había visto a su mujer batirse de ese modo y tampoco había sentido que a él lo abandonasen las fuerzas. Por eso se dirigió hacia el cuarto donde dormían sus hijos Pepe y Guillermo con la intención de encerrarse mientras se recuperaba; pero, antes de que tuviera tiempo de echar el pestillo,

Josefa regresó de la cocina con la botella en la mano y lo volvió a golpear en la cabeza. El hombre cayó sobre la cama, muerto.

—Y no fue con un hacha, como dice algún periódico, ni con la plancha —aclaró Ramona—. Pero sí que es cierto que lo quiso asfixiar. ¿Pues no la estuvo él asfixiando y maltratando durante toda su vida?

Después de la reyerta Josefa quedó anonadada, como sin sentido de la realidad. ¿Qué había hecho? ¿Y cómo debía continuar en aquellos momentos? El hombre estaba desangrado sobre la cama de uno de sus hijos y, para colmo de males, se acercaba la hora en que ellos llegarían a cenar. Así que Josefa, haciendo caso omiso de las circunstancias, imitó los movimientos de todos los días. Después de tapar el cuerpo como si estuviera dormido, cerró la puerta del dormitorio y se dispuso a limpiar los rastros de sangre del pasillo y de la cocina como si no hubiera ocurrido nada.

Hizo la cena, puso la mesa, llegaron Pepe y Guillermo y, lo mismo que cualquier otro día, después de cenar los dos salieron a dar un paseo antes de acostarse.

Así las cosas, Josefa tenía que pensar rápidamente en una solución. Tenía que deshacerse del cuerpo sin vida de su marido sin incriminarse ni incriminar a los hijos. Tenía que borrar las huellas de toda la casa. ¡Ah, ya estaba! Arrastraría el cadáver hasta la escalera para simular que había sufrido un atraco al entrar en el portal. Afortunadamente, solo presentaba un golpe en la cabeza.

Pensado y hecho, Josefa tomó el cadáver aún caliente y lo bajó hasta la puerta de la calle, donde lo abandonó. Después regresó a su domicilio, restregó los restos de sangre y limpió como pudo las manchas del colchón. Todo el mundo acabaría creyendo que había sido víctima de un asalto para robarle. Ni siquiera sus hijos se iban a enterar.

La risa aguda de doña Engracia cortó el relato de la cocinera.

—¿Pero me está usted diciendo que los hijos no hicieron nada? ¿Es que no la ayudaron a la hora de cometer el asesinato y ni siquiera para ocultar el crimen? ¿No eran buenos hijos? ¡Es imposible que una mujer sola pudiera mover el cuerpo inerte de un hombre como su marido! Ella hubiera tenido que bajar todo el peso muerto desde la cama, arrastrarlo por el pasillo, sujetarlo sin que se le resbalase por los escalones… Yo no creo que una mujer sola tenga fuerzas para tanto, ¡y eso sin contar con la confusión que sufriría después de cometer el asesinato!

Ramona se engalló como si la acusación fuese un insulto para el pueblo de Zuera.

—La Josefa sí pudo. ¡Como cualquier madre! ¡Cómo va a acusar a sus hijos queridos de encubrir un crimen! Si usted viera, doña Engracia, cómo lloraron los dos, ella y Guillermo, cuando el juez los reunió en un careo para aclarar las cosas. Ella dijo que lo había hecho sola. Sola y muy sola. ¿Quién quiere ver a un hijo en la cárcel? Si ella dice que lo hizo sola, hay que respetar la voluntad de la mujer, y lo hizo sola. El muerto al hoyo y el vivo al bollo —concluyó de manera incoherente.

Doña Engracia repasó las informaciones aportadas por la prensa. La asesina, como era natural, se declaraba inocente. No había hecho nada más que defenderse. A esas alturas de la vida, la cárcel era solo era la continuación de una vida lamentable y no era necesario empujar a nadie más hacia ese abismo. Mientras tanto, los diarios se empeñaban en destacar los detalles más siniestros del suceso, que también estaban siendo analizados por jueces y por especialistas.

En cuanto a las huellas halladas en el marco de una de las ventanas que daba al patio interior, donde Mariano se había apoyado para pedir auxilio, Guillermo dijo al juez que cuando se presentó con su hermano a cenar no había reparado en ellas. Es más, Guillermo agregó:

—Señor juez, ¿y no podría ser que estas manchas, en vez de sangre, fuesen de pintura?

El diario advertía que se había convocado a algunos expertos para que certificaran si, efectivamente, las manchas de la ventana eran de pintura. Independientemente de las declaraciones contra-dictorias de la asesina, siempre resultaba necesaria una prueba pericial.

Septiembre de 1927

RIÑAS Y AGRESIONES. MUJER ASESINADA

Gerona.— En Figueras, y en su domicilio, calle Terrazas, núm. 38, ha sido asesinada una mujer llamada Leónides Méndez Abella, de Ansó. Se ha declarado autor del crimen a Fructuoso Muñoz Martínez, de Valdepeñas.

El Sol, 02/09/1927, p. 3

HERIDA A PUÑALADAS POR SU MARIDO

Barcelona.— Ha sido detenido Juan Grases por haber hecho a su mujer, Josefa Rodarte, con una navaja heridas en el vientre y en la cabeza.

Parece que Josefa hace algún tiempo se hallaba separada de su marido por la mala vida que este llevaba y los malos tratos de que la hacía víctima. Al separarse de su marido Josefa se dedicó a trabajar como sirvienta. Ayer encontró en la calle a su marido, el cual le propuso que accediese a pasar la noche con él. Accedió Josefa, el matrimonio pasó la noche en un hotel, y esta mañana al despertar Juan propuso a su mujer reanudar la vida matrimonial, a lo que se negó Josefa; disputaron, y Juan, con una navaja recién afilada, agredió a su mujer.

Esta fue conducida al dispensario de la calle del Rosal, donde ha declarado su convicción de que su marido la había buscado para matarla.

El detenido y el arma que usó en su agresión fueron puestos a disposición del juez.

La Voz, 02/09/1927, p. 8

AGREDIDA POR SU AMANTE

Teresa Alarcón fue curada en la Casa de Socorro de varias lesiones que le produjo su amante, apodado «el Francés», quien después de golpearla brutalmente se dio a la fuga, sin poder ser detenido.

Heraldo de Madrid, 04/09/1927, p. 4

CRIMEN EN CARTAGENA. MATA A SU ESPOSA A PUÑALADAS

Cartagena.— Al bajar esta mañana de un tranvía, Ana Escudero Gómez, de cuarenta y cinco años, fue apuñalada por su esposo, Ricardo Conesa y Conesa, y las heridas que recibió determinaron la muerte a los pocos momentos. El agresor fue detenido.

El matrimonio tuvo dieciocho hijos, de los que viven cuatro. Frecuentes disgustos les indujeron a separarse recientemente.

La Libertad, 15/09/1927, p. 5

HUMOR. REPORTAJE. CON UNA AFILADA NAVAJA BARBERA, UN MUCHACHO DE VEINTE AÑOS INFIERE UNA GRAN HERIDA EN EL CUELLO A UNA BELLA JOVEN DE DIECISIETE ABRILES

Nosotros comprendemos que, después de tan interesante título, nuestros lectores, al seguir adelante, se van a llevar una gran desilusión. Casi nos hubiera convenido, para animar el interés del público, inventar el relato.

Pero hay que responder a la verdad. Y la verdad no dice nada de un trágico y precoz crimen pasional, no.

Todo ha sido en una barbería y por un leve descuido del oficial que arreglaba el cogote a una linda parroquiana.

Realmente, la herida tampoco es muy grave; conste.

Gutiérrez, 17/09/1917, p. 21

HUMOR. UNA DOMÉSTICA EN RAJAS

En la tienda de comestibles finos «Los de Écija», situada en la calle de San Dimas, 104, ocurrió ayer un sangriento suceso.

El dependiente Nemesio Golondrón, de veintisiete años de edad, se hallaba cortando cuarto de kilo de bacalao superior con el aparato que para dicho uso tienen en estos establecimientos, y distraído cogió a la doméstica Feliciana del Montón y la cortó también en rajas.

Nemesio, que fue detenido, declaró que, por el hecho de ser la víctima de una delgadez extrema y además bastante salada, no tenía nada de particular su equivocación confundiéndola con una bacalada de Escocia.

El forense ha abierto un concurso para premiar al que resuelva el puzle en que está convertida la pobre Feliciana.

Gutiérrez, 17/09/1917, p. 21

EL DÍA EN LA AUDIENCIA. CRÓNICA DE TRIBUNALES. VISTA UNA CAUSA POR PARRICIDIO

Pocos juicios como el señalado para el día de ayer pueden preocupar tanto, por su delicadeza y modalidades, al Tribunal sentenciador, Fiscal, Defensa y Acusación, constituido aquel bajo la presidencia del señor Mendigutia y los Magistrados señores Samaniego, Denis, Pérez del Río y Fernández Gutiérrez.

Dos honorables estimados vecinos de la ciudad y la esposa de uno de ellos fueron los protagonistas del luctuoso día de julio de 1925, cuyos hechos, relativamente recientes, divulgados por la prensa en la fecha de su ocurrencia, y comentados con posterioridad por la opinión, nos releva de recordarlos, limitándonos tan solo a exponerlos sumariamente en sentido gramatical, porque jurídicamente la celebración de la vista a puerta cerrada, acordada de oficio por la Sala, nos impidió enterarnos por el Relator de la pieza sumarial.

Descansando el procesado en su casa, el día del suceso, oyó a sus vecinos conceptos graves sobre la fidelidad de su esposa, y pocos momentos después, al entrar en el cuarto de esta y observarla el marido con huellas claramente delatoras de inmediata comisión de infidelidad conyugal, Aurelio López Sevilla, por una fuerza irresistible, ciego de sus propios actos, marchó a la próxima habitación ocupada por el presunto amante de Leonor, que antes, con sus gritos, indujo a López Sevilla en la creencia de que era disimulado aviso para la salvaguardia de aquel; y al enfrentarse los dos hombres, surgió instantánea y violenta la disputa, que terminó trágicamente con la muerte de los adúlteros bajo el plomo de la pistola de Aurelio, empuñada en un segundo de arrebato y obcecación. Tales son los hechos que sientan en el banquillo al acusado.

TESTIGOS IMPRESIONANTES

Desde los pasillos vemos a los peritos médicos y testigos entrar en la Sala, cuando son llamados, y la presencia, en el aposento indicado, de los hijos de la muerta y del encartado, nos hace meditar tristemente la dureza, el martirio y la tempestad moral de estos desgraciados niños, cuando se vean ante el Tribunal, respondiendo a torturantes interrogatorios, lamentablemente ineludibles para mayor elemento de juicio y depuración de prueba; trance amarguísimo, pasado indudablemente por los Magistrados, Ministerio Fiscal, Defensa e incluso Acusación, aminorado, a no dudar por su voluntaria (dentro de lo posible) silenciación de preguntas.

EXPECTACIÓN POR LOS INFORMES DE LOS SEÑORES LÓPEZ COLMENAR, ESTRADA Y CONDE

Numeroso público de todas las clases sociales invadía el frente de la calle hasta cerca de Telégrafos, para oír la acusación del Ministerio Fiscal, docto y elocuente funcionario, autoridad técnica en su Cuerpo señor López Colmenar y de los ilustres criminalistas el ex subsecretario de Fomento señor Estrada, y el señor Conde, prestigios consolidados en el Foro malagueño.

EL SEÑÓR NIETO MAGÁN, DEFENSOR SUSTITUTO

El alguacil Fragoso, llama a este letrado, de orden de la Sala, para que penetre en Estrados, por haber sido requerido por el defensor propietario señor Conde Villegas, para que lo supla, si por cualquier incidencia hubiera lugar.

DILEMAS DE NUESTRO CÓDIGO PENAL

Es objeto de crítica razonada, entre los doctrinales del Derecho, la rigidez penitenciaria de la delincuencia parricida, que no admite nada más que dos sanciones en extremo equidistantes: cadena perpetua a muerte, según las circunstancias calificativas concurrentes, o la absolución. Se reconoce lógicamente falta de una escala de castigos, de una gama penal aplicable con estricta justicia en cada caso especial.

Hoy a las diez continuará este expectante juicio oral, en el local de costumbre (Cámara de Comercio), siendo pública la sesión, en cuanto termine la prueba.

El Telegrama del Rif, 20/09/1927, p. 1

INFORMACIÓN DE BARCELONA. POR NO TENER QUÉ COMER MATA A SU ESPOSA, HIERE GRAVEMENTE A SU HIJASTRA Y SE SUICIDA

Barcelona.— La madrugada última, entre cuatro y media y cinco, un tremendo golpe despertó a los vecinos de la casa número 23 de la calle de la Luna, mientras del piso cuarto partían voces apremiantes en demanda de auxilio.

El vigilante de la calle acudió al lugar del suceso, y después de abrir violentamente la puerta del piso de donde partían las voces de auxilio, encontró encerrada en una de las habitaciones a una muchacha joven herida que pedía auxilio. En otra habitación estaba desangrándose una mujer de unos cuarenta y dos años, que rápidamente fue trasladada al dispensario de la calle de Sepúlveda. A la muchacha se la condujo al dispensario de la calle de Sicilia.

Dos niños de corta edad que habitaban en la casa manifestaron a los agentes que su padre se había tirado por una ventana. Efectivamente, en el patio interior de la casa fue hallado el cadáver de un hombre.

La joven herida facilitó algunos antecedentes al Juzgado.

Según parece, el dueño del piso se llamaba Juan Buchen y debía tener unos cincuenta años de edad. Había contraído matrimonio con su actual esposa, Raquel Subirana, de cuarenta y cuatro años, viuda, con dos hijas, María y Elena Martín Subirana. De este último matrimonio nació un niño llamado Juan, que vivía con la familia.

El interfecto hacía dos años que no trabajaba a causa de padecer una enfermedad crónica. La situación de la familia era muy precaria, hasta el extremo de que muchos días no podían comer. Ayer mañana Raquel, en vista de que no tenían para comer, salió de casa a fin de hacer algunos trabajos domésticos con objeto de procurarse dinero. A mediodía regresó al domicilio conyugal, siendo portadora de 1,75 pesetas. Con esta pequeña cantidad la mujer hizo unas sopas, que comieron los hijos. Entonces el marido pidió también comida alegando que tenía mucha hambre; pero su mujer le dijo que esperara a la noche, que entonces comerían ellos. Con este motivo se originó una agria discusión entre los esposos, no pasando a mayores el disgusto.

Por la noche su hija María, acompañada de su hermano Juan, estuvo en un cine, invitados ambos por el novio de María, sin que notaran que había ocurrido nada anormal. A las cuatro y media los gritos de la madre despertaron a María, encontrando a su padrastro que con una mano golpeaba a su madre. Al tratar María de defender a esta, el agresor cogió un compás de hierro y con él la agredió. El parricida, después de haber cometido el crimen, las encerró en un cuarto y se suicidó tirándose por una ventana al patio.

Los médicos de guardia del dispensario de la calle de Sepúlveda calificaron de gravísimas las heridas que sufría Raquel; tanto es así, que falleció al ingresar en el hospital por tener fracturada la base del cráneo.

María presenta heridas graves en la nuca, en el cuello y en las manos. Después de auxiliada en el dispensario fue trasladada al hospital Clínico.

El Liberal, 22/09/1927, p. 3

UN CRIMEN. MATA A SU ESPOSA Y HIERE A OTRA MUJER

Zaragoza.— Esta tarde, en la calle del Portillo, frente al número 42, se desarrolló un sangriento suceso. Un individuo, llamado Antonio Pastor Lorenzo, de cincuenta y ocho años, estaba apostado aguardando al paso de una mujer, Pascuala Murillo García, y en cuanto vio llegar a esta, la sujetó con el brazo izquierdo por el cuello mientras con la mano derecha le asestaba una cuchillada en el pecho.

La agredida cayó al suelo bañada en sangre, mientras una amiga que la acompañaba, Concepción Masaray, repuesta del estupor que tan inesperada agresión le produjo, pretendió abalanzarse sobre el agresor para desarmarlo; pero Antonio le hizo frente y le dio otra cuchillada en una mano.

Un vecino llamado Isaac Delplan Tapa, que fue testigo presencial del suceso, pudo, por fin, reducir al agresor y entregarlo a los guardias, mientras Pascuala Murillo era llevada a toda prisa al hospital. Su estado era tan grave, que falleció a los pocos momentos de haber ingresado en el benéfico centro.

La amiga solo sufre una lesión de pronóstico reservado.

Por los antecedentes recogidos, se sabe que Pascuala quedó viuda hace algún tiempo con cinco hijos y contrajo segundas nupcias con Antonio Pastor, pero el comportamiento del hombre dejaba mucho que desear; por ello Pascuala se separó de él y rechazó reanudar la vida conyugal en muchas ocasiones en que su marido quiso hacerlo.

El Sol, 29/09/1927, p. 3

UNA MUJER ASESINADA

Reinosa.— Ha sido hallado el cadáver de la anciana de sesenta y cinco años Josefa Morlasca. El cadáver aparecía sobre un charco de sangre, y se apreció que tenía cuatro puñaladas.

La víctima de este misterioso crimen fue hallada en el monte Arroyo Pinadero, del pueblo de Llano.

Solo se sabe que Josefa salió del pueblo de Ruanales, de donde era natural y vecina, en viaje a pie para Villacantid, con propósito de visitar a su familia.

El Sol, 30/09/1927, p. 6

35. Un hada madrina

Rosita había quedado demudada mientras la máquina del tren alejaba a Isidra hacia Plasencia, Cáceres, Mérida y Badajoz para llegar, presumiblemente, hasta Fátima en Portugal. A casi doscientos kilómetros de Madrid, la estación de Navalmoral de la Mata, con sus dos cuerpos pintados de rojo y de ocre con el fondo de un paisaje desolado, se le antojaron una visión extraña, una quimera que no tenía nada que ver con su vida. Abrazaba contra su regazo el cuerpo caliente de Romanito, que se desmadejaba en sus brazos todavía tembloroso tras el vómito, cuando notó sobre su hombro el contacto de una mano.

—No se asuste por mis palabras —dijo la viajera que portaba la maleta al advertir el sobresalto de la pobre madre—. Como le decía, la Virgen de las Angustias es la patrona de este pueblo, pero cuando la invocamos lo hacemos para que nos ayude. Aquí sola, parece que usted ahora también necesita algún tipo de asistencia.

Quien así había hablado era una dama ataviada con traje y sombrero elegantemente compuestos, aunque sin ostentación, en pie junto a su voluminoso equipaje. Doña Amelina Rodríguez, sonrisa ancha, hoyuelos graciosos y mirada limpia, viuda de don Santos Cuartero desde hacía dos décadas, afrontaba su cuarentena sin hijos con el propósito de disfrutar de la vida y de hacerla disfrutar a los semejantes que tuviera más a mano. Rosita, antes de comenzar a describir brevemente su particular angustia, ya había quedado desarmada por sus encantos.

Por su parte, ¿cómo no se iba a enternecer doña Amelina con los infortunios de Rosita, lejos de su casa, perdida y sola en una estación de tren, sin dinero, sin maleta y con su hijo en brazos? Lo primero que había que hacer era procurar una cama al enfermito para que pudiera descansar y comenzara a reponerse. Ella vivía sola en una buena vivienda a las afueras del pueblo, acompañada de una vieja criada muy fiel, y a pesar de los melindres de Rosita, que nunca había recibido por parte de extraños tanta ayuda desinteresada, se empeñó en alojarlos en su casa el tiempo que fuera necesario. Doña Amelina, que también había padecido sus propias desdichas por la muerte del marido y la falta de familia cercana, se encontraba actualmente en una situación desahogada, libre y cómoda en su vida solitaria, un poco carente de emociones y de compañía, y deseosa por tanto de compartir su buena suerte con Rosita. No había nada que discutir. Ella regresaba también desde Madrid después de visitar a una prima monja, que la había cargado con algunos recuerdos, a los que se sumaban las compras de telas y mercancías que solo se podían adquirir en la capital. Así venía de cargada, con aquel baúl aparatoso. Pero todo tenía una sencilla solución cuando se sabe encontrarla. Doña Amelina contrató un vehículo que llevó a las dos mujeres, la maleta y el niño hasta una casita baja, pintada de verde y rodeada de un jardín, a dos kilómetros del centro de Navalmoral de la Mata, una vivienda alegre y ordenada que a Rosita le pareció rescatada de un cuento de hadas.

Pero si doña Amelina se había enternecido por la mala suerte de Rosita solo por haber perdido el tren en Navalmoral, cuando escuchó su historia verdadera, quedó aterrada. ¿Cómo podía ser una mujer tan desdichada? ¡Tener que casarse con su irascible violador y sacar adelante al pequeñuelo a base de renunciamientos! ¡Ese mal hombre, ladrón y pendenciero, qué bien estaba en la cárcel! Sin embargo, aquella hermana suya, Isidra, ¿qué pretendía arrancando a Rosita de su casa para una peregrinación tan absurda? El sacrificio de llegar a Fátima con el niño a cuestas no servía para nada. Doña Amelina, que no tenía un pelo de tonta, comenzó a darle vueltas a esa aventura extravagante. ¿Romualdo conocía ese viaje? ¿Era él quien había enviado a su hermana con el encargo? Si eso era cierto, ¿es que un delincuente, preso en la cárcel, sería capaz de enternecerse imaginando a su esposa y a su hijo como penitentes en pos de su liberación? Su experiencia le decía que allí había gato encerrado. Y como doña Amelina era mujer de recursos, mientras Romanito y Rosita se recuperaban en la gustosa indolencia de su hogar, escribió a su prima monja para que se interesase por la salud de Romualdo en la cárcel Modelo de Madrid. Digna émula de su pariente, la religiosa se dirigió prontamente a la plaza de la Moncloa para visitar la institución.

—¡Y precisamente le han dicho que el preso ha escapado! ¡El pájaro, huido! —resumió doña Amelina a su invitada, que oía la noticia con los ojos espantados, abiertos como platos—. Debe ser que gozaba de muy buena salud. Parece que nadie le ha visto el pelo desde comienzos de julio.

Entonces fue muy sencillo deducir las artimañas de Isidra, que a saber si era la hermana o la amiga de Romualdo. Seguro que el hombre, después de escapar de la prisión, se había refugiado en Portugal, adonde no llegaría la mano de la justicia española, y con la estratagema del viaje hasta Fátima pretendía recuperar la propiedad sobre la esposa y el hijo. El malestar de Romanito y la pérdida del tren en la estación de Navalmoral, en realidad, habían sido el milagro que les había permitido escapar de las garras del tirano y de su cómplice. Por una vez, la Providencia había ayudado a la pobre chica.

Sin embargo, el peligro seguía latente. Si Isidra había perdido a su presa en Navalmoral de la Mata, era posible que volviera a buscarla o que enviase a alguien en su persecución. Ni siquiera era seguro que el propio Romualdo no se arriesgase a volver a España para recuperarla.

Como la única solución era desaparecer durante una temporada, doña Amelina ideó una estrategia de camuflaje para sus invitados y dispuso el procedimiento para su ocultación. En primer lugar, debían evitar la exposición en el pueblo y, cuando salieran de casa, hacerlo disfrazados. La vieja criada, aleccionada por doña Amelina, no diría nada, aparte de que apenas salía a la calle. Por si acaso, la señora había advertido en el vecindario que la estaban visitando unos parientes de Madrid y, cuando acudían a la misa de la iglesia parroquial de Nuestra Señora de las Angustias, vestía a Rosita con las mejores galas que ella conservaba de sus tiempos de soltería (por otra parte, la chica dependía totalmente del vestuario de doña Amelina, ya que había llegado sin nada). Rosita, a su vez, había escrito a Celsia Regis una nota breve, sin remite ni ubicación, explicando que ella y el niño se encontraban bien, en un lugar secreto, y que no intentasen localizarlos.

Con todo eso doña Amelina, Rosita y el niño esperaban que el mundo se olvidase de su existencia y se adaptaron a las normas del refugio en una convivencia apacible y silenciosa. Todas sus necesidades quedaban cubiertas con una rutina sencilla: un paseo diario por el campo para colmar de oxígeno a Romanito, que disfrutaba de la atención cariñosa de las dos mujeres; unas horas empleadas en cualquier labor de costura que las entretuviera; el rito de la cocina; la somera limpieza de la casa con que ayudaban a la criada. La convivencia tan estrecha se basaba en la camaradería femenina y, para no tener que salir a la compra diaria, encargaban los alimentos básicos al comercio de ultramarinos del pueblo, que los enviaba dos o tres veces por semana.

A doña Amelina, aunque idealista y soñadora, también le gustaba atender a los placeres del cuerpo y se esmeraba en cocinar para sus invitados los platos típicos del lugar. Rosita, imitándola, aprendió a preparar las migas extremeñas, aliñadas con abundantes torreznos, pimiento rojo, pimentón y ajo; la caldereta de cordero y las patatas con arroz y bacalao. Romanito, que dos días después de la llegada ya se encontraba perfectamente, se chupaba los dedos con unos dulces que doña Amelia llamaba «sapillos», pero también entraban en la casa los crispiones y floretas que en otros hogares más modestos solo se consumían en las fiestas de la localidad. Y todo discurría placenteramente, sin ningún apuro ni preocupación material, como no fuera la improbable aparición de Romualdo en el pueblo.

Los primeros tiempos Rosita intentó pagar el favor de doña Amelina encargándose de las labores más ingratas de la casa, pero ella nunca se lo consintió. Para la anfitriona, Rosita no era una criada ni un huésped acogido por caridad, sino algo así como una amiga o una hermana. Romanito (eso lo advirtió Rosita enseguida) era el hijo que Amelina no había tenido, era su ilusión y su alegría, era la sonrisa de cada mañana y el placer del deber cumplido cuando lo acostaban al anochecer. El niño, en aquellas condiciones favorables, estaba creciendo y fortaleciéndose a ojos vistas. Seguro que con el tiempo se convertiría en un caballerete bien interesante. ¡Ah, para Amelina, que siempre había añorado la presencia de los hijos, ese chico tan cariñoso y sencillo suponía el cumplimiento del más íntimo y antiguo de sus deseos!

36. Los muñidores del Código

Para asombro de Clara Campoamor y Matilde Huici, aquel día el catedrático de Derecho Penal Luis Jiménez de Asúa y la maestra Benita Asas Manterola llegaron juntos al punto de encuentro y en una disposición de perfecta camaradería. Don Luis, en aquella ocasión, había evitado la camisa habitual de cuello duro y vestía un atuendo como de verano, aunque el mes de septiembre ya se había asomado a las calles de Madrid arrancando a los árboles alguna que otra hoja seca. Benita Asas vestía el traje oscuro de siempre, pero no se había ocupado de sujetar en el moño algunas guedejas traviesas que revoloteaban al albur del viento.

—¡Qué mujer, doña Dolores! ¡Qué amable y qué jovial! —exclamó Benita dando un codazo de camaradería a su compañero—. Nunca olvidaré el día que… el día…

Luis Jiménez de Asúa y Benita Asas estallaron en risas a la vez, presumiblemente a partir de un recuerdo común. Clara y Matilde advirtieron sorprendidas que, además, los dos presentaban un bonito color aceitunado, como si acabasen de volver de unas vacaciones en el monte o de un viaje en barco.

—¿No querrá usted tomar otra vez un helado de chocolate, como el día de la mácula? —preguntó Jiménez de Asúa a la maestra, sin advertir el desconcierto de las otras dos mujeres.

—¿La mácula? —terció Benita soplándose el flequillo hacia arriba y sujetándose el estómago por causa de la risa—. Querrá usted decir el día de la salpicadura de chocolate que le hizo el niño maleducado a la madre de usted, a doña Dolores, que en lugar de enfadarse le lanzó la cucharilla, que fue a parar al moño de la criada y después… ¡ja, ja, ja!, la madre del niño ¡ja, ja, ja! tuvo que prometerle un aguinaldo porque se quería despedir. ¡Pobre servicio! ¿Quién aguanta la tiranía de un mocoso como ese?

Los alegres contertulios advirtieron que debían dar una explicación a sus acompañantes y aclarar que toda aquella cordialidad procedía de un encuentro reciente de carácter familiar. Don Luis había acompañado a su madre, doña Dolores de Asúa y de Bascarán, desde su domicilio en Bilbao hasta Zumaya, donde tenía alquilado un hotelito para pasar las vacaciones de verano. Allí coincidió con doña María Manterola, que había acudido desde San Sebastián acompañada de su hija. Las dos señoras trabaron entrañable amistad y durante los días del mes de agosto las dos matriarcas y algunos otros familiares habían compartido la delicia de las vacaciones en Zumaya. Juntas las dos familias habían paseado por la playa de Itzurun y la de Santiago; habían visitado la Ermita de San Telmo, del siglo XVI, desde cuya posición privilegiada admiraron el acantilado; habían disfrutado del casco antiguo, con sus casas de piedra, la parroquia de San Pedro Apóstol, el Convento de San José, el Palacio Zumaia, el Palacio Olazábal y los Palacios de Ubillos y de Foronda.

—Pero lo mejor fue la travesía por la cornisa desde donde se divisaban los *flysch* —explicó Benita con gran entusiasmo.

—Los *flysch* son unos acantilados de formas caprichosas, de origen sedimentario, compuestos por una alternancia rítmica de capas de rocas duras cohesivas intercaladas con otras más blandas. —El catedrático de Derecho Penal hacía gala también en vacaciones de su entusiasmo pedagógico. Ante el silencio de sus oyentes aclaró innecesariamente—: Es un término tomado del alemán.

—¡Y hasta realizamos una excursión a Guetaria para conocer a los inmemoriales pescadores de ballenas! —exclamó Benita.

Clara Campoamor tamborileó nerviosamente los dedos sobre la mesa.

—Y de lo nuestro… ¿qué? —medió tímidamente Matilde para evitar que la abogada mostrase más a las claras su impaciencia.

—¡Ah, sí, de lo nuestro! —suspiró Benita. Ella ya conocía todas las novedades que Jiménez de Asúa les iba a notificar.

—¡Sí, claro, de lo suyo! —El profesor cambió el continente festivo por otro más mesurado—. Bueno, como les dije en nuestro último encuentro, yo me vi obligado a dimitir de la Comisión Revisora porque no quise participar en un Código elaborado por la Dictadura y en mi lugar… ¡en mi lugar nombraron al profesor Eugenio Cuello Calón, mi mayor oponente!

—Un hombre de ideología netamente conservadora —añadió Benita.

—Ahora mismo sabemos que el Anteproyecto del Código está en manos del ministro de Gracia y Justicia, Galo Ponte Escartín, desde el 12 de julio —dijo Jiménez de Asúa bajando la voz.

—¿Y el «artículo rojo»? —preguntaron dos voces a la vez.

—¡Oh, de eso no se sabe nada! —respondió Benita, que por lo visto había compartido noticias recientes con su amigo.

—No obstante, no hay que desesperar —dijo el jurista para consolarlas—. Como dice mi discípulo José Antón Oneca, la eficacia de las Cámaras legisladoras se demuestra tanto en las leyes aprobadas como en los propósitos obstaculizados. Es decir, la multiplicidad de tentativas no supone un fracaso, pues el éxito de un proyecto no está precisamente en llegar a ser ley, sino también en lanzar un germen para el futuro.

—Todo eso está muy bien, pero a nosotras hay cosas que nos corren bastante prisa —dijo Clara Campoamor con amargura—. ¿Cuántas mujeres mueren impunemente en España sin que nadie se sorprenda demasiado? La violencia masculina dentro del matrimonio se disculpa por esa costumbre ancestral tan española y cualquiera comprende al novio celoso que prefiere ver muerta a su amada antes que libre o en brazos de otro.

—Y todo con el respaldo de las leyes, que anulan a la mujer y premian al marido que presuntamente protege su propio honor

—añadió Matilde—. Si el artículo 438 no es la causa de toda esta injusticia, al menos es un testimonio de la doctrina que subyace en su redacción.

—Mientras tanto, nosotras ponemos nuestra esperanza en un Proyecto engendrado en el misterio de covachuela, apenas accesible —arguyó Clara con rabia—, sin un sistema de publicidad y sin un amplio debate, sin unas deliberaciones que hubieran sido altamente necesarias en nuestra sociedad.

—Tiene usted razón, Clarita —dijo Jiménez de Asúa—. Esto no debería ser así de ninguna manera. Un Código Penal es obra tanto política como técnica, una empresa donde también debe pronunciarse la opinión pública. En las constituciones modernas se abordan multitud de cuestiones que hay que atender, desde las relativas a la Ley Penal hasta la de la pena de muerte, asuntos todos muy delicados. Y en cuanto a la urgencia que tiene este Código para las mujeres, de serles favorable, aún ha surgido un obstáculo más.

Clara y Matilde quedaron pendientes de unas palabras que habían quedado en suspenso.

—Dada la simplicidad de los trámites legislativos de que goza la Dictadura, el Gobierno ya podría haber confeccionado definitivamente el Código, pero… —sugirió Benita Asas.

—Pero para abrogarse cierto aspecto democrático, este mismo mes de septiembre la Dictadura ha creado por Decreto-Ley la llamada Asamblea Nacional, para que sea, según su propia definición, el supremo Cuerpo Consultivo donde estén representadas las Diputaciones Provinciales, los ayuntamientos de toda la Nación y, en teoría, la Ciencia, el Comercio, la Industria, la Economía, el Trabajo y todos cuantos elementos integran el país y laboran por su prosperidad. Todas las leyes deben pasar la supervisión de la Asamblea Nacional; por lo que el nuevo Código

Penal, antes de ser promulgado, tendrá que recibir algunos dictámenes previos.

—¡Todo queda muy bien simulado y muy aparente! —concluyó Campoamor—. La Asamblea Nacional será la que diagnostique la pertinencia del Código, claro está. Mientras tanto, podemos tomar asiento y aguardar sentadas…

Una corriente de desesperanza ensució con sus dedos grises el alma de las feministas.

—¡Ah, lo pasábamos mejor observando los *flysch*! —suspiró Benita, que no quería dejar que el pesimismo le estropease la tarde.

Jiménez de Asúa no encontró mejor ocasión para recuperar el buen humor de las pasadas vacaciones.

—Y hasta hoy resulta un misterio cómo y por qué se han formado. Hay quien les atribuye un origen sedimentario, algo parecido a la formación de las playas, que se configuran por la superposición de capas areniscas impresas por el oleaje; pero otros dicen que los *flysch* surgen en las zonas profundas de los océanos y que son sedimentos procedentes de ciertas corrientes oceánicas de gran turbidez. Es decir, que no se forman por el oleaje, sino a causa de las corrientes marinas.

Benita Asas apoyó la cabeza pensadora sobre la mano abierta mientras sonreía. Precisamente, estaba cavilando sobre el modo de explicar esa maravilla de la naturaleza a las alumnas de su escuela. Sin embargo, nada era posible desde la mera teoría. Tenía que llevarlas hasta la costa de Zumaya para que vieran el portento. Hay cosas que solo se comprenden a través de la contemplación.

Luis Jiménez de Asúa también sonreía, a pesar de que en su magín luchaban entre sí abstrusos los conceptos jurídicos que le esperaban en su despacho.

Clara Campoamor y Matilde Huici, además de que no habían disfrutado de las vacaciones, se desesperaban por la presunta falta de efecto que estaba ejerciendo su propaganda y su Memoria contra el 438. Para colmo de males, Rosita seguía desaparecida y, aunque Celsia Regis había recibido una nota de su mano donde decía que se encontraba bien y en lugar desconocido, la falta de noticias las torturaba. ¿Sabía Rosita que Romualdo se había escapado de la cárcel? ¿Estaría prevenida ante su hipotético regreso? Juan José, el tipógrafo, tampoco terminaba de volver desde Valencia. ¿No estarían dando motivos a un marido celoso para librarse de ellos?

37. El pájaro en su jaula dorada

El rayito de sol que al amanecer se colaba en el dormitorio de Rosita la despertó. Ya había dormido suficiente. Acostumbrada a una vida mucho más trabajosa, las horas dedicadas al sueño en casa de doña Amelina se le hacían eternas. Sin hacer ningún ruido para no despertar a la anfitriona se levantó de la cama y, con una bata muy ligera propiedad de la dueña, salió al jardín. Igual que otros días, ocupó un lugar resguardado, con la espalda apoyada en la pared de la casa y semioculta por las ramas de dos árboles que crecían casi pegados a la fachada. Sentada y abrazada a sí misma, lo primero que advirtió fue que había engordado. ¡Mejor! ¡Así le quedaban menos grandes los vestidos de su benefactora! ¡Qué cambios había dado su vida! ¡De ser una esclava asustada había pasado a vivir en aquella casa como una señorona!

Sin embargo, su nueva vida, tan apacible, le resultaba extraña. Muchos días pensaba que estaba disfrutando de una existencia que no le correspondía, que ella era una especie de copia de la Amelina de unos años atrás. Las dos mujeres, con sus ropas similares, como dos fantasmas en un mismo escenario, eran el duplicado de una sola persona que vivía a la vez existencias paralelas con edades distintas. ¡Pero aquello era absurdo!, se le ocurrió. ¿Qué tipo de persona desagradecida podía quejarse cuando solo recibía la generosidad de su mentora?

Rosita se arrebujó entre sus sedas prestadas. Las mañanitas poco a poco iban resultando cada vez más frescas. La chica sonrió elucubrando que en invierno tendría que ponerse el abrigo cuando quisiera asomarse a disfrutar de las primeras luces después de amanecer.

El invierno… ¿Qué sería de ella y de Romanito durante el próximo invierno? Amelina estaba empeñada en inscribir al niño en la escuelita de Navalmoral. Pensaba registrarlo con el apellido de su marido, como si fuera un sobrino que había aparecido de repente y que ella se ocupaba de tutelar. Declaraba que el chico tenía que aprender a leer, a escribir, a utilizar las cuatro reglas. Según Amelina, era imprescindible adquirir todos esos conocimientos para hacerse un hombre de provecho. Rosita sabía que en eso tenía razón. Sin embargo, en el fondo de su corazón, sentía algunos reparos para aprobar del todo esos planes de futuro. Días atrás venía observando a la mujer con el niño y, junto a su insistencia por enseñarle las primeras letras, cosa que estaba bien, mostraba otro comportamiento que a ella le parecía equivocado: lo atiborraba de golosinas y le concedía todos los caprichos, prestaba a sus diabluras una atención melindrosa y reía todas sus tonterías… Pero a Romanito no se le podía consentir todo, porque la vida está hecha de esfuerzos y de renunciamientos, y muchos días Amelina transigía justo con lo que Rosita le acababa de denegar, lo cual la desautorizaba como madre. Las dos tutoras paralelas se estaban convirtiendo para el niño, respectivamente, en la cara y la cruz de la complacencia y de la incomprensión, y a ella le tocaba siempre el segundo papel. A medida que aumentaba la convivencia, Amelina abrazaba a Romanito con cualquier excusa, lo tomaba entre sus brazos y lo estrujaba, lo atosigaba con lisonjas y arrumacos. Con todo eso Rosita pensaba que, de alguna manera, la madre segunda estaba ganando la partida a la madre primera, la que lo había llevado en su vientre durante nueve meses y lo había parido con dolor. En fin, estaba sintiendo como si la otra le pudiera arrebatar el cariño de su hijo.

Al mismo tiempo, de manera un poco contradictoria respecto a la idea de matricular a Romanito en la escuela de Navalmoral, Amelina insistía constantemente en tenerlos protegidos en casa. Apenas los dejaba salir a la calle y, como mucho, consentía en los paseos por el campo debido a la necesidad de hacer ejercicio y por higiene mental. La amenaza de Romualdo o de su presunta hermana le servía para prohibirles o, al menos, entorpecerles cualquier intento de libertad. También se oponía tenazmente a que Rosita diera cuenta de su paradero a los familiares o a los amigos, con la excusa de evitar el peligro.

—No creo que Romualdo quiera arriesgarse a perseguirnos. Además, se imaginará que hemos vuelto a Madrid. Podríamos salir a dar una vuelta por el pueblo —proponía Rosita débilmente, añorando respirar un poco más de oxígeno o disfrutar de algún tipo de distracción.

—No debemos arriesgarnos —oponía Amelina—. Hay que sacrificarse. La seguridad de Romanito ante todo. ¡Y la tuya, por supuesto! Ya sabes lo traidor que puede ser un marido.

Con esa excusa, acompañada de unas cuantas carantoñas, quedaban las dos mujeres y el niño encerrados en una prisión empalagosa.

¡Oh, no debía pensar en todo aquello!, reflexionó Rosita sintiéndose tan desagradecida y miserable. ¿Cómo podía sentir resquemor respecto a una persona que casi les había salvado la vida y a costa de cuya generosidad comían y vestían sin devolverle a ella nada a cambio?

Sin embargo, había una imagen que la torturaba especialmente. Hacía solo un par de noches despertó a una hora indeterminada. Había oído que alguien se movía y ella también se levantó de la cama sin hacer ningún ruido. Lo primero, naturalmente, fue acudir al dormitorio de Romanito. Allí estaba Amelina, observando silenciosamente a su hijo. ¿Cuánto tiempo llevaba la mujer haciendo de centinela? ¿Qué pasaba por su cabeza mientras escuchaba la respiración cadenciosa del niño dormido? Después de unos minutos, sin que hubiera motivo, la mujer se acercó hasta el lecho y posó su mano blanca sobre la frente del durmiente, que al notar la caricia sonrió. Rosita aprovechó el movimiento para regresar escondidamente a su habitación. El amor de esa mujer por su hijo le estaba comenzando a parecer enfermizo.

Y allí se le vino a la cabeza otro nuevo motivo de reflexión. El amor. Su amor. Rosita, desde su escondite, había intentado olvidar a Juan José, pero todavía no lo había conseguido. Era consciente de que ella había desaparecido sin dar ninguna explicación. ¿Seguiría Juan José acordándose de ella? Desde luego, no tenía ninguna obligación de guardar fidelidad a quien tan sin consideración se había evaporado de su vida, una mujer que además estaba casada con otro. ¿Se estaría consolando Juan José con alguna otra mujer que pudo conocer, como a ella, en la Casa del Pueblo o en la imprenta? Solo pensar en eso, se la llevaban los demonios. Pero, claro, un hombre joven tan afectuoso, tan apuesto… ¿Qué jovencita no estaría deseando caer en sus brazos igual que hizo ella? ¡Un hombre honesto, trabajador, inteligente y delicado era una fruta muy deseable en el mercado conyugal! ¿Cómo se habría fijado precisamente en ella? ¡Y cuánto había ella desaprovechado los momentos de intimidad por culpa de sus escrúpulos conyugales! ¡Si se pudiera volver atrás en el tiempo!

Rosita se puso violentamente en pie. No soportaba aquellos pensamientos. ¿Es que no estaba contenta con su vida actual de serenidad y de molicie? Y si esto era así, ¿qué momento de su existencia anterior le resultaba más estimable? Recordó su colaboración y su amistad con Clara Campoamor y Matilde Huici, las abogadas que querían ayudar a las mujeres; su vida azarosa con temor al regreso de Romualdo; la perplejidad por las visitas del Renco, que de amenaza pasaron a ser una costumbre indiferente; los encuentros encubiertos con Juan José, el amor imposible que la arrastraba irremediablemente hacia un precipicio que le resultaba tan deseable. Las imágenes de todo aquello, en un torbellino, disputaban entre sí un lugar en su cabeza y amenazaban con borrar de un plumazo esta vida postiza en la que hacía de doble de Amelina.

Y ahora venía la circunstancia más extraña desde su llegada a Navalmoral. Esa misma noche había despertado con la sensación de que había alguien dentro de su habitación. Entre sueños, había escuchado una respiración y unas pisadas leves. Entreabrió los ojos y la vio a ella, igual que la había visto en el dormitorio del niño. Rosita aguardó, simulando que seguía durmiendo, mientras pasaban dos minutos, diez minutos e incluso un cuarto de hora. Por fin, Amelina se acercó hasta el lecho muy sigilosamente, posó la mano sobre su frente y después, con gran suavidad, bajó las puntas de los dedos en una caricia por su mejilla hasta el cuello. Rosita, que indudablemente recordó las caricias de Juan José, se esforzó por mantener el ritmo de respiración que se tiene entre sueños, simulando que no había advertido su presencia.

Cuando Amelina salió de la habitación, Rosita se incorporó para cerciorarse de que estaba despierta y nada de eso había sido un sueño. Ahora, en el jardín de la casa y definitivamente despejada, calibrando la verdad, sintió el latigazo de un estremecimiento. No era capaz de imaginar el cariz de las relaciones que su anfitriona acaso deseaba para el futuro. Dos mujeres y un niño. Una familia de dos madres. ¡Para Rosita aquello no tenía ningún sentido! Pero, ¿cómo salir de allí sin resultar desagradecida? No tenía dinero para escapar. No se imaginaba a sí misma huyendo a medianoche con el niño en brazos, como una ladrona en sentido inverso, obligada a robar la ilusión ajena para recuperar lo que es suyo. Y tampoco se sentía capaz de pedir a la madre postiza que le comprase un billete de tren para evadirse de aquella cárcel dorada con su hijo.

Octubre de 1927

UN HOMBRE HIERE GRAVEMENTE A SU MUJER Y A LA MADRE DE ESTA

Ciudad Real.— Comunican de Puertollano que Benito Navarro Ortiz, de treinta y tres años, el cual se hallaba separado de su mujer, Magdalena Borja Ramos, de veinte, que se encontraba encinta de cuatro meses, cogió una pistola, y arrebatado de celos hizo sobre la pobre mujer cinco disparos, y terminadas las cápsulas, continuó hiriéndola con una navaja.

La madre de la infortunada Magdalena, llamada María Ramos, que acudió al ruido de los disparos para amparar a su hija, fue recibida también por el agresor, que, navaja en mano, le dio cinco puñaladas. La mujer está gravísima y la madre herida de pronóstico reservado. El criminal fue detenido.

Heraldo de Madrid, 15/10/1927, p. 11

MATA A SU ESPOSA POR NO LLEVARSE BIEN CON ELLA

Valladolid.— Ayer se presentó a la Guardia Civil de Rioseco el vecino de Almaraz Dionisio Martín Guerra, y declaró que hacía breves momentos había matado a su esposa, Máxima Herrero Redondo, de veintiocho años.

Salieron los guardias para el citado pueblo y hallaron a Máxima con vida.

Sufría cuatro heridas en la cabeza, producidas por una plancha, y además presentaba varias cuchilladas en el cuello y en el pecho.

Parece que, por incompatibilidad de caracteres, el matrimonio sostenía frecuentes altercados.

El estado de Máxima es grave. El agresor ha sido detenido.

Heraldo de Madrid, 22/10/1927, p. 4

HIERE A SU NOVIA E INTENTA SUICIDARSE

Barcelona.— Dicen de Tarragona que en Ragües, del término de Tortosa, Manuel Franch, de veinticuatro años, aguardó en despoblado el paso de su novia, Rosa Arosa, contra quien disparó dos tiros, hiriéndola en la cara. Al verla caer ensangrentada creyó que la había matado, y el agresor se disparó un tiro en la sien que le produjo la muerte.

Rosa se encuentra en grave estado.

El Sol, 28/10/1927, p. 1

UN VENGADOR DE SU HONRA, ABSUELTO

Mont de Marsan.— La Audiencia ha absuelto al procesado Belloc, que mató al supuesto amante de su mujer.

Heraldo de Madrid, 31/10/1927, p. 3

POR CUESTIONES AMOROSAS. HIERE A SU NOVIA Y LUEGO SE SUICIDA

Córdoba.— Comunican de Pozoblanco que en una finca de aquel término, el vecino Pedro García Rojas disparó una pistola contra su novia, Martina Capitán Rico, y le ocasionó una herida en la región cervical.

La Guardia Civil practicó diligencias para detener al agresor, y lo encontró en su domicilio tendido en la cama y sobre un charco de sangre. Presentaba una herida de arma de fuego en la sien derecha que se causó con el mismo revólver que hirió a su novia. Momentos después falleció, sin haber podido prestar declaración.

Heraldo de Madrid, 31/10/1927, p. 4

38. La madre verdadera

Clara Campoamor era una mujer de acción y, aunque disfrutaba denunciando las injusticias que en el plano teórico originaban los Códigos a las mujeres, su verdadera satisfacción se producía cuando podía desarbolarlas en la práctica.

Aquel día fueron dos damas muy distintas las que se presentaron de la mano en su despacho, Jacinta Albarrán y Teresa de Escoriaza. Esta última era bien conocida por Campoamor: era una periodista de treinta y seis años, nacida en San Sebastián, políglota, corresponsal en Marruecos durante la Guerra del Rif (como Celsia Regis o Carmen de Burgos) y la primera locutora que había emitido un discurso feminista a través de la radio.

—¿Qué se le ofrece por aquí a don Félix de Haro? —saludó Campoamor.

Teresa de Escoriaza se desembarazó de su amplio sombrero y sonrió.

—¡Oh, hace mucho tiempo que ya no firmo con pseudónimo! Desde que conseguí que me aceptaran en los periódicos madrileños, ya firmo con mi propio nombre.

Clara Campoamor lo sabía. Y también adivinaba que la solicitud que traían entre manos no era para ella, sino para esa otra visitante mucho más humilde, más delgada y peor vestida que la famosa reportera. Jacinta Albarrán, desde su insignificancia de mujer modesta y dolorida, no perdió tiempo en gritar su desventura.

—¡Me han robado a mi hija!

La angustia del lamento produjo en Campoamor un latigazo de compasión mientras Teresa de Escoriaza asentía con tristeza.

—Algunas personas, que se consideran ecuánimes y ponderadas piensan que este grito es exagerado, porque no se trata de su hija en el sentido literal del vocablo, pero necesita que, por justicia, haya alguien que la ayude.

—Yo no he llevado su cuerpo en mi seno, pero es mi hija —insistió la mujer.

—No se trata de una hija según lo determinan las leyes naturales, ni es un caso de robo definido en el Código Penal; ni siquiera una usurpación que pueda llegar a ser castigada —aclaró Teresa de Escoriaza—. Pero a esta mujer le han robado a su hija.

Un hermano de Jacinta Albarrán y su esposa, los padres de la criatura, murieron en un accidente cuando la niña tenía pocos meses. Entonces nadie en el mundo reclamó a la huérfana y Jacinta la crio, la mantuvo y educó con todo el cariño, el mimo y el sacrificio, no ya de una madre, sino aún mayor, porque todo ello era voluntario.

—Hija suya era y es hoy, que ya tiene 19 años —siguió contando Teresa—. Madre era y madre es esta mujer generosa que, con el sudor de su frente, con su trabajo humilde, logró dar a su sobrina la instrucción que ella nunca pudo recibir. Un día Jacinta se vino a Madrid a buscar trabajo para que la chica pudiera seguir la carrera de maestra.

—Cuando ahorré la cantidad necesaria para traer a mi sobrina, giré el dinero para que me la enviaran —contó la interesada—. Pero como no quería que hiciese el viaje sola, se la confié a unas monjas que salían del pueblo hacia la capital.

—Eso sucedió hace un par de años y hasta hoy Jacinta no ha logrado reunirse con su hija querida.

Clara Campoamor echó cuentas mentalmente de qué podía haber sucedido para que en dos años la chica no hubiera llegado a su destino. No era muy difícil de adivinar: la joven era menor de edad, Jacinta no era su tutora legal y nadie tenía la patria potestad sobre la huérfana.

—¡Dos años han tenido las monjas a mi hija encerrada en un convento! Creyeron que era más oportuno conducirla allí que enviarla conmigo.

—Hemos llamado a todas las puertas, pero nadie nos ha hecho ningún caso. Han desatendido a Jacinta, la han rechazado y hasta la han escarnecido.

Clara Campoamor asintió, adivinando el calvario de la mujer.

—Ya imagino lo que ha pasado. ¡El absurdo artículo 237 de nuestro Código Civil, que declara inhábiles para todos los cargos tutelares a las mujeres, le ha impedido reclamarla!

—Así es. ¡Así se ha cometido la iniquidad de mantener separados a dos seres unidos por vínculos más estrechos que los de la propia sangre!

—Para sacar a la menor del convento, antes de discutir con qué derecho la llevó nadie a él, en primer lugar, habrá que proceder a formar un Consejo de Familia, compuesto de cuatro o cinco individuos, parientes, amigos o vecinos, siempre varones, que deben designar al tutor de la huérfana —explicó Campoamor—. Esto no suele ser fácil porque las gentes extrañas no quieren cargar con responsabilidades.

—Y la única persona que aquí tiene verdadero interés es su tía, que precisamente no puede formar parte de un Consejo destinado a velar por ella —añadió Teresa con ironía.

Jacinta Albarrán miró alternativamente a sus dos mentoras sin querer entender unas condiciones legales que le parecían absurdas. Ella había tomado a su sobrina desde casi recién nacida sin ningún requisito y, desde entonces, solo había sabido quererla.

—En segundo lugar, en cuanto a la designación del tutor, el Código considera inhábiles para los cargos tutelares a las personas de mala conducta o que no tengan manera de vivir conocida; a los penados por delitos de robo, hurto, estafa, corrupción de menores o escándalo público; a los condenados a cualquier pena corporal; a los empresarios en quiebra… —Campoamor calló antes de clavar la puntilla definitiva en el ánimo de la solicitante—. A todos esos y, además, naturalmente, a la mujer.

—Es decir, que, junto a todos estos seres al margen de la ley, está Jacinta Albarrán, ¡la mujer generosa, la parienta abnegada y la que ha sido su madre amantísima!

—Y con ella, todas las mujeres españolas, por el absurdo delito de haber nacido mujeres —concluyó Campoamor—. Sin embargo, veremos qué se puede hacer. Alguna solución habrá para este caso desafortunado.

39. Las ilustres

El sol de octubre penetraba con sus rayos oblicuos a través de las ventanas del salón del Lyceum Club y se reflejaba en los grandes espejos que adornaban las paredes antes de deshacer su abrazo sobre la concurrencia de las liceómanas. Matilde Huici y Clara Campoamor se habían apostado a ambos lados de Dolores Cebrián, como protegiéndola de las preguntas insistentes del grupo de asociadas que había acudido para escuchar las novedades que traía.

Dolores Cebrián, esposa del dirigente socialista Julián Besteiro, estaba acostumbrada a resistir los embates de curiosos, así que se arrellanó en el sofá con total tranquilidad. Tenía muy clara su postura frente a la Asamblea Nacional, aunque su marido le hubiera aconsejado no desdeñar un nombramiento que venía del propio Primo de Rivera. Ella había sido maestra de Primera Enseñanza y, después, profesora auxiliar de Ciencias Naturales de la Escuela Normal y profesora de Ciencias Físicas en la Escuela Normal de Maestros; por lo que tenía muy claro el funcionamiento de las distintas fuerzas que rigen cualquier tipo de movimiento, especialmente los que resultan de la propia naturaleza o los de carácter político.

—Una no tiene siempre que hacer lo que le aconseja su marido —se justificó—. Y menos cuando se trata de un cargo que no procede de una elección democrática.

—Eso mismo digo yo —terció Campoamor, recordando su renuncia el año anterior a formar parte de la Junta del Ateneo en un nombramiento hecho por el Dictador.

Hacía pocos días, el 10 de octubre, la Asamblea Nacional, el cuerpo consultivo que debía convalidar la pertinencia de las leyes emanadas del Directorio Militar, se había reunido en el Palacio del Congreso de los Diputados para celebrar su primera sesión, la del nombramiento de los asambleístas. La novedad de mayor modernidad había consistido en que, entre sus 429 miembros, el Dictador había designado a quince representantes femeninas.

—En teoría, todas debíamos ser «hembras solteras, viudas o casadas», pero «debidamente autorizadas» por nuestros maridos. Trece como representantes de las actividades de la vida nacional y dos como representantes del Estado —explicó Dolores Cebrián, que había renunciado al nombramiento, a la vez que Esperanza García de la Torre, esposa del marqués de Luca de Tena, con lo que las asambleístas femeninas habían quedado en trece—. ¡Nada hay más lejos de mi intención que servir para blanquear el autoritarismo de la Dictadura!

—¡Oh, qué ocasión perdida! —Se oyó desde algún sitio—. Hubiera sido un buen momento para cobrar influencia en las altas esferas. ¿No dijo el presidente de la Asamblea que la exclusión de las mujeres era injusta y que «hacía la obra legislativa incompleta y fragmentaria»?

—¡Quince mujeres frente a más de cuatrocientos hombres! No me parece a mí una distribución exactamente equitativa —dijo Campoamor—. ¿Y quiénes son las afortunadas?

—Tenemos un poco de todo; la mayoría, simpatizantes de Primo de Rivera y católicas, algunas maestras, varias nobles… —aclaró Dolores Cebrián.

—También han nombrado a María de Maeztu —dijo una liceómana bajando la voz, ya que la directora de la Residencia de Señoritas era, a la vez, la activa presidenta del Lyceum Club.

—Cada una tenemos nuestras propias opiniones y luchamos como consideramos más conveniente —la defendió Matilde—. Lo más importante es sentir que no estás traicionando tus ideas y que, si cedes en alguna parte, será para conseguir un beneficio mayor.

—La asambleísta más joven, que solo tiene 29 años, se llama Micaela Díaz Rabaneda —dijo Dolores para evitar que la conversación tomase derroteros indeseados.

—¡Navarrica! Nacida en Pamplona, como yo —la interrumpió Matilde.

—Micaela es profesora, como Natividad Domínguez. Hay que reconocer que han elegido a mujeres muy relevantes, como la escritora Blanca de los Ríos, Carmen Cuesta o nuestra propia María de Maeztu.

—Sin embargo, predominan las católicas más fervientes: Josefina Olóriz, María de Echarri, María López Monleón, Teresa Luzzati y María López de Sagredo…

—En esta ocasión, a ellas tendremos que alabarlas porque, desde su punto de vista, aunque alejado del nuestro, también se ocupan de defender a las mujeres, sobre todo a las obreras —dijo alguna.

—No nos falta de nada, ni siquiera mujeres comisionadas de los derechos hereditarios —terció Campoamor con ironía.

—Así es. Las que he citado, y otras más, eran representantes de las actividades de la vida nacional. Para incorporar al Estado se ha querido nombrar a dos mujeres de la nobleza. Una es Isidra Quesada y Gutiérrez de los Ríos, Marquesa de Miravalles y condesa viuda de Aguilar de Inestrillas, que, por cierto, ha llegado al Congreso con 76 años, después de haber sido dama de las reinas Cristina y Victoria Eugenia y de formar parte del Real Patronato para la Represión de la Trata de Blancas. Y la otra es la duquesa de Parcent, Trinidad von Scholtz Hermensdorff, designada por su cercanía a la realeza, una mujer muy conocida por sus obras de beneficencia.

Un suspiro de admiración o de empalago partió del pecho de las distintas asistentes, según su ideología, hasta que alguna quiso volver a la realidad.

—Y de lo nuestro ¿qué? —preguntó una liceómana a quien había renunciado a participar en la Asamblea Nacional—. ¿Se sabe algo del 438? ¿Quién va a defender ahora nuestras propuestas? ¿A quién tenemos que pasarle la batuta?

—De lo nuestro, que yo sepa, nada todavía —respondió Dolores Cebrián—. Habrá que preguntar al resto de las ilustres asambleístas, a las que dijeron que sí. Yo, como ustedes comprenderán, no puedo traicionarme a mí misma. Piensen además que, entre tantos sesudos varones, no tenemos nada claro que el argumento femenino vaya a tener mucha aceptación.

Algunas asistentes estaban de acuerdo. No había que rebajarse a dar una nota de color a un órgano de gobierno dictatorial y masculino, como si con aquellos nombramientos ya se hubiera solventado la enorme deuda que la sociedad tenía con la mitad femenina de España. Otras lamentaron la ocasión de que una mujer luchadora como Dolores Cebrián no hubiera querido fajarse en ese escenario para defender las posturas más radicales.

Rosita, desde el fondo del salón, suspiró levemente. De todo aquel galimatías, en realidad, no se estaba enterando de nada. De momento, se esforzaba por retomar su vida anterior a los sucesos de Fátima y de Navalmoral de la Mata, y se conformaba con soportar lo mejor posible el sonrojo que le producía coincidir con Matilde Huici en la misma habitación. ¡Vaya ridículo más grande había hecho! Gracias a ella había podido salir del atolladero, pero su amor propio había quedado irremisiblemente deteriorado. Desoyendo los razonamientos y las distintas opiniones de las liceómanas acerca de la Asamblea Nacional, Rosita reflexionó sobre sus aventuras pasadas. Durante su ausencia de Madrid, cada día le costaba mayor trabajo sobrellevar el sopor del refugio de Amelina; veía que estaba cayendo por una pendiente que la desvinculaba de toda su vida anterior, que la despojaba de sus angustias, pero también de sus ilusiones; sentía que se estaba vaciando, se estaba convirtiendo en una figura deletérea sin voluntad, en una actriz sonámbula a la que el personaje teatral representado le robaba su personalidad verdadera. Era una sombra que solo existía cuando Amelina encendía una luz y le permitía colgarse tras sus talones.

Siendo así es comprensible que ideara aquella artimaña vergonzosa, se justificó.

Un buen día, de mañanita, escapó de la casa antes de que despertara la dueña y con dinero robado puso un telegrama a doña Clara Campoamor, un aviso simple con la dirección desde donde reclamaba su auxilio. Terminada la aventura, ella misma reconocía que había sido una traición imperdonable. Pero ya no tenía remedio.

Con tan pocos datos y con el susto correspondiente, todo se desarrolló de manera urgente y apresurada. Clara se puso en contacto con Celsia Regis, con Matilde Huici y con el propio Juan José, que acababa de reaparecer después de que su madre se recuperase del accidente, cuando pudo valerse por sí misma. Había que acudir inmediatamente.

—¡Proteger a la madre y salvaguardar al niño!

Sin otra consideración ni más averiguaciones, el juez Luis San Martín, Matilde Huici y Juan José tomaron el automóvil que el matrimonio acababa de comprar y salieron de Madrid a toda prisa por la carretera nacional que atravesaba Toledo hacia Cáceres. Juan José, que se integró en la comitiva para hacer valer su fuerza masculina si los secuestrados se hallaban en peligro, fumaba un cigarro tras otro, al borde de un ataque de nervios. San Martín pensaba apoyarse en la influencia de la palabra y en el temor a las leyes en caso de encontrar algún tipo de oposición en el rescate. Matilde no se hacía preguntas. Prefería no pensar en las terribles circunstancias que habrían mantenido a Rosita alejada de todos, incomunicada, sabiendo o no que Romualdo había escapado de la cárcel y quizás huyendo de él.

Los viajeros cruzaron a gran velocidad Alcorcón, Móstoles y Navalcarnero. Nada más pasar este último pueblo, Matilde obligó a parar el automóvil porque se estaba mareando. Entre las prisas con que conducía su marido y el humo de los cigarrillos de Juan José estaba a punto de vomitar hasta la primera papilla. Después de recomponerse en un nervioso paseo por el arcén, un poco más recuperada, se empeñó en tomar ella posesión del volante.

—¿Pero usted…? —opuso Juan José, muy poco convencido del cambio de piloto.

—Matilde es un chófer excelente —terció San Martín—. Aprendió a conducir cuando impartía clases de español como becaria en College de Middlebury, en el estado de Vermont, en Nueva Inglaterra.

Juan José no tenía muy clara la geografía americana ni la categoría de las universidades extranjeras y calló prudentemente. En realidad, estaba tan ansioso por llegar a Navalmoral de la Mata que le hubiera dado lo mismo cabalgar un automóvil que conducir un helicóptero. Así, salieron de la provincia de Madrid y embocaron la de Toledo. Valmojado, Santa Cruz del Retamar y Quismondo quedaron atrás y cuando llegaron a Maqueda fue Juan José el que solicitó parar un momento para dar un respiro a la conductora. Efectivamente, Matilde Huici se manejaba muy bien, pero en ese caso era Juan José quien se estaba mareando.

—En Talavera de la Reina es obligado parar para echar gasolina y tomar un refrigerio —dispuso San Martín—. Mientras tanto, el motor necesitará enfriarse y descansar.

Con ese consuelo volvieron al camino sin dejarse desanimar por el hambre ni por los baches de la carretera. Al fin y al cabo, eran jóvenes y pesaba más la urgencia del peligro que el malestar de los músculos agarrotados.

Talavera de la Reina, Torralba de Oropesa, Lagartera y Calzada de Oropesa se alargaron en la provincia de Toledo para
sugerir a los trotamundos que aquello no se terminaba nunca.
¿Dónde comenzaba la provincia de Cáceres? ¿Cuánto faltaría
para Navalmoral de la Mata? Y ¿qué peligro existía en ese pueblo, por Dios, desde donde Rosita solicitaba rescate?

—Rosita, ¿qué piensas? —se interesó Matilde Huici en el salón del Lyceum—. Te veo tan callada…

Rosita emergió desde sus pensamientos y se sonrojó violentamente. Estaba recordando la circunstancia estrafalaria que había
precedido a su liberación.

Cuando los automovilistas llegaron a Navalmoral, a la casita
primorosa de Amelina, y apareció Romanito con su nuevo aspecto saludable, bronceado, unos cuantos centímetros más alto
que en la etapa madrileña e indudablemente más vigoroso y corpulento; cuando se asomó Rosita, sonrosada, rozagante, bien
vestida y mejor peinada, quedaron los salvadores sorprendidos.
¿Cómo habían llegado Rosita y Romanito hasta allí? ¿Cuál era el
peligro? Los viajeros, despeinados, hambrientos y sudorosos, se
habían apeado de un automóvil polvoriento y parecían necesitar
una buena ducha o, al menos, un gran vaso de agua.

¡Qué difícil fue dar alguna explicación coherente sin herir a la
anfitriona ni quedar en ridículo ante los libertadores! Pero lo peor
fue el llanto de Amelina. Cuando la mujer comprendió que los
recién llegados venían a arrancar de sus brazos a Romanito y que
se iban a llevar a Rosita a Madrid para no volver ninguno nunca
más, pareció desfallecer. ¿Qué había hecho ella mal acogiendo a
los dos desventurados? ¿Y por qué volvían a Madrid, un lugar tan
inseguro? ¿Es que no veían que Romualdo los encontraría? No
era sensato que quisieran volver a ponerse en peligro.

Luis San Martín y Matilde intervinieron alegando razones más
o menos justificables. Que si la esposa y el hijo deben residir

legalmente en el domicilio establecido por el marido (aunque este se encontrase en la cárcel), que si la huida de la madre contravenía el derecho a la patria potestad; que si ellos mismos la protegerían... Sin embargo, cuando Juan José se lanzó a abrazar a Rosita e incluso Romanito se colgó de sus piernas, doña Amelina comprendió la situación muy claramente. Ni marido, ni miedo, ni patria potestad, ni narices. Quien le robaba a su familia recién adquirida era el amor; sí, el amor, que se había presentado con todo rigor a reanudar las ataduras entre sus esclavos.

Ahora, desde el salón de reuniones del Lyceum Club, Rosita recordaba a doña Amelina, recostada en un cómodo sillón floreado, vestida con su bata de seda, los ojos empañados de lágrimas, con el pliegue en los labios estorbando un suspiro, tal y como la dejó, y le entraban a ella también ganas de llorar.

—Rosita, ¿nos vamos? —le avisó Matilde—. Tenemos que ordenar unas cuantas cosas en el despacho.

—¡Hala, que hoy también tenemos que trabajar! —completó Clara Campoamor.

Las abogadas tomaron del brazo a la chica y la encaminaron hasta la calle.

—¿Qué pasa? ¿No estás contenta con tu regreso? —la animó Matilde sonriéndole para alentarla.

—¡Oh, desde luego! —dijo ella emergiendo de su melancolía—. De algún modo, puedo asegurar que he vuelto a vivir. Sin embargo, me apena haber causado tristeza a quien me ha querido ayudar. ¡Amelina se ha quedado tan sola después de nuestra partida! Ella se consideraba una madre para Romanito. Parece que yo se lo hubiera robado.

—No te apenes —la consoló Matilde, que sin ser madre tenía a su cargo a un sobrino suyo y al hijo de Luis San Martín—. Amar a un niño es una delicia. Amelina siempre lo recordará como una parte muy feliz de su vida. Y, además, podéis seguir en contacto en el futuro. Una visita breve puede servir para disfrutar del recuerdo durante todo un año.

—Está claro que es un arte disfrutar a costa de las preocupaciones —sentenció Campoamor pensando en los vaivenes del espíritu que surgían de la crianza y educación de los niños. Ella, que nunca había deseado tener hijos, disfrutaba dejando a un lado sus asuntos y luchando por solucionar los ajenos.

40. Feminismo civil

Teresa de Escoriaza se dirigió a la sede de *La Libertad*, donde quería entregar el artículo que describía la tragedia de Jacinta Albarrán. Por el camino, evitando pisar los charcos que se habían formado en la calle, elevó la tela de la parte inferior de su fino vestido y quedaron al descubierto las medias claras y los zapatos blancos. ¡Qué mala elección para un día lluvioso! El sombrero de ala ancha, a juego con el resto de la indumentaria, no le había venido mal para evitar que alguna gota le estropease el arreglo del cabello, pero si llovía demasiado también podía gestarse una catástrofe. En fin, había que pensar que casi todos los conflictos en el mundo tenían algún tipo de solución. Entonces sonrió recordando al propietario de *La Libertad*, el empresario Juan March. El hombre, que había comenzado como un simple comerciante de ganado, había llegado a poseer el monopolio del comercio de tabaco en Marruecos y en España, había adquirido la Compañía Transmediterránea y otros rentables negocios y, para aquellas fechas, contaba también con la protección de Miguel Primo de Rivera. Como editor, y eso era lo que a Teresa le resultaba más curioso, fue impulsor del periódico *El Día*, del conservador *Informaciones* y, para más inri, del izquierdista *La Libertad*, donde aceptaba sus artículos e incluso los de Clara Campoamor. ¡Ah, aquello sí que era adaptarse a las circunstancias con eclecticismo!

Igual que se estaba adaptando a las circunstancias el propio Dictador, que había nombrado a quince mujeres para constituir la Asamblea Consultiva, un órgano que pretendía convalidar las disposiciones de un régimen autoritario. ¡Quince mujeres era un coste bien económico para un Régimen que quería disfrazarse de feminista! Por eso ella, para desenmascarar ese intento fútil de dignificar a la mujer, había titulado el artículo que llevaba en la mano «Feminismo civil», y comenzaba: «En estos momentos, cuando el feminismo político está a la orden del día, nosotros preferimos ocuparnos del feminismo civil». Con ello pretendía destacar, frente al feminismo teórico, el verdadero feminismo práctico.

Hacía un tiempo, decía, se había presentado ante ella una mujer implorando protección. «La circunstancia de que pertenece al sexo débil y el hecho de ser, como tal, víctima de una injusticia, hicieron que me interesase por su causa». Ella era, naturalmente, Jacinta Albarrán, quien, herida en lo más hondo de su corazón, resumía su dolor en un grito doloroso que a Teresa le pareció el aullido de una loba a la que arrancasen sus lobeznos: «¡Me han robado a mi hija!». Entonces las dos mujeres acudieron a personas rectas pero de sangre fría ante el dolor ajeno, incapaces de adecuar el latido de su corazón a las palpitaciones desacompasadas del que sufre. Y aquellas personas «ecuánimes» no las atendieron ni comprendieron su problema, ya que no se trataba de una hija según lo determinan las leyes naturales. «Pero, aun así y todo, aquella mujer decía bien cuando clamaba: "¡Me han robado a mi hija!"».

Teresa de Escoriaza sonrió, bastante satisfecha de sí misma, no solo por el texto que había redactado, explicando los obstáculos legales para deshacer una injusticia, sino también por el buen éxito de la colaboración finalmente conseguida. ¿Quién había sabido deshacer el entuerto de Jacinta Albarrán? ¿Quién había luchado para devolver a esa madre atribulada la hija perdida? ¿Quién había logrado que se hiciera justicia en este caso bochornoso? No había sido ningún hombre, sino una mujer: «¡Una mujer! Una abogada cuyo nombre merece figurar en letras mayúsculas: CLARA CAMPOAMOR. ¡Quién, sino una mujer, podía sentir en toda su intensidad la tragedia del corazón lacerado de otra mujer!... Prueba de ello era que los hombres de leyes a quienes la cuitada Jacinta Albarrán recurriera nada lograron, acaso porque nada intentaron, probablemente porque nada sintieron».

Sí, insistió la periodista para su coleto. Frente al feminismo político de las grandes palabras huecas, era ya el momento oportuno de destacar el feminismo civil, ese que suponía un triunfo honrado, legítimo, indiscutible, de la actuación pública de las mujeres.

41. Matadores de mujeres

Clara Campoamor y Matilde Huici avanzaban a buen paso recorriendo los caminillos que separaban entre sí las lápidas del cementerio de La Almudena. Detrás de ellas Rosita intentaba adecuar a la velocidad de su marcha los pasos apesadumbrados de Celsia Regis, que se iba deteniendo de vez en cuando a mirar el nombre inscrito en algunas losas.

—Ya sabemos que aquí no está —dijo Clara, señalando con un ademán amplio el paisaje lúgubre que las rodeaba—. Hay que buscarla en uno de los nichos de los pobres.

—¿Para qué la habré yo conocido? Hubiera sido mejor no enterarnos de lo que pasó —dijo Celsia Regis—. Total, no sirvieron de nada todas mis preocupaciones.

Clara Campoamor se mordió los labios para no gritar.

—Ni todos tus desvelos, tampoco —añadió Celsia al advertir su gesto de dolor—. ¡Pero nosotras ya más no pudimos hacer!

La historia desgraciada había comenzado unos cuantos meses antes de que Rosita conociera a Clara Campoamor. En aquella ocasión, como en tantas otras, Celsia Regis se había presentado en el despacho de la abogada con una mujer llorosa, angustiada, enloquecida. Se trataba de un caso desesperado. Casada en Castilla, al poco marchó con su marido a la Argentina, donde durante muchos años trabajó, como él y con él, ruda, desesperadamente, para amontonar un poco de plata con que asegurar el reposo de los años viejos. Una vez logrado el anhelo, regresaron a España con su pequeño caudal y se alojaron en Madrid con el proyecto de trasladarse a Castilla para instalar un pequeño comercio.

—Sin embargo, durante el tiempo de espera, el marido, con el dinero ahorrado, se dio a la bebida y al placer —informó Celsia Regis a su sobrina—. Puedes imaginarte cómo sigue esta historia.

Rosita sintió un repeluzno en la espalda. Desde su regreso a Madrid había decidido continuar con su vida como si no hubiese pasado nada, evitando recordar que Romualdo había escapado de la cárcel e ignorando el presunto engaño de Isidra para llevarla con su hijo a Portugal, donde probablemente se escondía su marido, alejado de la justicia española.

Celsia Regis siguió desgranando una historia que, a la vista del lugar donde se encontraban, no presumía un final feliz. La emigrante, al ver dilapidarse el pequeño capital, comenzó sus querellas contra el marido y él se las devolvió con injurias y con golpes. Un día llegó la tragedia: el marido, bebido, brutal, la golpeó bárbaramente y, mientras ella curaba sus heridas en un dispensario, desapareció del hospedaje llevándose, como dueño y señor, el dinero y el bagaje total del matrimonio. «Se llevó toda mi ropa y hasta las sábanas», había explicado ella a Campoamor. Pasado aviso al juzgado municipal, se celebró juicio de faltas por las lesiones y se condenó al marido, sin ningún efecto, ya que se hallaba en paradero desconocido disfrutando del dinero ganado por los dos. La Guardia Civil tenía cuestiones mucho más urgentes que resolver antes que buscar a un marido a la fuga. La mujer, que solo era capaz de realizar las labores camperas a que estaba acostumbrada y no encontraba en Madrid un trabajo adecuado, quiso partir nuevamente a Argentina, para reunirse con la familia que allí tenía.

—Pero surgió un obstáculo insalvable —recordó Celsia Regis—. Le fue denegado el pasaporte porque necesitaba el permiso del marido para embarcar, un marido que ni la policía ni los jueces pudieron hallar.

—¿El permiso del marido? —dijo Rosita con asombro—. ¿No era suficiente el haberla robado y después abandonado?

—Abandonar a la mujer propia no es un delito —terció Campoamor—. Y en cuanto a lo del robo, ella tenía que probar, en primer lugar, que los bienes eran suyos, porque el marido tiene legalmente la administración y la disposición absoluta de los bienes de la sociedad conyugal. No se podía hacer nada para ayudarla.

—No logró marchar a reunirse con los suyos sin el permiso marital —completó Celsia Regis—. Ella quedó retenida en Madrid y el mal hombre, desgraciadamente, al cabo de algún tiempo, reapareció. Entonces le ordenó, como generosa merced, seguir en su compañía y reanudar la vida de antaño en el pueblecito donde se había estado ocultando.

—Ella lo temía... —intervino Matilde—. Pero no tuvo más remedio que obedecer y acudir resignada al llamamiento.

Mientras desgranaban esta historia, los pasos de las cuatro mujeres habían dejado atrás unas cuantas hileras de losas, separadas entre sí por pequeños muretes de ladrillos rojos. Algunos sepulcros eran muy sencillos, adornados de la mera inscripción de un nombre y una fecha; otros estaban constituidos por elegantes panteones flanqueados de esculturas. Por fin, llegaron a la zona más humilde del camposanto. Celsia Regis señaló uno de los nichos encastrados en un muro dividido en cuadrados, en parte adornados con flores.

—Como era de esperar, continuaron los malos tratos y las escenas brutales —recordó Matilde.

—Y en una de ellas, sin causa aparente, sin más razón que los golpes de las anteriores —la interrumpió Campoamor, con rabia—, le disparó tres tiros de revólver que le produjeron la muerte. Así ha acabado la triste. ¡Ah, si hubiera podido irse a América como anhelaba! ¡Ese canalla!...

—Pero ¿quién ha matado a esta mujer? —terció Celsia Regis, dirigiéndose hacia lo alto, como cuestionándose una injusticia—. ¿Ha sido tan solo la mano parricida o también la ha matado esa frialdad de la ley que la ha abandonado?

—¡Ha muerto indefensa! —dijo Campoamor con la amargura de no haber podido ella solucionar un problema que habían originado las leyes.

—La ley vigente, imprevisora y fría, al negarle un día la protección que pedía, la condenó también, como su propio marido, a la pena de muerte… —sugirió Matilde.

—Ojalá que su sangre no se haya derramado inútilmente —suspiró Campoamor, intentando cobrar algún consuelo y compartirlo con sus acompañantes—. Que no se haya derramado inútilmente y, al caer sobre toda la sociedad, culpable de su abandono, sacuda la indiferencia. ¡Que piensen los juristas, las comisiones modificadoras y los legisladores que es inaplazable prever estos casos terribles! ¡La Ley tiene que garantizar la vida y la seguridad de las mujeres! ¡O que, al menos, ellas puedan defenderse por sí!

Rosita sujetó el pequeño ramo que le habían encomendado en un clavo que sobresalía junto al nicho sin nombre, mientras cruzaban sobre su mente como en un torbellino las figuras de su hijo, de Isidra, del Renco, de Juan José y de las amigas a quienes estaba acompañando. A continuación, para completar ese cuadro, quiso asomarse a su imaginación la sombra de Romualdo, pero ella la desechó con un esfuerzo de valentía. Si quería seguir con su vida, necesitaba ignorarlo.

noviembre de 1927

ASESINATO DE UNA CONOCIDA JOVEN DE PONTEVEDRA EN RÍO DE JANEIRO

Pontevedra.— La bella señorita Arsila Carballal, de conocida y estimada familia pontevedrense, que salió hace poco para Río de Janeiro, después de terminar aquí con gran aprovechamiento la carrera del Magisterio, ha sido, según noticias, protagonista en la capital brasileña de un crimen pasional.

Parece ser que el joven Benedicto Bargas la pretendía de amores, y ella le rechazaba pretextando haber dejado en Galicia un novio con el que pensaba casarse. Hace pocos días Benedicto subió a casa de la señorita Arsila para repetir sus pretensiones en presencia de la madre de aquella, y como fuera nuevamente rechazado, Benedicto le disparó dos tiros y se suicidó después.

Heraldo de Madrid, 03/11/1927, p. 11

AUDIENCIA. EL PARRICIDA DE MONÓVAR O EL CRIMEN DE UN LOCO

En los primeros días del corriente año se instruía en el Ayuntamiento de Monóvar el expediente de incapacidad de José Deltell Maruenda, vecino de aquella localidad, que constantemente venía produciéndose de manera inequívoca de tener perturbadas sus facultades mentales.

Como resultado del aludido expediente, fue el acuerdo de la Diputación Provincial por el que se resolvió que Deltell Maruenda fuese recluido en el Manicomio de Elda. En 24 de febrero, la Diputación notificaba al Ayuntamiento de Monóvar que en el Manicomio de Elda ingresaría cuando hubiese vacante.

Mas los locos no aguardan para cometer sus fechorías a fecha fija, y el desgraciado Deltell, en el intervalo de tiempo transcurrido desde la iniciación del expediente hasta que estuvo terminado cometió, como se temía, un hecho de los que caen dentro del Código Penal.

Para mañana día 22 está señalada, en nuestra Audiencia, la vista del juicio oral de la causa que por parricidio fue instruida contra José Deltell.

RELATO DE LOS HECHOS SEGÚN EL FISCAL

El vecino de Monóvar, José Deltell Maruenda, que venía desde algún tiempo disgustado con su esposa Remedios Rico López, atribuyéndole que le daba poco de comer y que se burlaba de él, viviendo a veces separados, como sucedía antes del día 4 de febrero de 1927, en que José fue a buscar a su esposa a la casa en donde estaba viviendo sola, convenciéndola de que se fuese con él; se marcharon al domicilio conyugal, o sea, a una cueva sita en el arrabal de Yesarte del indicado Monóvar, y al llegar la noche y con la disculpa de querer cohabitar con ella, la fue llevando hasta el fondo de la cueva y, cogiendo un cinturón de delantal de mujer, se lo colocó por detrás del cuello y echándola al suelo, cruzó los cabos de aquel cinturón por delante de la garganta y apretando fuertemente la estranguló, no cesando presión hasta que notó que no respiraba, y se echó seguidamente a dormir con una hija de tres años en la misma cueva hasta la mañana siguiente, en que manifestó a unas primas que a su mujer le había dado un mal y que fuesen a verla, las cuales la encontraron ya cadáver. El procesado parece ser imbécil sin que al presente pueda afirmarse en absoluto y en qué grado.

CALIFICACIÓN

Los hechos referidos constituyen un delito de parricidio comprendido en el artículo 417 del Código Penal. Del expresado delito es responsable como autor José Deltell Maruenda.

Ha concurrido la circunstancia atenuante octava en relación con la primera del artículo 9.º y primera del artículo 8.º del

Código Penal. Ha incurrido el procesado en la pena de catorce años, ocho meses y un día de reclusión temporal, accesorias y costas.

En cuanto a responsabilidad civil, se establece indemnizar en 3000 pesetas a la familia de la interfecta.

CONCLUSIONES DE LA DEFENSA

La defensa del procesado está encomendada al distinguido abogado don Antonio Fontés Bianco y en sus conclusiones provisionales dice lo que a continuación reproducimos:

Primera. José Deltell Maruenda vecino de Monóvar, que había contraído matrimonio con Remedios Rico López, venía desde hace tiempo dando muestras inequívocas de tener perturbadas sus facultades mentales, hecho reconocido por la mayor parte de sus convecinos y autoridades locales, habiendo dado lugar con sus actos a que, por disposición de autoridad, fuese recluido en lugar seguro y, como pudiera ser peligrosa su libertad, se instruyó por el Ayuntamiento de Monóvar el oportuno expediente de incapacidad, para llevar a cabo su ingreso en el Manicomio provincial.

Habiendo burlado la vigilancia de las personas encargadas de su custodia, marchó en busca de su mujer y, como padeciese en su locura de manías persecutorias, una vez junto el matrimonio en la cueva que les servía de habitación, dio muerte a la susodicha Remedios Rico estrangulándola con la cinta de un delantal de la misma interfecta; quedándose en la misma cueva a dormir con una hija de corta edad, hasta la mañana siguiente en que fue descubierto el hecho.

Días antes de ejecutar lo que queda relatado se presentó el hoy procesado en la cárcel del partido pidiendo al propio director del establecimiento que lo encerrara, pues se encontraba perseguido por voces interiores que lo amenazaban y querían matarle.

El expediente de incapacidad fue terminado con posterioridad a la ejecución de los hechos que motivaron esta causa y en el que se acusaba la reclusión en un manicomio de José Deltell Maruenda.

Segunda. Los hechos referidos no constituyen delito.

Tercera. No existiendo delito, no puede haber autor responsable.

Cuarta. Ha concurrido la circunstancia primera del artículo 8.º del Código Penal, siendo el procesado un loco.

Quinta. Procede absolver al procesado José Deltell Maruenda por ser irresponsable y, si el Tribunal así lo acuerda, dar cumplimiento a lo que dispone el segundo párrafo del artículo 8.º ya citado.

Para el acto de la vista están propuestos por la defensa como peritos médicos los cultos y distinguidos doctores don Enrique Sánchez Bordallo y don Baldomero Navarro.

Diario de Alicante, 21/11/1927, p. 2

UN PARRICIDIO

Almería.— En el pueblo de Cantoria, el gitano Juan Fernández Gorreta, alias «Chiripa», de veinticinco años, en unión de otros gitanos, penetró en una taberna donde tomaron varias copas. Juan disparó una pistola contra su hija, produciéndole una herida en la espalda que le ocasionó la muerte.

El motivo fue el haberse fugado con un gitano que no era del agrado de su padre.

El parricida se fugó al pueblo de Albanchez, siendo perseguido de cerca por la Guardia Civil.

La Libertad, 25/11/1927, p. 4

42. Un momento histórico y solemne

María de Maeztu abrió la puerta de la sala de reuniones del Lyceum Club y asomó la cabeza con precaución. Inmediatamente, tal como había imaginado, se elevó un estruendoso rumor de voces que la instaban a incorporarse para oír de sus labios las últimas noticias sobre la Asamblea Consultiva. A pesar de que lo esperaba, por el sobresalto, el sombrerito que siempre llevaba le bailó en la cabeza y estuvo a punto de aterrizar en el suelo. No obstante, haciendo un esfuerzo por sonreír, entró en la sala, se soltó las horquillas que sujetaban el sombrero para quitárselo y lo entregó a unas manos ávidas que solicitaban que se desembarazase de cualquier impedimento.

—¡Aquí, aquí! —Varios gestos vigorosos le señalaban que tenía que tomar asiento inmediatamente para comenzar su relación.

Sobre una mesa todavía quedaba expuesto un ejemplar de *Heraldo de Madrid* del mes pasado, con fecha de 5 de octubre. Junto a una fotografía con la fachada del Congreso, que había asumido el nombre de Asamblea Nacional, el diario abordaba la constitución de la Asamblea Consultiva y la participación de las mujeres en ella. Dolores Cebrián no había querido conformar la Asamblea Consultiva ni había atendido a las solicitudes del diario para que publicase su opinión, pero María de Maeztu, ingenuamente, había accedido a participar en ambos frentes.

—¿Qué pienso hacer en la Asamblea? —Había recogido un periodista sus palabras—. ¡Oh, yo iría a ella sin carácter político! No me ocuparía más que de los problemas de la educación, en especial de aquellos que afectan a la mujer, como directora que soy de la Residencia de Señoritas y del Instituto Escuela.

María de Maeztu, a aquellas alturas de noviembre, todavía no había estrenado con sus aportaciones su pretendida influencia educativa en la institución. Había sido otra la mujer que, por primera vez en la historia, tomó la palabra en tan interesante conciliábulo.

—Concepción Loring Heredia, marquesa viuda de la Rambla, ha sido la primera mujer en hablar en el Congreso de los Diputados —informó María a la ávida concurrencia.

—Tiene 59 años y, aunque ha sido elegida por haber destacado en actividades de la vida nacional, también posee un título nobiliario —susurró una voz un poco malintencionada pero bien informada.

María de Maeztu carraspeó débilmente, esperando a que se hiciese de nuevo el silencio, mientras rememoraba la intervención de la oradora en el momento solemne de su estreno parlamentario. «Sintiendo la necesidad de encontrar disculpa por lo que pudiese parecer osadía y es obligación precisa, el ser la primera mujer que hace uso de la palabra desde ese sitio, y siendo tan notoria la superior competencia de mis compañeras…», recordó María de Maeztu en labios de doña Concepción Loring. Ella había comenzado así su interlocución ante el ministro de Instrucción Pública y Bellas Artes, Eduardo Callejo de la Cuesta, con un regusto de humildad que a la presidenta del Lyceun le había parecido excesiva. Bien está comenzar sin altanería, pero pedir disculpas antes de hablar, cuando precisamente las habían elegido a ellas como representantes de la mitad del género humano en esa asamblea tan masculina, resultaba exagerado.

—En fin, que la marquesa de la Rambla ha pedido educadamente la palabra ante el ministro de Instrucción Pública —recontó ante su público María de Maeztu.

—¿Qué ha pedido? ¿Que se abran más escuelas y que se promueva la educación femenina?

—¿Ha solicitado el voto para todas las mujeres?

—¿Ha pedido la abolición de la prostitución? —dijo una voz extemporánea. Eso no se podía pedir al ministro de Instrucción Pública—. ¿La anulación final del 438?

María de Maeztu se removió en el mullido asiento, que aquel día no le resultaba tan cómodo como cuando lo adquirieron en el rastro. Lo que Concepción Loring Heredia había expuesto ante el ministro era una insinuación que a ella misma le había parecido un disparate: había advertido de que la asignatura de Religión en los estudios de Bachillerato no estaba bien atendida y, como sostenía que las madres no estaban capacitadas para impartir tales enseñanzas, se quejaba de que las futuras clases directoras de la nación no iban a tener más conocimiento religioso que unas nociones de Catecismo aprendidas en el hogar y ampliadas en la escuela.

—Bueno, resumidamente… Carmen Loring Heredia ha protestado de que la asignatura de Religión no sea obligatoria en el Bachillerato —acabó confesando.

Un movimiento de decepción recorrió las huestes del Lyceum Club. ¡Vaya desengaño, defender para la escuela pública la obligación de impartir la Religión! ¡Con la animadversión que tenían las autoridades eclesiásticas a las liceómanas! Hacía poco las habían acusado de estar locas y de ser mujeres de mala conducta, con las piernas al aire. ¡Ya solo faltaba que la participación de las mujeres en la Asamblea Consultiva les trajera a ellas todavía más dificultades!

—Con todo…, ¿cómo han aceptado los asambleístas esa recomendación? —preguntó la conocida y sempiterna curiosidad femenina.

—Creo que al ministro de Instrucción Pública no le ha hecho mucha gracia, aunque ha disimulado- —María de Maeztu se había quitado un peso de encima al confesar en público su decepción—. La ha felicitado «afectuosamente» por ser la primera dama en hablar en la Asamblea y también en el Congreso. Ha dicho que era un momento histórico y que, además, había elegido un tema muy simpático, muy español y «genuinamente femenino».

—¿Un tema muy simpático? —dijo una de las asistentes, obviamente enfadada.

—¡Y muy femenino! —terció otra, rompiendo a reír—. ¡Menudo estreno! ¿Y al resto de los diputados no les ha entrado la risa? Seguro que, si ha habido algún aplauso, habrá sido solo por cortesía.

Sin haber asistido, la señorita del irónico comentario tenía toda la razón.

—El presidente del Consejo de Ministros y marqués de Estella, nuestro Miguel Primo de Rivera, galantemente, ha salido en su defensa —siguió María de Maeztu, todavía un poco abochornada por tener que abordar la explicación—. Ha reprochado a los sectores demasiado tradicionalistas su celo excesivo y ha aclarado que, cuando se pone la mejor voluntad, no es posible excederse. Sostiene que aprender en los primeros balbuceos la plática sencilla, venerable e inolvidable de la madre es, al fin y al cabo, un acto de patriotismo. En fin, ha dicho que la intervención de la marquesa de la Rambla había supuesto un momento histórico y solemne.

—¡Un momento histórico y solemne! —sonó desde puntos distintos de la sala, con un acento de desengaño más que de satisfacción.

Aparte de eso, María de Maeztu calló que la propia marquesa de la Rambla había intervenido nuevamente para «rectificar» su propuesta y para agradecer las palabras del ministro de Instrucción Pública y las del presidente del Consejo de Ministros. No quiso desanimar del todo a las mujeres del Lyceum ni les quiso revelar los halagos que el presidente de la Asamblea, José Yanguas Mesía, había adjudicado a las mujeres que acudieron a la reunión. Además de encomiar la presencia en las tribunas «del bello sexo», había encarecido su interés por el tema que la marquesa había traído a la Asamblea, «pasando por el sacrificio que supone para estas señoras y señoritas no solo el permanecer largo rato soportando la incomodidad de estos asientos, sino el estar silenciosas».

La directora de la Residencia de Señoritas, cofundadora y primera presidenta del Lyceum Club, al callar esta información, confiaba en que ninguna de las asociadas se entretuviera en leer los Diarios del Congreso, especialmente Clara Campoamor. Sonrió levemente cuando levantó la reunión para encaminarse a cumplir con sus ocupaciones y evitó mirar allá al fondo el ejemplar de *Heraldo de Madrid* que todavía se hallaba sobre la mesa. «Una participación sin carácter político», había declarado con ingenuidad. ¿Qué podía quedar fuera de la política a la hora de participar?

—Y de lo nuestro ¿qué? —Oyó que clamaba una voz recalcitrante, una voz que afortunadamente no la apelaba a ella en esta ocasión—. ¿Habrá alguna novedad sobre el 438?

Un silencio denso se posó sobre la concurrencia mientras María de Maeztu salía sigilosamente. Aparte de todo, urgía seguir con su campaña educativa en todos los frentes.

43. Amor, matrimonio y dinero

Aunque en aquella ocasión pensaba ganar la batalla judicial, Clara Campoamor estaba furiosa en su despacho de la plaza de Santa Ana. De buena gana hubiera dado un puntapié al Código Civil y a los códigos penales, tanto al viejo como al futuro. Cada poco se levantaba de su silla, daba unos pocos pasos, se sentaba, escribía una frase para el artículo que estaba preparando para *Diario Universal* y volvía después a retomar su ejercicio rabioso. «Amor, matrimonio y dinero», el título de su colaboración, suponía una tríada cuya unión provocaba resultados lamentables. Eso se veía bien claro en el caso de doña Engracia, cuyas pretensiones naturales habían acabado por ventilarse en un asunto penal ante la sección tercera de la Audiencia, remate y corona, según su experiencia judicial, de muchas desavenencias y luchas conyugales.

Cuando doña Engracia y don Helio Arturo se casaron, según ella confesó, lo hicieron por amor: los dos se habían sentido atraídos mutuamente por sentimientos elevados y unieron sus vidas después de jurarse lealtad eterna, amor sincero y unión indisoluble. Por el contrario, en la actualidad, era bien triste observar hasta qué extremo habían sido capaces de descender en sus ásperas luchas personales.

El matrimonio no había sido feliz y, después de los años, cuando la mujer reclamó la administración de los parafernales, que habían sido entregados al esposo en la época del enamoramiento, el equilibrio de la convivencia se deterioró. En el mes de septiembre Clara había conseguido que doña Engracia recuperase sus bienes anteriores al matrimonio, cosa absolutamente justa, y a partir de ahí las relaciones de la pareja empeoraron hasta llegar al extremo de una separación de hecho.

Después de esto, en teoría, debería haberse producido una paz absoluta, una total abstención en todo cuanto se relacionara con el respeto entre los esposos. No fue así: don Helio Arturo no pudo soportar la desobediencia de su mujer ni la ausencia de su dinero, así que la amenazó con interponer contra ella una querella por adulterio, para conseguir que le entregara nuevamente la administración de todo lo que poseía. Para ello sobornó a dos testigos y a un inspector de policía.

¿Doña Engracia, adúltera? ¿Quién se iba a creer eso? Si a Clara Campoamor, en un principio, le resultó tan absurdo como cómico, cuando leyó las declaraciones de los falsos testigos, se indignó. La esposa, naturalmente, había quedado anonadada, herida precisamente en la faceta de su personalidad más dolorosa, la que se refería a su pudor y su honorabilidad. ¿Qué hacer, entonces? Naturalmente, había que luchar. Luchar y trabajar para que la verdad resplandeciera. Clara Campoamor se vio obligada a interponer una denuncia por coacción y amenazas en una causa criminal contra don Helio Arturo, contra el inspector de policía y los dos testigos, por amenazar a doña Engracia con seguir contra ella querella por adulterio, violentándola para que entregara al marido la administración de sus bienes, rescatada en el pleito anterior.

Tanto el fiscal como la acusación pidieron para los procesados la pena que correspondía según la legislación: tres meses de arresto mayor y dar caución a la ofendida o, en su defecto, la pena de dos años y cinco meses de destierro a cincuenta kilómetros de la capital. En la prueba testifical habían desfilado abogados, policías, oficiales y particulares, servidumbre, porteros, serenos… En esa fase, dolorosa para la mujer, quedaron al descubierto todos los detalles de discordias, luchas y pretensiones que mejor hubieran estado ocultas. Por cierto que, de todo ello, no se llegó a escuchar ningún cargo, más o menos velado, contra la honorabilidad de la dama, excepto los que formularon los procesados.

Concluida la prueba, solo cabía esperar la sentencia de lo que se había terminado por convertir en un oscuro argumento de vodevil. Había quedado probado que el punto práctico de lucha enconada e incomprensión entre dos esposos surgía de una desigualdad económica que, en lugar de nivelar el amor, solo había servido para iniciar actuaciones delictivas. ¿Cuándo iba a quedar demostrado ante los códigos que los bienes de la mujer casada tenían que quedar lejos de la codicia del marido? Y mientras tanto, ¡qué tristeza por las acusaciones mentirosas, por el amor perdido, por la colaboración imposible entre los seres humanos! ¡Cuántos matrimonios fundados en el amor, como sucedió en su juventud entre doña Engracia y don Helio Arturo, mudaban la primera altura de miras para hacer aflorar los sentimientos más degradados del ser humano!

En este caso, por causa de la avaricia, el marido había llegado a las amenazas y la coacción; en otros, por intereses inconfesables, por codicia, por celos, por bajos instintos o por otros estímulos deleznables, se acababa llegando al asesinato, tal como se veía en la prensa casi todos los días.

44. El Proyecto de Código Penal en sesión plenaria

Clara Campoamor y Matilde Huici se hicieron a un lado para dejar que Rosita también pudiera sentarse en el sofá, pero ella se negó y se acomodó a sus pies, en el suelo. La casa que compartían Luis San Martín y Matilde Huici, aunque pretendía ser modesta, tenía unas alfombras fabulosas.

—¿Un cigarrito? —ofreció Clara a sus acompañantes.

—¡No, no! Gracias. Yo no fumo, pero quizás Rosita… —respondió Matilde estirándose sobre el sofá como un gato.

—¡Yo nunca lo he probado! —dijo la interfecta.

—Mejor será acompañar el cigarro con una copita de Jerez —propuso la anfitriona.

—Yo no bebo alcohol, pero a lo mejor a Rosita le apetece… —dijo Campoamor.

Matilde se puso en pie y sacó de una alacena dos copas y una botella que depositó sobre la mesa donde ya figuraba un adorno de flores, tres vasos, un cenicero y una jarra con agua.

—¿De verdad no vienes al sofá? —preguntó Campoamor, estirándose como antes hiciera Matilde. Al parecer, ninguna de las dos había pasado una buena noche—. Ahí a los pies, pareces… No sé…

—¿Un perrito faldero? —se atrevió Rosita, riendo—. Aquí estoy bien. El suelo es un sitio estupendo para cualquier clase de celebraciones.

—¡Ay, sí! ¡No hay peligro de caer!

Las tres mujeres estaban contentas. Después de todo, en ese galimatías de la lucha que llevaban contra la legislación esclavizadora antifeminista habían cobrado, por fin, una pequeña victoria. El 7 de noviembre de 1927 el ministro de Gracia y

Justicia había presentado ante la Asamblea Consultiva el Proyecto de Código Penal elaborado por la Comisión Revisora y, después de tantos misterios, el miércoles 23 de noviembre se había hecho público en el Acta de la sesión plenaria.

Matilde Huici vertió el licor en las dos copas mientras Clara Campoamor encendía su cigarrito y ofrecía fuego a Rosita, que sin ninguna pericia prendió el suyo.

A partir de ese momento, la Asamblea Nacional debía elaborar un Dictamen sobre el Proyecto de Código Penal, que previsiblemente sería favorable.

Matilde Huici levantó su copa, señaló el vaso de agua de Clara Campoamor y la copa de Rosita e hizo ademán de entrechocar los cristales.

—¡Por la abolición del 438! ¡Por la desaparición del «artículo rojo»!

—Con agua no, que da mala suerte —dijo Campoamor.

Matilde y Rosita alzaron sus copas y bebieron.

—«El famoso artículo 438 del Código aún vigente, tan unánimemente censurado en los últimos años, y que, por cierto, desde que fue promulgado tuvo tan escasas aplicaciones que podrían contarse con los dedos de una mano, ha sido modificado» —citó Campoamor, haciendo gala de su memoria fabulosa, que supo reproducir íntegramente el comienzo de aquel párrafo de la Exposición de Motivos del Proyecto de Código Penal.

—¡Tan escasas aplicaciones que podrían contarse con los dedos de una mano! —repitió Matilde—. A eso se podrían argüir muchas objeciones. Primero, que no son tan escasas las aplicaciones; segundo, que es un artículo degradante y supone una humillación para todas las mujeres, tanto las adúlteras como las que somos fieles.

—Entonces, brindaremos por la fidelidad —dijo Campoamor con su vaso de agua.

Rosita, en la primera calada, había evitado tragarse el humo, pero para aliviar el ardor en la boca y el sabor del tabaco atacó con precipitación la copita de Jerez.

—No nos vamos a quejar de la victoria, aunque sea pequeña —alegó Campoamor—. Al fin y al cabo, se reconoce como delito el asesinato de la esposa adúltera. Para rebajar la pena del agresor, se admite la obcecación que una persona puede sufrir cuando inesperadamente sorprenda el adulterio de su cónyuge, con la novedad de que…

—¿Con la novedad…? —intervino Rosita, más que nada para comprobar que, a pesar del ardor en la garganta, conservaba la voz.

—Con la novedad de que también se ha incluido «la igualdad de ambos cónyuges, sin distinción de sexos, cuando alguno llegue a tan desgraciada situación, y la improcedencia de autorizar indirectamente, en caso alguno, al cónyuge ofendido para dar muerte a los adúlteros» —citó Campoamor, y añadió, con un negro sentido del humor—: O sea, que ni el hombre ni la mujer están autorizados a matar, pero ambos verán reducida su pena debido a la obcecación ante el adulterio. Esto es así como una eximente de carácter emocional para ambos sexos, algo en lo que ya habíamos pensado. Creo que las mujeres asesinas, si las hay, han salido ganando.

—¡Brindemos! ¡Bebamos! —Alzó Matilde Huici su copa, simulando una ebriedad que no sufría—. ¡Viva el artículo 523 del próximo y nuevo Código Penal!

—¡Viva! —dijeron a la vez Clara y Rosita.

Clara dio dos nerviosas caladas a su cigarro, que ya estaba casi consumido, y Rosita, por imitación, dio una buena aspiración al suyo, advirtiendo que una ola ardiente le bajaba por la garganta y le quemaba los pulmones.

Luis San Martín, que venía del Tribunal de Menores, se asomó a la fiesta femenina.

—¿Y esto? ¿Alguna celebración?

—¡Victoria! ¡Victoria legislativa y judicial! —dijo en broma Matilde.

—¿Victoria? ¿Por qué?

—Victoria por la redacción del nuevo artículo 523 del Código, que sustituye al 438. «A quien sorprendiere a su cónyuge en adulterio y en el acto matare o hiriere a cualquiera de los adúlteros o a ambos…» —citó Matilde más o menos de memoria, pero en broma, sabiendo que el dictado de la ley, en realidad, tampoco era muy satisfactorio—, «se le impondrá por el Tribunal una pena inferior a la señalada por la ley según estime adecuada, a su prudente arbitrio». ¡Al hombre y la mujer por igual, sin distinciones!

—Una victoria pírrica —dijo San Martín.

—¡Ah, no seas aguafiestas, querido!

—Matilde tiene razón —intervino Campoamor—. Celebremos con alegría esta primera victoria de la igualdad. Eso sí, mañana mismo comenzamos nuestra campaña contra el nuevo artículo 620.

—¿Qué le pasa al 620? ¿Qué dice? —preguntó Rosita absolutamente mareada por la mezcla del humo y del alcohol. Ella no estaba acostumbrada a ninguna de las dos cosas.

—Dice poca cosa, pero quizás resulte de interés para alguna mujer casada… —replicó Matilde procurando no estropear la celebración.

—¡Bah! Solo dice que la mujer adúltera incurrirá en la pena de uno a tres años de prisión —dijo Clara con toda intención, procurando barnizar su mensaje odioso a través de la ironía—. Pero lo mejor es que el marido incurrirá en la misma pena, eso sí, si tiene «manceba en la casa conyugal o fuera de ella, con escándalo».

—Otra vez hay diferencias que benefician al varón. Cariño, ¿tú no tendrás, aunque sea fuera de casa…? —Matilde se puso en pie para besar a su esposo, que la abrazó siguiendo la broma—. ¿Verdad que no…?

—¡De ninguna manera, palomita! ¿Pero tú, oye, tú…?

—¡Tonto!

—¡Oh, todos los amantes son insoportables! —exclamó Campoamor por hacer una broma.

—Todas las leyes son odiosas —concluyó Rosita. Apagó con rabia el cigarro en el cenicero y, para compensar el aturdimiento que la trastornaba, rellenó su copita de Jerez y de un solo trago la apuró.

45. Amor, amor

Como ya se había hecho de noche y tenía la luz encendida, Rosita movió las cortinas intentando ocultar el interior de la casa de la visión desde fuera. Al poco rato, a la hora prevista, sonaron tres golpecitos en el marco de la puerta. Tras un momento de silencio volvieron a sonar tres toques más.

Rosita abrió y, en cuanto Romanito vio la figura del recién llegado, se abalanzó a saludarlo.

—¡Tito, tito! ¿Qué me ha traído hoy?

—¡Niño, no digas eso! Va a pensar que solo quieres verlo por el regalo —lo riñó Rosita mientras Juan José se acercaba hasta ella y la abrazaba—. Y tú no le traigas más cosas. Se está volviendo un niño demasiado caprichoso.

—¡Es un chico extraordinario! —contestó él, sacando un pequeño objeto del bolsillo—. Y a mí me encanta ver su cara de sorpresa. ¡Mira el pergamino que tengo!

Juan José se arrodilló para quedar a la altura del niño y desdobló los cuatro pliegues de un grabado que reproducía la esfera del globo terráqueo en dos partes simétricas.

—¿Qué es esto? ¿Para qué sirve? —preguntó el chico con curiosidad.

—Es un mapa del mundo y sirve para aprender geografía —explicó Juan José ilusionadamente—. He sacado la copia de un dibujo que nos han traído de parte de la escuela. Mira, Romanito, esto es África y esto, Europa. Allá, allá lejos, más allá del mar, está América…

—¿Qué es América? —dijo el niño.

—Anda, que sois igual de chiquillos los dos —les riñó Rosita. No podía estar enfadada por ver la camaradería de sus dos muñecos, pero prefería disimular la emoción que se le subía por el pecho al verlos juntos—. Yo voy a preparar la merienda.

Rosita abrió la alacena y dudó a la hora de elegir entre las delicias de su interior. Amelina, hacía dos días, le había enviado un enorme paquete con alimentos comprados en Navalmoral: una torta del Casar, hecha con leche de oveja; un buen trozo de jamón; un frasco con aceite de oliva y, especialmente dedicado a Romanito, un saquito de roscas de alfajor, que tanto le gustaban, hechas con harina y miel.

¡Ay, Amelina! ¡Qué buena amiga había sido! ¡Y qué mal se había portado Rosita con ella, huyendo casi sin avisar! Menos mal que había prevalecido el cariño y Amelina en seguida le perdonó su abandono. Al poco tiempo comenzó a enviarles regalos con el aviso de que no la olvidaran y de que fueran a visitarla cuanto antes. Una semana les regalaba una ristra de embutidos y otra, un tarro de miel. Parecía querer que Rosita y el niño conservaran los kilos que habían engordado en Navalmoral.

Pensando en todas estas cosas la chica preparó unas rajas de queso, cortó unas buenas rebanadas de pan, las untó con aceite y puso todo sobre la mesa. Decidió que guardaría las roscas para el final. Aparte del vaso de agua para el niño, sacó también dos vasitos pequeños y la botella de Jerez. Estaba aprendiendo a disfrutar de la vida y eso suponía repetir también las delicias saboreadas en casa de Matilde.

El queso, el pan con aceite, las roscas de alfajor, la copita de Jerez, la presencia de Romanito y la de Juan José hicieron que la tarde galopara sin sentirlo y la hora de la merienda se acabó convirtiendo en la de la cena.

De improviso sonaron tres rudos golpes en el marco de la puerta. Rosita miró el reloj con sobresalto, recogió rápidamente los restos que había sobre la mesa e indicó a Juan José que se refugiara en el dormitorio que quedaba a sus espaldas. Sonaron otros tres golpes con mayor contundencia y Rosita, después de recolocar las cortinas para ocultar la visión del interior de la casa desde fuera, se dirigió a la puerta para abrir.

En cuanto Romanito vio la figura del recién llegado, se abalanzó a saludarlo.

—¡Tito, tito! ¿Qué me ha traído hoy?

—¡Niño, no digas eso! —lo riñó Rosita mientras el Renco se adentraba en la casa—. Va a pensar que solo quieres verlo por el regalo. Me lo está usted convirtiendo en un niño muy caprichoso.

—¡Maldita sea mi suerte! ¡Este rapaz es un fenómeno! —contestó él, sacando un pequeño objeto del bolsillo—. Y a mí me gusta ver su cara de sorpresa. Te voy a enseñar una joya que no has visto en tu vida.

El Renco se arrodilló para quedar a la altura del niño y mostró el adminículo que tenía en sus manos, compuesto por un mango de cuerno del que sobresalía la hoja pequeña de una navaja y un alambre que tanto podía servir de sacacorchos como de ganzúa.

—¿Qué es esto? ¿Para qué sirve? —preguntó Romanito con curiosidad.

—Esto es la herramienta más útil que existe para un hombre verdadero —explicó el Renco con entusiasmo—. Sirve para todos los problemas de la vida. Sirve para atacar y para defenderse, pero sobre todo para partir el pan… ¡y para abrir una botella de vino!

Romanito miró la navaja con los ojos muy abiertos. El mapa que le había traído Juan José le había parecido estupendo, pero el regalo del Renco era lo mejor que había visto en su vida.

—Anda, que vaya regalos le trae usted al niño. A ver si se corta con eso —le riñó Rosita, discurriendo cuál sería la mejor manera de que la visita se acortara—. Voy a sacar algo de cenar.

Rosita abrió la alacena y no dudó a la hora de elegir los alimentos. Cortó unas rajas de queso y preparó unas buenas rebanadas de pan, untadas con aceite. Puso todo sobre la mesa y, sin esperar al final, plantó sobre el mantel unas roscas de alfajor y lo que quedaba de la botella de Jerez. A ver si entre una cosa y otra pasaba más rápido el tiempo, y a ver si, mientras tanto, el Renco no descubría para su deshonra la figura masculina que aguardaba en la vecina habitación.

Diciembre de 1927

CONSEJO SUPREMO DE GUERRA Y MARINA. UN SARGENTO DE LA BENEMÉRITA ACUSADO DE PARRICIDA

El pleno de la Sala de Justicia del Consejo Supremo de Guerra y Marina se ha reunido, bajo la presidencia del teniente general Sr. Ardanaz, para ver y fallar la causa instruida contra el sargento de la Guardia Civil Juan Ruiz Sánchez, acusado del delito de parricidio.

Componían el alto Tribunal Militar los consejeros togados generales Bermúdez de Castro, Trápaga, Alcocer, Vallespinosa, Suárez Inclán y Fernández de Castro.

El relator, D. Fernando Berenguer, dio lectura al rollo, del cual se desprenden los siguientes hechos:

A las seis de la tarde del día 1 de septiembre de 1926 se encontraban en sus habitaciones particulares el sargento del puesto de la Benemérita del pueblo de Dos Hermanas (Sevilla) Juan Ruiz Sánchez y su esposa, Manuela Fragoso González. De improviso, algunos guardias del citado puesto oyeron una detonación producida por arma de fuego que partía de las habitaciones del sargento, y, al penetrar, vieron tendida en un charco de sangre a su esposa.

El sargento Juan Ruiz Sánchez afirmó que, a consecuencia de una disputa sin importancia, su mujer, exaltada, había cogido su pistola de reglamento, que estaba en un baúl, y se había intentado suicidar, disparándose el arma al tratar él de quitársela, penetrándole el proyectil por la parte inferior y posterior del lado izquierdo de la cabeza y quedando alojado en la masa encefálica. A pesar de estas manifestaciones, el sargento Juan Ruiz Sánchez fue sujeto a procedimiento, observando el juez instructor muchas anormalidades en el relato de los hechos, circunstancias que concurrían en él y, sobre todo, la posición del casquillo de la bala causante de la muerte de Manuela y dictamen de los médicos que practicaron la autopsia.

Acusado del delito de parricidio, el sargento Juan Ruiz Sánchez compareció ante un Consejo de Guerra ordinario, celebrado en Sevilla el 23 de mayo de 1927, cuyo Tribunal lo absolvió por falta de pruebas.

El auditor de la segunda región se mostró conforme con el fallo; pero no el capitán general, que disintió, por entender, dados los antecedentes y diligencias del sumario, que el procesado era autor del parricidio y que se le debía condenar, aunque con rebaja de la pena, dadas las circunstancias atenuantes que concurrían en el hecho.

Por este motivo pasó la causa al Consejo Supremo de Guerra y Marina, donde el fiscal, coronel D. Rafael Piquer, después de analizar de manera minuciosísima los hechos, se mostró en un todo conforme con el criterio del capitán general de la segunda región, y solicitó para el procesado la pena de cadena perpetua.

Por su parte, el defensor de Juan Ruiz Sánchez, el notable abogado Sr. Fernández Clérigo, dio lectura a su informe, tratando de desvirtuar la acusación fiscal, y pidiendo, por falta de pruebas, la confirmación del fallo del Consejo de Guerra ordinario.

Tanto el fiscal como el defensor rectificaron extensamente, sosteniendo sus puntos de vista con singular elocuencia.

La causa quedó pendiente de sentencia.

Diario de la Marina, 08/12/1927, p. 2

HUMOR

—¿No le horroriza haber asesinado a una pobre vieja para robarla? ¿Qué podrá usted alegar en su defensa?

—Que ha sido un crimen pasional.

—¿Eh?

—Soy irresponsable, señor juez. ¡Tengo la pasión del dinero!

(Del *Journal Amusant*, París).

Buen humor, 11/12/1927, p. 26

CAUSA POR PARRICIDIO FRUSTRADO

Teruel.— Esta mañana se ha efectuado la vista de la causa instruida contra Nicolás González Juberías, acusado del delito de parricidio frustrado. La causa procede del Juzgado de Albarracín, y los hechos se desarrollaron en el pueblo de Ródenas el 25 de febrero último por haberse negado la mujer del procesado, Mariana Juberías Goya, a entregarle determinada cantidad que aquel pidió para someterse a un tratamiento médico con el fin de hallar mejoría a sus padecimientos, agudizados por la curandería y las prácticas espiritistas y nigrománticas a que el procesado se hallaba entregado desde cinco años antes. Discutió el matrimonio, y Nicolás arremetió contra su mujer, causándole diferentes heridas, una grave en el pecho, con un cuchillo de grandes dimensiones.

El procesado, antes del día de autos, se hallaba entregado de tal manera al curanderismo que adquirió un talismán que le fue vendido en Mataró, venta a causa de la cual se instruyó un proceso en aquel juzgado.

Defiende al procesado D. Joaquín Juliá, en cuya casa sirvió como criado el procesado. Al ocurrir el hecho de autos pesaba sobre Nicolás otro proceso también por lesiones a su mujer.

Nicolás declara con gran dificultad, advirtiéndose en su rostro el estigma de la imbecilidad. Dice que en cierta ocasión fue en unión de su mujer a consultar con una curandera; que su mujer le hacía ingerir pócimas y llevar talismanes y amuletos que les enviaban los espiritistas desde Mataró.

Agrega que en sus habitaciones se quemaba frecuentemente carbón con incienso y otras materias, produciéndose también corrientes eléctricas para alejar a los espíritus malignos, culpables de su enfermedad.

La declaración de la mujer, llamada Mariana Juberías, es de cargo para el procesado. Dice que en los veintisiete años que llevan casados jamás se llevaron bien, y que, a poco de contraer matrimonio, por celos, Nicolás le dio una paliza que la privó de un ojo. Mariana cuenta otros episodios con gran soltura, culpando a Nicolás de una extraordinaria manía curanderil.

Toda la prueba testifical es favorable al procesado, así como la pericial, en cuyo examen se invierte largo tiempo. Los médicos informan que se trata de un enfermo del sistema nervioso. La acusación y la defensa renuncian a varios testigos. El ministerio público modifica sus conclusiones y la defensa sostiene las suyas. El señor Barrio reconoce la atenuante de arrebato y obcecación. El defensor, D. Joaquín Juliá, solicita que se considere a su defendido como autor del delito de lesiones únicamente, aun cuando se considere la agravante de reincidencia. La causa quedó conclusa para sentencia.

La Época, 14/12/1927, p. 4

UNA MAESTRA ASESINADA. EL MÓVIL DEL CRIMEN. EL ESPOSO DE LA VÍCTIMA, ¿PARRICIDA?

Toledo.— En este Gobierno Civil se han recibido informes oficiales del cercano pueblo de Illescas dando cuenta de la realización de un misterioso crimen de que ha sido víctima la maestra de instrucción primaria doña Agustina Fernández López, de cuarenta años de edad.

Según las referencias oficiosas, a las cuatro y media de la madrugada del lunes último los vecinos del citado pueblo, alarmados por los gritos demandando auxilio que salían de la casa del sacristán, con quien se hallaba casada la maestra, acudieron, encontrando las puertas abiertas, y en las habitaciones, muebles y ropas en el mayor desorden.

En la alcoba fue encontrado el cadáver de doña Agustina sobre la cama, con grandes cuchilladas en el cuello y varias heridas en el pecho.

Tendido en el suelo, junto a la cama, encontrábase el sacristán, pretendiendo desatarse una soga, con la que tenía amarradas las manos.

El Juzgado municipal, auxiliado por una pareja de la Guardia Civil, practicó un minucioso reconocimiento en la vivienda, hallando los cajones de las mesas y los baúles abiertos, aunque sin señales de violencia. De uno de los baúles faltaban 1270 pesetas en billetes del Banco y monedas de plata y varias alhajas del sacristán.

Este ha declarado ante el Juzgado que a altas horas de la noche lo despertó un grito lanzado por su mujer, a la que dos desconocidos asestaban en el pecho terribles puñaladas.

Uno de los agresores dio un golpe al marido, que cayó al suelo privado de sentido.

Las gestiones hechas hasta ahora no han dado resultado; pero el esposo de la víctima se halla detenido por si resultara algún cargo contra él, como se sospecha.

El Día, 22/12/1927, p. 4

EN OVIEDO. HORRIBLE PARRICIDIO

Comunican de Belmonte que un individuo llamado Antonio Riesco, influido por su amante y la madre de esta, intentó hace algún tiempo envenenar a su esposa, dándole sublimado, sin que lograra conseguir su intento.

Hace pocas noches se acercó sigilosamente Antonio a la cama donde dormía su esposa, pero tropezó con un mueble y el ruido despertó a la esposa, que, al adivinar los criminales propósitos del marido, se lanzó fuera del lecho pretendiendo huir.

El marido la persiguió y, alcanzándola, le infirió varias heridas. La mujer se defendió cuanto pudo; pero, al fin, extenuada y desangrada, cayó al suelo, recibiendo en aquel momento del criminal una feroz cuchillada en el cuello, que le seccionó la yugular.

Cometido su terrible crimen, Antonio huyó, pero no pudo sustraerse a la acción de la justicia, porque la Policía lo ha capturado en Coruña, cuando pretendía embarcar en un vapor que le había de conducir a América.

El Correo Español, 22/12/1927, p. 2

46. Envite final

Romualdo había estado merodeando por la calle durante más de media hora, a pesar de que llovía copiosamente. Por fin, se apostó en un portal frente a la casa, desde donde se podía vigilar los movimientos y las luces de dentro. La figura de un hombre, que por un momento se adivinó a través de las cortinas de la ventana, se movió hacia donde se hallaba la puerta y Romualdo dedujo que iba a salir. Él ya se había imaginado que su mujer no le guardaba convenientemente las ausencias y ahora, después de comprobar su deshonra, no le pesaba haberse puesto en peligro. Había hecho bien en volver a Madrid. Ya no le importaba ni la cárcel ni siquiera perder la vida. ¡Esa estúpida Isidra, que no había sabido cumplir su compromiso de llevar a su familia a Portugal! Si en algún momento sintió haber tenido que dejar su cuerpo enterrado junto al lago de Alfarofia, muy cerca de la frontera, entre Elvas y Badajoz, ahora pensaba que había hecho lo correcto. Se lo había merecido por ser tan inútil.

Romualdo acarició la navaja de grandes dimensiones que llevaba en el bolsillo y decidió que aquel era el momento adecuado. Primero se encargaría del hombre en el portal y, después, subiría las escaleras para dar su merecido a la mujer. Seguro que, cuando llamase al timbre, Rosita, que no lo esperaba, abriría. Menuda sorpresa le iba a dar.

Una vez adentro, Rosita se echaría a llorar, reconociendo su culpa. Como la casa era tan pequeña, ella huiría hacia la habitación interior, en el fondo a la derecha, la que tiene la cama. Allí él la empujaría por la espalda. Tan flaca como era, ella caería sobre el catre boca abajo. De un salto, Romualdo se abalanzaría sobre ella, sobre su espalda, y la inmovilizaría para evitar que pudiera defenderse o pedir ayuda, con la boca aplastada sobre el camastro. Así iba a comenzar su diversión y su venganza. Con la misma navaja con la que habría matado a su amante, Romualdo la hilvanaría a pinchazos y cortes por todo el cuerpo, en la zona occipital, cervical, dorsal, rostro, cuello… ¿Cuántas heridas podría ocasionarle? ¿Quince, veinte, diecisiete? Por las prisas, no podrían ser cortes muy profundos, excepto si le acertaba en la garganta, en la tráquea. Y, si era así, ¿qué médico la iba a poder atender para evitar la hemorragia? Él se quedaría allí mirándola hasta que se muriera.

Pero no, antes de morir, había que completar la faena como hacen los hombres. Mientras se desangraba, él daría la vuelta al cuerpo de Rosita para dejarla boca arriba. Seguro que la visión de su cara avivaría su deseo de seguir apuñalándola, en el mentón, en las tetas… Le mordería los labios solo por verla sufrir. Y entonces le clavaría la navaja directamente en el corazón, para que muriera. O no… Antes de recibir este último puntazo, él esperaría a que Rosita intentara defenderse. ¿Defenderse? Eso iba a ser imposible. Aunque se quisiera proteger con las manos, él seguiría pinchándole en las palmas, en los dedos. Antes del último tajo, además, quedaba lo más divertido porque, mientras Rosita siguiera con vida sobre la cama, le arrancaría las bragas, se sacaría el pene del pantalón y la violaría con todas sus fuerzas para que viera que su marido sí era un hombre. Solo de imaginar la vulva y los muslos de Rosita, amoratándose por los golpes, sentía un placer que lo iba a llevar a eyacular antes de tiempo.

Después de relamerse decidiendo el futuro inmediato, Romualdo se introdujo en el portal con el arma abierta en la mano. Sin embargo, la sombra del hombre con el que se topó le resultó conocida.

—¡Maldita sea mi suerte! —dijo el Renco jocosamente, mientras sacaba a su vez del cinturón una faca. Por fin había llegado la oportunidad de librarse del marido—. Has tardado mucho en visitar a tu mujer. No tengas pena: ella no te ha echado de menos.

Romualdo se sorprendió.

—¡Ah, eres tú su amante! ¡Renegao hijo de puta! —gritó—. ¡Rosita, traidora, qué mal gusto has tenido!

Los dos hombres, con la cabeza gacha, embistieron a la vez buscando el cuerpo enemigo hasta que se mezcló en un mismo vaho denso el común olor a sudor, a metal oxidado y a sangre.

Nota de la autora

En 1927 las abogadas Matilde Huici y Clara Campoamor prota-
gonizaron una activa campaña propagandística a favor de la
desaparición del artículo 438 (el «artículo rojo») de un futuro Código Penal que se estaba preparando en sustitución del Código
vigente, promulgado en 1870. A la vez, redactaron una pormeno-
rizada Memoria y exigieron el cese de la violencia contra las
mujeres y la igualdad legal entre los sexos. El nuevo Código Penal, ratificado por la Asamblea Consultiva en noviembre de 1927,
fue finalmente aprobado a través de un Real Decreto firmado por
el rey y por el entonces ministro de Gracia y Justicia, Galo Ponte
Escartín, el 8 de septiembre de 1928, y entró en vigor el día 1 de
enero de 1929, con la desaparición efectiva del «artículo rojo»,
que fue sustituido por otro más igualitario.

Así pues, todas las intervenciones y los discursos que se rela-
tan en esta novela son verídicos y se produjeron realmente,
aunque por necesidades literarias se hayan incluido algunos per-
sonajes inventados y se haya novelado el ambiente de la época.

Las referencias periodísticas a los asesinatos femeninos durante todos los meses de 1927 son literales y fueron divulgadas
por la prensa en las fechas y diarios que se consignan, con la única
excepción del «crimen de la calle de Trafalgar», que no sucedió
en el mes de agosto, sino en el de diciembre de ese mismo año.
Además, el inventario de mujeres asesinadas durante el año 1927,
extraído de los diarios, no es, ni mucho menos, exhaustivo, sino
una simple muestra de aquella terrible realidad. Sin duda, hubo
muchísimos más casos recogidos por la prensa y, con seguridad,
muchas otras mujeres murieron violentamente sin que su nombre
apareciera en ninguna publicación.

Por otra parte, el texto del inicio, con la descripción de la tortura y asesinato de una mujer a manos de un hombre (recreado al

final en la mente y en las intenciones de Romualdo) no es un episodio inventado, sino real, y tampoco sucedió en 1927. Lo cierto es que está textualmente extraído, entre las muchas que existen, de una sentencia judicial que aborda el homicidio de una mujer cometido al filo del siglo XXI en una ciudad española.

Hoy, después de cien años, algunos hombres siguen asesinando a las mujeres.

Fuentes documentales

Aparte de las notas de prensa reseñadas mensualmente durante el año 1927, *Contra el artículo rojo* ha nacido a partir de las siguientes fuentes documentales:

ARTÍCULOS FIRMADOS POR CLARA CAMPOAMOR:

«Tribunales. Los bárbaros», *Diario Universal*, 15 de enero de 1927; «La reforma del Código Penal. ¿Desaparece o subsiste el artículo "rojo"?», *La Libertad*, 26 de enero de 1927; «Tribunales. ¿Se traga un billete o una almendra?», *Diario Universal*, 4 de febrero de 1927; «Tribunales. La muerte de la criada», *Diario Universal*, 9 de febrero de 1927; «El artículo 438. Réplica», *La Libertad*, 17 de febrero de 1927; «Usurpación de funciones o abusos deshonestos», *Diario Universal*, 27 de abril de 1927; «Rigores de las leyes. Matadores de mujeres», *La Libertad*, 22 de octubre de 1927; «Tribunales. Amor, matrimonio y dinero», *Diario Universal*, 28 de noviembre de 1927; «Tribunales. Armonías conyugales», *Diario Universal*, 29 de febrero de 1928; «Un libro interesante. *Los problemas de la personalidad*, por Anselmo González», *Diario Universal*, 4 de julio de 1928.

ARTÍCULOS FIRMADOS POR OTROS AUTORES:

Matilde Huici, «No matarás…», *El Sol*, 29 de enero de 1927; Luis Jiménez de Asúa, «Temas penales. El artículo 438 del Código Penal», *La Libertad*, 9 de febrero de 1927; R. G. V., «Vibraciones. ¡El artículo 438…!», *La Voz de Soria*, 11 de febrero de 1927; Elvira Almoguera, «Problemas femeninos. La mujer ante el Código»; *El Defensor de Albacete*, 31 de marzo de 1927; Teresa de

Escoriaza, «Crónica. Feminismo civil», *La Libertad*, 15 de octubre de 1927.

SIN FIRMA:

«En el Fomento de las Artes. Por la abolición del artículo 438 del Código», *El Socialista*, 26 de marzo de 1927; «Crimen pasional. Una condesa dispara un tiro contra su esposo», *El Imparcial*, 27 de marzo de 1927; «Una mujer mata a su concuñada, y un guardia civil es muerto al perseguir a la criminal», *La Voz*, 9 de abril de 1927; «Escándalo en Valencia. Los celos de la mujer del chófer», *La Libertad*, 17 de julio de 1927; «Las mujeres en la Asamblea», *Heraldo de Madrid*, 5 de octubre de 1927.

SOBRE EL CRIMEN DE LA CALLE DE TRAFALGAR:

«Suceso aclarado. Un parricidio», *El Progreso*, 27 de diciembre de 1927, p. 2; «El parricidio de la calle de Trafalgar. Parece que Josefa mató a Mariano auxiliada por su hijo», *El Telegrama del Rif*, 29 de diciembre de 1927; «El crimen de la calle de Trafalgar», *La Vanguardia*, 29 de diciembre de 1927; «El horroroso crimen de la calle de Trafalgar. Aclarada la inculpabilidad de Guillermo García, el juez ordenó esta madrugada que fuese puesto en libertad. ¿Ha quedado aclarado si doña Josefa pudo cometer sola el asesinato?», *Heraldo de Madrid*, 31 de diciembre de 1927; «El crimen de la calle de Trafalgar. Ayer tarde se practicaron en la casa donde ocurrió el suceso nuevas diligencias encaminadas a precisar si Josefa Fuertes tuvo o no cómplices», *El Día Gráfico*, 31 de diciembre de 1927.

Finalmente, con independencia de la novela de Carmen de Burgos (*El artículo 438*, Madrid, Publicaciones Prensa Gráfica,

1921), me ha resultado imprescindible para conocer a Matilde Huici el texto de María Nieves San Martín Montilla, *Matilde Huici Navaz. La tercera mujer*, Narcea, 2009 y, en relación con el Código Penal de 1928, «El proceso de elaboración del Código Penal de 1928», por Gabriela Cobo del Rosal en *Anuario de Historia del Derecho Español*, núm. 82, 2012, págs. 561-602.